人只是宇宙中会思考的虫子

虫 | 科幻中国
WORMS

# SPACE TIME END
# 时空尽头

王晋康 等著

北京理工大学出版社
BEIJING INSTITUTE OF TECHNOLOGY PRESS

超维卷 Ⅰ

**科幻的终极目的就是触摸永恒**
Science fiction ultimately aims at eternity.

# 目录

001 **时空捕手**
时光长河中泛起的一抹爱与死的血色浪花 / 刘维佳

021 **公交车上的男人**
永失我爱 / 阿缺

031 **失去的瑰宝**
二泉映月 / 王晋康

045 **黄金的魔力**
时空节点上的斯文败类 / 王晋康

089 **一生的故事**
宿命种种 / 王晋康

143 **杀死一个科幻作家**
必死之局 / 夏笳

191 **野猫山**
轰炸东京 / 张冉

233 **江河流殇**
跨越时空的爱恋 / 阿缺

刘维佳

# 时空捕手

时光长河中泛起的一抹爱与死的血色浪花

## 超维

风从谷口呼啸着卷来,将山谷里这条土路上的落叶和尘埃扬向空中。路边,泛黄的茅草在秋风中颤抖。天空中看不见太阳,泛着白光的浓厚云层布满天空,笼罩着这个冰冷的山谷。

看着眼前的这一切,贺小舟想起两句古诗:"秋风萧瑟天气凉,草木摇落露为霜。"现在,他才真正领会了这两句诗所刻画的意境。一时间他比以往更喜爱这两句诗了。

当初他是从女友慧慧那儿知道这两句诗的。慧慧十分喜爱古典文学,经常从古诗的海洋中挑选出自己喜爱的诗句念给他听。他在众多名句中一下子喜欢上了这两句,一个人独处时,经常反复地念个不停。但是不知为什么,他一直不能完完全全地领会诗中的意境。

哦,慧慧。贺小舟慢慢走到路边,在一块大石头上坐下,从怀中摸出一朵铂制小花,在手中把玩着。这是慧慧送给他的礼物。他和慧慧是在中学里认识的,当时他和她头一次见面,彼此就有一种奇妙的感觉,而这种感觉使他和她之间产生了一种距离。她和他都不敢和对方谈话,也不敢互开玩笑,只要一接触,两人就脸红。就是这种感觉使他和她在彼此眼中与其他同学迥然不同。两人一直就这么保持着若即若离的状态等待着。以后的几年中,命运分外开恩地一直没有拆散他们。在不断的接触中,他和她终于相爱了。他们爱得很深、很纯,真正全心全意地爱着对方。在做出每一次选择之前,他们总是先着想对方。

这朵铂花很花了慧慧的一部分积蓄,但她还是毫不犹豫地花了。

"这是在哪儿买的?"贺小舟回想着当初慧慧将这朵铂花放在他手上时的情景。

"我自己做的,"慧慧得意地说,"没想到吧?告诉你,我们家祖上可出过好几个著名的金匠,他们的手艺好着呢!不过,现在这种手艺用不上啦,我也只是学着玩玩而已,我做了两朵一模一样的,你一朵,我留一朵。怎么样,做得还好看吧?"

好看,贺小舟在心中念叨着。的确,虽然这朵铂花做工并不很精致,完全不能与机制工艺品相比,但在他眼中却是最美丽、最动人的,因为,这是慧慧亲手为他做的。每当他观赏它时,慧慧就带着她的微笑和她的吻出现在他的眼中,他就能感到温柔的爱意在心中荡漾。然而现在,他感到了深深的惆怅,因为他与自己所爱的人已相距了二千六百多年的时光。

贺小舟是来自二十三世纪的时空捕手。他肩负着时空管理局的重要任务,跨越茫茫时空来到了公元前四百年的战国时代。这个世界不属于他,他也不属于这个世界,他所爱的一切都留在了二十三世纪。即便是他所喜爱的那两句诗的作者,三国时的魏文帝曹丕,也还有近六百年才会降生。一想到自己的所爱已与自己远隔两千多年,贺小舟就感到心中发慌,呼吸不畅。他抬头凝视天空,仿佛看到了慧慧的面容。她正穿越茫茫时空,向他送来甜美的微笑。

许久,贺小舟才怅然地收回目光,回想着自己受领任务时的那一刻。

## 超维

"今天我们又监测到了一束异常能量波。"副局长向他介绍着情况,他的声音和他的面容一样死板。贺小舟总也不解何以今天见到的同事几乎全都是不苟言笑的铁面人。"这表明又有人利用超时空输送装置回到了过去的时代。往昔世界任何人的命运的改变,都会或多或少地改变我们这个世界。这个道理从你一进局里以来就一直在重复,在这里我还要重复一遍。往昔世界不是那些落魄者的冒险乐园,必须有人阻止他们的疯狂行为!小舟,这次轮到你了。"副局长朝他点了点头,然后按动了办公桌上的一个按钮。他对面的墙壁立刻亮了起来,显出了一幅三维立体地图。副局长有些费力地站起身来,走到墙壁前面:"小舟,你过来。"

他向小舟招呼着。

贺小舟吸了一口气,迈动有些发僵的双腿走到了副局长身边。

"喏,那个偷渡者的位置坐标是在这里。从监测到的波束能量大小来判断,偷渡者只有一个人。其时间坐标是,公元前四零零年十一月十日下午两点整,你将与他同时到达这个时刻。不过,你知道的,两股波束距离太近就会发生干扰现象。为了你的安全起见,你的位置坐标定在这里,喏,这儿,看见了吗?这样你与他相距一段距离,不过,你不必主动去追寻他。那一带只有这么一条路,他必定得从这里过去。你就在这儿,这个山谷里阻击他。这次任务很简单,你不必混迹往昔世界的人群之中,因而也就不会有多大危险。你是头一次执行任务吧?这是个很好的锻炼的机会。记住,你在那条路上遇见的头一个人,很可能就是那个偷渡者,因为那一带人迹罕至。完成任务后,你就到这儿,在这个小山顶上等待我们将你弄回来,时间是四个小时之后。记住了吗?嗯,这是完成这次任务所必需的装备。"副局长一指办公桌上的一个行军包,"这里有两份药,你出发前吃一份，回来之前再吃另一份。他是用来防止传输过程中的射线伤害的，千万要吃。好了，该说的就这么多了，其余的你在训练中想必都见识过了。去吧，去输送部吧！"说完，副局长疲惫地叹了一口气。

贺小舟默默地拿起行军包，向门口走去。他在门口停顿了一下，转过头去看着副局长。他很想和他说几句与工作无关的话告别，哪怕是在这个世界内部做"位置坐标移动"的人，临出发时心里也是很惆怅的，何况是一个"位置"和"时间"坐标都要改变的人呢？

贺小舟渴望听到一些暖心的话，哪怕一句也行。但看到副局长疲惫的样子，他终于咽下了已到喉头的话。

贺小舟站在电梯间一样的时空输送室里，看着室外操作员忙忙碌碌地做着最后准备工作。药他已经吃下，但还是担心。穿越时空是一件很复杂的事，稍有不慎就会铸成大错，他感到两腿有些发抖。毕竟这是他头一次穿越时空。他按了按胸前内衣口袋里慧慧送的铂花，稍微感到踏实了一些。他现在很想见慧慧一面，但他知道这是不可能的。军令如山，没有时间耽于儿女私情。可他实在抑制不住自己心中巨浪般的情感浪潮，他感到眼睛湿润了。

一位穿着白色工作服、梳着马尾辫的女操作员向他走来。她启动了输送室的自动门。

这个自己所属的世界随着门板的移动而缩小。贺小舟竭力向门外望去，他看见那个女操作员正注视着他的脸。这时他发现那女孩原本肃穆的脸上掠过一丝忧伤。"真漂亮啊！"门关上后他不由自主地说道。那个女孩让他想起了慧慧，在这个封闭的狭小世界里，强烈的孤独感和愈来愈浓的恐惧使他对那个女孩产生了强烈的爱意。眼泪从他的眼眶中滚落下来，他还没有来得及擦拭，眼前就一片强

# 超维

光闪耀……

贺小舟将手中的铂花举到眼前,凝视着它。他现在不能原谅自己当时对慧慧的"不忠"。

慧慧是最美的,她比什么姑娘都强。他太熟悉慧慧了,他熟悉她的嘴唇,熟悉她的睫毛,熟悉她乌黑透亮的眸子,熟悉她的瀑布般的长发。她是最美的。贺小舟记起自己和她曾在碧蓝的大海中畅游,曾经在花丛中追逐嬉戏,曾经在银装素裹的花园里打雪仗,曾经在摩天大楼的天台上一同观赏美丽的街景,在晚风中相互倾诉衷肠……那些场面如电影画面一样在他的脑海中闪现。太美了,太完美了,让人无法相信那一切是真的。对了,也许根本就是一场梦。在梦中,慧慧就向仙女一样美丽动人,善解人意,但却可望而不可即。想到这儿,他怅然若失。

然后铂花发出的光芒使他清醒了。那一切不是梦,而是真正发生过的。一点也不错,它们发生过,并在他的脑海里刻下了印记,这使他感到心里暖暖的。这种感觉愈发证明:他爱慧慧。

他不止一次设想过将来他和她共同生活的情景,那是一种令人激动、使人遐想联翩的迷人画面。但现在他却不敢设想了,因为,肩头的任务妨碍了他,待会儿他将要杀死一个人。

所有偷渡者都必须处死,这已经成为一条世界通行的法律。他们威胁的是整个世界。按照破坏世界安定和平以及反人类的罪名,他们必须被处以死刑!虽然整个社会不会谴责死刑的执行者,相反,他们还被尊为英雄,但贺小舟还是不能做到杀死一个人而心安理得。他无法确认在杀了人以后,自己以及自己的生活会发生什么变化,也不敢想象是否会妨碍对慧慧的爱。

贺小舟抬起头注视着山谷那一头,还是没有人出现。那些偷渡客都是些什么样的人？贺小舟寻思着。时空管理局上下一致认为，他们都是些一事无成的人。这些人在他们所属的世界中找不到发展的机会，于是冒险回到往昔世界中，以求干一番事业，不虚此生。仅仅一事无成就招来死亡，这似乎有些令人不能接受。直到现在仍没有人确认这些偷渡者是否真会使将来世界发生改变，但谁也不敢去证实。这个险不能冒，赌桌上的砝码太沉太重，谁也玩不起这个游戏。

蓦地，贺小舟听见了隐隐约约的脚步声，全身肌肉猛然收缩。他屏息仔细地听了几秒钟，突然转身隐入了路边比人还高的茅草丛中。

没多久，一个人就出现在贺小周的视野中。从服装打扮上肯定是分辨不出他是不是偷渡者的，有本事穿越时空的人，自然做好了可以彻底与他要所前往的时代的环境融为一体的准备，然而却瞒不过射线检测仪的检测。穿越时空的人身上会辐射出较强的放射线，眼下射线检测仪有了明显的反应。那么就是他了！行动吧！

就在那个偷渡客走到贺小舟的藏身之处前面时，贺小舟鼓足全身的力气猛虎一般从茅草中猛地飞蹿出来，一下子就把那偷渡客扑倒了。

那个偷渡客并不彪悍，两拳下去就基本上没有什么反抗动作了。贺小舟站起身从容摸出手枪指住他，然后连喘了几口大气，不是累的，完全是紧张造成的。不过现在他轻松了，尽管心脏还在咚咚作响，但他已经感到了长跑过后休息时的那种舒服。贺小舟伸手在脸颊上摸了一把，一看，满手是被茅草划破脸皮流出的血，可脸上居然一点儿也不疼。他把手在衣襟上擦了擦，从衣袋里掏出精致的时空管理局的徽章。"给我起来！"他大声喝令着，"知道我是什么人吗？"他把徽章在那人眼前一晃。

| 超维

"知道。"那人一边抹着嘴角的血迹,一边回答,一口纯正的普通话。一点儿没错,是个时空偷渡者。贺小舟又喘了一口气,他把枪口连续向上抬了抬,示意那人站起来。偷渡客吃力地从地上慢慢站起,贺小舟这才发现他的身材有些单薄。他摇晃了几下,终于站稳了。

贺小舟注意到他的手在发抖。

"知道就好。伙计,这一切只能怨你自己。你不属于这个时代,没有人可以超越他所属的时代。我,不能为此负责。"贺小舟一边机械地背诵着教官教授的语句,一边把手枪抬了起来,将枪口逼近偷渡者的左眼。他眯起双眼,深吸了一口气……

"等一等!请等一等!"偷渡客突然开了口,极度的恐惧使他的声音变了调,"我不能就这么死了。我耗尽了我的财产和我的勇气才来到这里,不能就这么死去。我请求你,让我看一看这里的人们和他们的生活,好吗?我就是为了他们而来的,没见他们一面就死我实在不甘心。你放心,我不会逃跑,我只想见他们一面。对于一个将死的人的最后一个心愿,你是不会打碎它的,对吗?"偷渡客直视着贺小舟的眼睛。

贺小舟觉得有些手软,搏击和鲜血所激起的野性如流水一般消失一空,他确实缺乏足够的勇气打碎这个人的心愿。偷渡客那单薄的身躯,发抖的双手,以及沙哑的嗓音,都让他不由自主地产生了同情。这种同情就如在风雪弥漫的冬夜走入一间充满暖气的房子一样,让人的全身软软的、暖暖的……他杀人的决心被动摇了。贺小舟硬撑着自己外表的冷漠,使出全力不让自己回避偷渡客的目光。他现在怎么也不敢立刻就扣动扳机。如果让偷渡客抱着遗憾死去的话,他贺小舟的灵魂会痛苦许久的。答应他吧,一个声音对贺小舟说,满足他这一个请求，然后在他提出第二个请求之前杀了他。

"好吧。"贺小舟说，"拿起你的包袱。"他的声音仍是冷冰冰的。

偷渡客慢慢弯下腰拾起包袱，小心地拍去上面的尘土，背到肩上，转身迈开了步子。贺小舟在他的身后一米多远的地方紧紧盯着他，随着他前进。

贺小舟没有失去理智，他仔细考虑过了。在他使用射线检测仪检测之前，他就用 X 射线透视镜扫描过那个偷渡客了。他没有发现偷渡客藏有武器，因此不怕他玩什么花招。

而偷渡客在体力上也远逊于他，徒手格斗其结果会呈一边倒的态势。并且他的手枪上装有指纹识别装置，除了他以外没有人能打得响。贺小舟想不出还有什么危险，但他还是十分小心，目光须臾不离偷渡者的身躯。

半小时后，贺小舟押着那个偷渡客来到了山腰一块突出的悬崖上。他们早已离开那条土路，这才踏上崎岖的山路来到这儿的。

偷渡客走到悬崖的边缘，向下俯瞰着。贺小舟小心地站在他身后，盯着他，防备着他将自己掀下悬崖的可能。在他们脚下，离他们不远的地方，公元前四百年的人们正在为了能在这个自己所属的时代活下去而劳作。

这是一个不小的村庄。村里成片的茅草房屋错落有致。在这些茅草房隔开的街道上，间或有神色疲惫而漠然的人走过，只有孩子们偶尔发出嬉闹的笑声。村东头的一口水井旁，一个人把头俯在水桶里大口喝着刚从井里打上来的凉水。村里修理农具的单调的叮当声打破了沉沉的死寂气氛。阴暗的小手工作坊里传出不绝于耳的纺织声，妇女们正在纺织粗糙的麻布，用它给自己的丈夫和孩子缝制寒衣。

| 超维

村外,已经收割后的田里稀稀拉拉地长着些野草,大风从枯黄的地上拂起黄尘。

看得出这个时代的人生活得不怎么幸福。贺小舟把目光从山下收回来,他对这个发现不感兴趣。每个时代都有其特定的生活方式,谁也不能超越时代。

偷渡客突然跪在了悬崖边上,他双手当胸合十,转过头来问贺小舟:"你信佛吗?"

"不信。"贺小舟摇了摇头。

"我信。"偷渡客说。他低下头,开始闭目诵经。

他也许在超度自己的灵魂,贺小舟想,让他祈祷完吧,还有时间。贺小舟盘算着。就算祈祷、处刑、销毁尸体一共需用一个小时,也还有两个多小时的时间,完全可以赶到返回地点。伙计,好好祈祷吧。贺小舟这时还真希望能有佛祖和灵魂存在,那样的话,他也许就不会再为一个人将彻底从世界上消失而感到忧伤了。

"你知不知道我的名字?"偷渡客头也不回地问。

"不,我不知道,也不想知道。"贺小舟立刻回答,他的声音有些急促。是的,他害怕知道这个人的名字,他害怕知道了之后自己将来会忍不住去查看这个人的档案,了解他的情况。这样一来,他就会接触到这个人的人生,就会了解他的爱好、他的亲人、他的思想、他的眷恋、他的德行……这一切会深深刻入他贺小舟的大脑沟回中,使他无法忘却这个人,无法忘却是自己使这一切成了毫无意义的过去。有朝一日,所知的有关这个人的一切肯定会伴随着悔恨从他的心底喷出,吞噬他的灵魂。不,不能知道。对于时空捕手,忘性是第一重要的。

"我的生命是一片空白。"偷渡客似乎一心要与贺小舟作对,他自言自语地说起了自己的经历,"我的生活中充满了挫折与失败。我从小就对我们中华民族的传统文化十分着迷,这与我所受到的传统教育有直接的关系。长大后我确实沿着长辈们希冀的生活道路走的。我学的是中医,希望能靠它在社会上安身立命。但事实证明,我选择的是一条不合时代的路。我与时代格格不入,我在社会里找不到可以交流思想的人,甚至连谋生都很艰难。中医早已不是热门的行当了,没有多少人愿意依靠中医治病。除了最出色的几个老中医,其余中医没什么前途可言。我的医术并不特别高明,因此倒了许多霉。我热爱传统文化,但却没能找到一种方法将它们消化吸收,以适应现代的社会。这就是我失败的原因。我曾力图摆脱命运的控制,但是我的性格形成时期早已过去,我无法再为自己树立一套新的价值观,寻找到一条新的生活道路。我其实并不缺钱花,但我不愿依靠家族的遗产来过活。我要实现我自身存在的价值,我渴望能不断亲手医治好病人。但这个愿望在我们那个时代是不可能实现的,于是我耗尽了属于自己的那份遗产,来到了这儿。我知道,这儿的人民需要我,我的医术可以在这里派上大用场,在这儿我的生命将有意义,不会再因空虚而伤心。"说到这儿,偷渡客转过头,盯住贺小舟,"看看这儿的人民吧,看看他们的生活吧!他们的生活就如同秋风中的树叶一样,朝不保夕。这个村子里有不少人将连今年冬天都熬不过去,而我可以使许多家庭免于破裂,可以使许多孩子免于夭折。我不能死!放过我吧,求求你了,放过我吧!"偷渡客凄声恳求着。

贺小舟避开他的双眼,低头抬腕看了一下表,然后用尽可能无动于衷的语气说:"时间不多了,我再给你五分钟。伙计,回忆回忆我们那个时代令你留恋的东西吧!回忆一下你的生活中美好的一面，那样你会好受些。"

偷渡客于是慢慢转回头，又开始低声诵经。

贺小舟慢慢扣动扳机。他动作很轻、很慢、很小心，生怕让偷渡客听见了。他改变了主意，不能让这个人祈祷完。如果让他全身肌肉悚缩地感受到枪口顶住后脑勺的话，他会死得很痛苦，还是让他毫无心理准备地去天国吧，那样就不会有痛苦与恐怖。就这么定了，干吧！贺小舟猛地抬起手枪，像往日上射击训练课一样，双手握枪，眯起眼睛，深吸一口气，憋住，扣动了扳机。

偷渡客的后脑勺在子弹的撞击下四分五裂。由于手枪上装有消音装置，头骨碎裂的声音清脆可闻。他的身躯像一段木桩一样摔在岩石上，其实在撞地之前他就已经死了。血从他身下流出，顺着石缝向下淌去，滴在山下的土地上。

贺小舟徐徐吐出肺叶里的空气，慢慢放低双臂，他感到双手僵得厉害。他费劲地收起手枪，使劲甩了甩双臂。他要让血液流通快一些。片刻之后，他走到偷渡客的尸体旁，弯下腰抓住他的双脚，把他拖到了距离悬崖边缘七八米的地方。然后，贺小舟捡起了偷渡客的包袱，他本想打开看看有些什么，但旋即又放弃了这个念头。包袱里无非是些灸条银针之类的医疗物品，看了让人伤心，不看也罢。贺小舟将包袱扔到偷渡客的尸体上，然后从行军包里掏出一个瓶子。这个瓶子里装着的是高能燃烧剂。贺小舟打开瓶塞，将里面那银色的粉末撒到偷渡客的尸体上面。撒完，他向后退了几步，从行军包里取出一小块引火剂，扔到了尸体上。

呼的一声，火燃烧了起来。特种燃烧剂燃烧时没有烟，火苗也不高，一点也不刺眼，但贺小舟仍不愿看这场面。他转过身，走到悬崖边，茫然地看着山下村庄里一群玩耍的孩子。

十分钟之后,贺小舟已经彻底感觉不到身后的热气了。他转过身,看到偷渡客的尸体已经消失,地上只剩下一些白灰,不能相信这就是那个偷渡客。他已经彻底从这个世界上消失啦!贺小舟感到忧伤正在爬上自己的脸。他拂了拂身上的灰尘,小心地绕开那堆白灰,向约定地点走去。他没有再回头。

在山顶的岩石上坐定之后,贺小舟抬腕看了一下表,还有半个多小时。现在没事可干啦!贺小舟放眼四周。在山顶上,视野十分开阔,山峦和平原交错相间。不知道为什么,贺小舟觉得仿佛是自己生来头一次在山顶上观看山景,一时间他感慨万千。任务已经完成,可他却没有那种如释重负的轻松感觉,相反,他感到心里难受得厉害,就像被盐酸腐蚀一样。眼圈有些异样的感觉,就像出发前的那一刹那的感觉。

为什么不能把他弄回他出发的时代呢,就像现在我这样?贺小舟思忖着。我完全可以给他注射一针麻醉剂,把他背到这儿来。为什么不能给他一个机会?他是一个好人呀!法律呵,难道你注定是铁面无情的代名词吗?

可是,把他抓回去,他的命运会是什么呢?肯定会被判刑,入狱。他已经没有了财产,也没有安身立命的机会,出狱后也只能靠领取救济金生活。像他那样的人,对这种生活能忍受得住吗?也许,让他死在这个他向往的时代,对他来说痛苦是最小的。这么一想贺小舟才略感释然。

可是,这对我来说太痛苦了,贺小舟的心又缩紧了。慧慧呵,但愿今后我和你一起时还会发出由衷的开怀笑声,但愿这发生在两千六百多年前的噩梦不会在意想不到的时刻从我的心底跳出来,妨碍我们的爱情。

## 超维

贺小舟在山顶的大风中坐了很久,当时间还剩六七分钟的时候,贺小舟从行军包里取出剩下的那一份用来防止辐射伤害的药物,吞了下去。但愿能有让我的心永保平静的药,服药时贺小舟的脑中闪过这么一个念头。

约莫过了一分钟,贺小舟突然感到好像有什么东西在胃里缓慢地阴燃,这种感觉片刻后就令他难受了,他站起身来,抚摸着胃部,大口吸着冰冷的山风。他希望这只是杀人造成的心理不适而引起的生理反应。

然而现实使贺小舟很快明白:自己失算了。不适感很快发展成了灼烧般的疼痛,贺小舟疼得跪倒在地上,大声地呻吟起来。

剧烈的疼痛使贺小舟将两手十指插入了泥土里,但是他的大脑并没有被疼痛干扰,它在飞速转动。蓦地,一个念头猛地在他的大脑中一闪,这个念头令他如同掉进了冰窟一般。尽管现在灼烧般的疼痛正在向全身扩散,他却禁不住发起抖来。巨大的恐慌夹杂着恶寒开始向他的全身放射。恐惧、惊慌、愤怒一齐向他的大脑涌来,令他的脑汁都沸腾了。贺小舟猛地站起身来,向山下跑去。

他跌跌撞撞地跑着,徒劳地试图摆脱体内那俱焚的剧痛。他跌了一个又一个跟头,但他仍竭力站起来不停地跑着,大声啜泣着。现在他感觉到了足以致命的孤独感,他渴望在临死前能见到一个人。然而不会有人的,他花了近两个小时才走到了这里,此地已远离了人烟。他再也跑不动了,站住脚仰头对阴沉沉的天空发出了大声地喝问:"这是为什么?我不想死啊!"就在这时,体内的药物向他发动了最后的总攻击。他的身体朝后一仰,弯成了一个大弧形。"慧慧!"随着这个人最后这一声愤怒的巨吼,他整个人像一只巨大的火炬一样燃烧了,就如两个半小时以前的那个偷渡客一样。

十分钟后,大地上又多了一堆白灰,却少了一个人。秋风徐徐拂来,将白灰扬向永恒不灭的天空。一朵铂花从白灰中露了出来。它发出银白色的光芒,向整个世界显示着自己的存在。

风摇曳着树枝,将残存的枯叶抖落下来,刮向地面。

一片枯叶落在了倪慧的肩头。她轻轻将它拂下,顺便将风衣衣领竖了起来。秋风令人的身体和心灵都感到了寒意。十一月的阳光苍白而无力,无法带给人们温暖。倪慧将双臂抱在胸前,低头梦呓般轻声念着:"秋风萧瑟天气凉,草木摇落露为霜。"

倪慧现在的心情是悲伤的,因为贺小舟走了。他离她而去了,永远地走出了她的生活,再也不回转了。

不,他其实从未真正走入过她的生活。直到今天,直到贺小舟站在时空输送室,她为他关上自动门之前,她从未与他面对面地对视过。他以前一直只是通过电脑在与贺小舟交流。

贺小舟不是人,他只是一种用克隆技术培育出来的"人形生物"——时空管理局通用的术语就是这么称呼他们的。他们之所以会存在,是因为现在时空管理局还没有办法将送到往昔世界中的人和物体弄回来。除非将整套的超时空传输装置传送到往昔世界去,在那里建立输回基地。但时间和空间的领域是如此的广大,不可能聚集如此巨大的能量。所以,送到往昔世界的探测器,一旦完成了使命便要自动销毁,以免对历史造成干扰。不过,要想制止偷渡的人,呆板的机器人是难以胜任的,于是他们这种时空捕手便应运而生了。在出发之前,他们都会吃一份药,无论他们先吃那两份药中的哪一种,都暂时不会有问题,而一旦吃下了第二份,两种药物便会在体内发生剧烈的反应,产生高热将服药者焚化。

这就是时空捕手蜉蝣般的生命。他们存在的使命只有一个,即消灭偷渡者。完成使命之后,他们自己也随之毁灭,因为他们不属于任何一个时代,他们是一群出没于各个时代的幻影。

本来法律上有对克隆人权利的保障,但时空偷渡者问题是一个死结,法律只有对时空管理局网开一面。

所有的时空捕手诞生时都是大脑空空如也的白痴,他们所有有关客观世界的记忆,都得依靠电脑输入到大脑。对于输入的记忆,时空管理局制定有标准的软件,包括基本履历、家庭状况、日常生活以及学习工作时的情景、基本常识、必要的专业知识、格斗时使用武器的技能等等。最重要的一条,就是对于使命的忠诚。这一条深植于他们的潜意识之中,保证他们绝对不会背叛使命。

除了这种标准的记忆制式之外,时空管理局授权心理训导师们可以给克隆人输入一定的随机记忆,可以是家庭琐事、童年的玩耍情景、对某一运动或某种娱乐方式的迷恋。这么做的目的,就是要使克隆人相信自己是真正的人,不对自己的身份发生怀疑。因为克隆人是用来完成相当复杂的任务的,他们执行任务时全得依靠自己的独立行动能力,因此不能太迟钝,得有足够的应变能力。而要提高其应变能力,就必须加大有关客观世界的信息的输入量。知道的东西多了,克隆人的思想也会复杂起来。为了不使他们对自己的身份发生怀疑,有必要输入许多关于有关生活细节的记忆。

倪慧是个刚踏出大学校门的小姑娘,思想单纯而富于幻想,对工作充满了热情。她无法理解为什么整个时空管理局笼罩在一片沉沉死气之中,无法理解为什么心理训导处的同事培训出的克隆人都是一个模子里刻出来的。倪慧看过他们编制的程序,那里尽是些令人感到非常不愉快的事,甚至令人感到毛骨悚然。在他们影响之下成长起来的人,肯定是个心狠手辣、杀性极重的人。倪慧想不通他们为什么要这样塑造克隆人的性格,她觉得那样很没意思。她不想和他们一样,她要自行其是。

贺小舟是倪慧的第一件正式"工作成果"。接受任务时,倪慧并没有太多的想法,她只是觉得这是个玩一次"爱情游戏"的好机会。倪慧从小到大一直迷恋着各色各样的爱情小说,她早盼望着能浪漫那么一回了。她兴趣盎然地精心塑造着她名下的那个克隆人的性格,就像在玩一个"养成型"电脑游戏一样。"贺小舟"是一本她十分欣赏的爱情小说的男主角的名字,她移植给了那个克隆人。她还以自己的形象为蓝本为他设计了几近完美的女友形象,将她取名为"慧慧"。她给贺小舟输入了一项又一项的指令,将他塑造成了痴情、害羞、单纯、执着、善良、正直、完美的纯情男孩……倪慧对这游戏乐此不疲,这样的男孩就是她心中理想的王子。她与他在电脑中度过了羞羞涩涩、暗中相互倾目的学生时代。

正式进入恋爱阶段后,她放开了手脚。她和他在碧蓝的大海中畅游,在花丛中追逐嬉戏,在银装素裹的花园中打雪仗,在摩天大楼的天台上观望美丽的街景,在晚风中相互倾诉衷肠,赠送铂花……她玩得兴致勃勃。完工期限到了之后,她也尽兴了,于是不再去想他。

然而今天,当她看着贺小舟站在时空输送室里时,她感受到了发自灵魂的震颤。她永远也忘不了他那充满留恋与柔情的忧伤眼神,她的心灵受到了剧烈的震动。当自动门关严之后,她意识到,这个人已再也不会与自己相见了,他永远地走出了自己的生活,不会再回转了。这一刻她的心跳,几乎令她喘不过气来。她这才明白,这个人在自己的生活中占有很大的分量。当她通过时空检测仪看到他在荒山上绝望地奔跑,向天空大声发出愤怒的喝问时,她心痛如绞,尤其是最后那一声"慧慧",使她几乎昏倒了。

## 超维

"慧慧!"这喊声似乎还在她的耳边回响,倪慧用双手捂住耳朵,使劲摇着头。同事们是对的,他们之所以要把克隆人塑造成那种好杀成性的性格,是因为那样的生物不懂得爱,没有人性,专以杀人为乐,与禽兽无异,死不足惜。而她却忽视了这个使自己心灵保持平衡的诀窍。她现在很痛苦,很悲伤。

"我为什么要在乎他?为什么要悲伤?"倪慧大声对自己喊,"他不是人!他只是用克隆技术培育出来的'人形生物'!只是维护历史正常秩序的工具!"然而她无法使自己相信这一点。贺小舟在与她共处的时候以及在执行任务中所体现出来的人性在向她表明,他是人,而且还是一个善良的好人。如果没有深植于潜意识中的使命感,他是不会杀那个偷渡客的。倪慧深信这一点,因为她对贺小舟的性格了如指掌。贺小舟还是一个痴情的人,他对她的爱忠贞不贰。他这样的人不是为死亡而存在的。

可他死了,带着他的爱和那颗因无可奈何而感到悲伤的心死了。时代也需要他做出这样的牺牲,这是这个时代的悲剧,不是哪一个人的过错。时空管理局没有错,国家乃至整个世界都没有错,他们别无选择,他们只能那么做,没有人可以超越时代。

"你不能在乎他,你有你自己的生活。忘了他吧!"倪慧的心里大喊着,"他不存在,他只是一个幻影!他的爱也只是虚幻的游戏的产物!"她依靠在一棵树的树干上,紧抿着嘴唇,克制住不哭泣,然而眼泪却无声地从眼眶中滚落出来,顺着脸颊往下淌。

倪慧从衣袋里掏出那朵铂花,放到眼前仔细看着,小花发出很明亮的光芒。这朵铂花当时她并没有在意,只想让自己的爱情游戏多一件道具而已。但现在,这朵铂花已变得重若千金。

倪慧明白了,她之所以感到悲伤,感到痛苦,她的心中之所以有灼烧般的难受感觉,就是因为有爱与人性的存在。以前她目送过许多时空捕手前往往昔世界,亲眼看着他们一个个被时代漩涡吞没掉,从未有什么感觉,但贺小舟明显与他们不同,他身上凝结的爱与人性使她无法忘却他。贺小舟不是蜉蝣,不是!但这个时代法律还不健全,而以前的时代更不是那些落魄者的冒险乐园!必须有人阻止他们的疯狂行为!小舟的死使他的生命力在经历二千六百余年的岁月之后还在一个人的心中激荡。

倪慧双膝着地跪了下来,双手合十将铂花合在掌中。她不信佛教,不会诵经,但她能为贺小舟的灵魂祈祷。是的,他有灵魂。倪慧现在发誓要永远牢记贺小舟这个人,牢记他的灵魂,他的爱,他的吻,他的一言一行一颦一笑,还有他喜爱的诗句……

阿缺 ● 公交车上的男人

永失我爱

| 超维

公交车门关上的前一刻,那个男人挤了进来。

"你好,"他对蔡雯羽笑了笑,"好久不见,雯羽。"

蔡雯羽正挤在一群乘客中间,踮着脚,一手提着包,一手艰难地扶着拉环。她需要全神贯注才能保持这个姿势,所以刚开始,她并没有意识到那个男人是在对她说话。

"你……我们认识吗?"蔡雯羽打量着这个男人。他个子很高,即使靠在窗边,也是在俯视自己;他很瘦,脸颊深陷,眼睛里有些许血丝,似乎很久没有休息了;他的衣服是破旧的,下摆还被扯破了,沾着褐色的不明液体。他脸上始终挂着温和的笑意。

"我们认识,是校友。八年前,你刚刚进大学,在学校的迎新晚会上表演话剧。"男人说,"你穿着蓝色的齐膝短裙,上面印了芦荻的卡通图,你胸前挂着的是学校的饭卡。你扮演一个迷路的公主,遇到了带着一群侍卫的王子,他把你送回家。最后你把饭卡落在他手里,他叫住你,说:'公主,你的饭卡掉了。'你转身向他一笑,用很温柔的声音说:'不,是你的饭卡。'"

男人的话像一阵风,吹起了久远的往事。蔡雯羽笑了,她还记得,那个话剧是为了博观众笑，所以用饭卡来恶搞当时一句很流行的广告词。她说："你记得这么清楚，你是那个扮演王子的学长吗？"

"不，我是他旁边的七个侍卫中的一个。"

"噢，对不起。"

"没什么。"男人的声音有些苦涩，他干硬地笑了笑，然后仰起头。车灯将他下巴上的胡茬儿染成了青色。当他低下头来时，表情已经和之前一样温和了，只是，他的眼角有微微的湿痕。

到站了，一些乘客下了车。车厢里的空间顿时宽松了许多，蔡雯羽站稳，扭了扭脚踝，总算没有那么酸楚了。

车再次启动，路旁慢慢黑了下来。秋天的夜晚总是来得这样早。

"当时我是物理学院大三的学生，参加迎新晚会也只是凑个人数。但看到你回眸一笑，用那么温柔的声音说出那么俏皮的话后，我就记住你了。"

蔡雯羽有些尴尬地低下头。他的话有暧昧的成分，她不知该如何回应。

但好在男人并没有等她回答，他自顾自地继续往下说："回宿舍后，我就四处打听你。花了很大工夫，我才知道你叫蔡雯羽，你是经管学院的，你的老家在湖北，你笑起来很甜。我还打听到你喜欢打羽毛球，于是，在一个周末，我到球馆里找到了你，还跟你搭讪。我说我的球技不好，你说你可以带带我。我们打了五局。"

蔡雯羽疑惑地看着男人，说："你说的这事，我怎么一点印象都没有？"

男人笑了笑："很多事情你都不记得了，但没关系，我记得。"

"可是，我记性很好的。"

"是吗，那你还记得我们第二次见面吗？"

蔡雯羽摇摇头。

"那是市里举办物理大会，我被学校派过去打杂，而你来参观。我看到了你，我过来跟你说话。你还记得我，这让我很高兴。"男人的语气始终温和，但夹杂着疲倦，"你说你对物理仪器很感兴趣，于是我甩了活儿，整个下午都在陪你逛展览园。我给你解释仪器的原理，后来你跟我说，你其实一个都没弄懂，但你很喜欢听我讲解。"

如果说之前蔡雯羽还怀疑是不是自己记错了，那她现在几乎可以完全肯定：这个男人在说谎。大二那年，市里确实举办了物理大会，她挺想去，但最后她选择了留在学校里做作业。她记得很清楚。

她下意识地往后挪了挪，离男人远了点儿。

"从那之后，我们就算真正认识了。不久之后，我要去北京考中科院的研究生，你到车站送我。我们坐在车站前面的花坛上，看着四周的人来来往往，你突然哭了起来。"

公交车摇摇晃晃地停下了。蔡雯羽瞭了一眼站牌，是东郊公园站，离自己住的小区还有一站路。要下车的乘客涌向车厢中部的车门，蔡雯羽也跟着他们挪动。她宁愿多走一站路，也不敢听这个男人讲莫名其妙的话了。

"我问你为什么，你说，你不喜欢车站。你曾经送你哥哥上火车，但他再没有从车上下来。"男人轻轻地说。

蔡雯羽一下子站住了，转过身，难以置信地看着男人。

男人依旧是淡淡的表情，嘴角的微笑若有若无。他的眼睛里映进了街边的光亮，星星点点，如同深秋的夜空。暮色已沉，华灯初上，万家灯火。

"你怎么会知道我哥哥的事情!"蔡雯羽的语气带着恼怒。她知道有人专喜欢窥探他人隐私,但都是在新闻里,万没想到眼前就站着一个。

"你告诉我的。你还说,看着人聚人散,总觉得车站就是世界的缩影。你看着站口相聚或者离别的人,我看着你,当时我很想拥抱你,"男人的语气低了些,"但我不敢。"

车颤抖了一下,引擎发动,窗外的灯火顿时流动起来。车厢空旷了许多,男人伸手指了指最后的一排座位,然后走过去坐下。蔡雯羽这才发现男人身上似乎带着伤,走路明显不自然,一瘸一拐。她突然明白他衣服下摆那儿的褐色液体是什么了。

但要下车已经来不及了。

车厢里还剩几位乘客,其中有三位男士。她深吸口气,料想那男人也不敢怎么样,便谨慎地走到最后一排,与男人隔一个座位坐下。

"我很顺利地考上了中科院,研究方向是空间物理学。我的事情很多,跟着导师做课题,有时候还接项目,经常忙得饭都忘了吃。但再怎么忙,一有机会,我都会回到学校。我不敢跟你说我是专门从北京来看你的,只说是办事,顺便见一见你。我跟你说我在北京遇见的事,那里堵车的情况真让人吃惊;我还跟你说我研究的东西,空间的压缩和分离,这些东西你总是听不懂,但你又喜欢听。"

男人把车窗开了一条小缝,呜呜,夜风趁机灌了进来,把他的头发吹得凌乱。他一边望着窗外闪过的树影,一边继续说:"而你呢,就跟我讲你在学校发生的事,你说你不打算考研,你还说有几个男孩子在追你,你对其中一个个子很高、打篮球很不错的男孩子很有好感。你问我该怎么办,我说如果你有好感你就要去争取。"

| 超维

荒谬,简直是胡说八道!蔡雯羽冷冷地想。她在大学里谈过两次恋爱,一次只过一周就分手了,另一次长一些,但也没有撑过两个月。而这两个男孩子,没有一个是个子高又会打篮球的。

"尽管我跟你这么说,但心底却并不希望你和那个男孩子在一起。但我不能阻碍你争取幸福。那一段时间,我很痛苦,只有天天耗在实验室里分析数据才能缓解。我想,到这里也就算了,你有自己的生活,你应该和喜欢的人在一起。所以,我没有再去学校看过你,我以为这就是故事的结束……我多么希望这就是故事的结束啊!"

男人是对着窗外说的,但通过玻璃,蔡雯羽能看到他脸上有两行隐隐的光亮。真是个疯子,她想,但又是个可怜的疯子。

"那故事结束没有?"她下意识地问。

男人没有马上说话,他把窗子的缝开大了些,风在他脸上拂动,很快,那两行光亮消失了。他这才继续说:"有一天傍晚,我刚出实验室,就看到了你。你站在对面,隔着长长的街,叫出了我的名字。开始我不敢相信是你,太远了,灯光让你看起来显得有些模糊。但你在叫我,一声又一声,院里其他人都用奇怪的眼神看着我。然后你跑过来,我看清了,就是你。

"原来我太久没回学校,你就到物理学院查了一下,发现我以前跟你说的理由,其实都是借口。你终于明白了一些事情。我不知道那个晚上你是怎么想的,反正第二天,你就决定来北京找我。我还没开口,你就跟我说,你要玩一周,但你在北京只认识我一个人,让我看着办。"

蔡雯羽轻轻笑了笑。他所说的,确实像她在大学时的作风和语气……当然,自己绝对没有独自去北京找过这个男人,这一点她能肯定。

"那几天，我带着你去了天坛、香山、长城、故宫和天安门，还有很多其他地方。本来那些日子是导师研究空间并行理论的关键时候，但不管他怎么威胁我，我都没有回实验室。你玩得很开心，白天蹦蹦跳跳，晚上住在我家里，一倒下就睡。最后一天晚上，我还没起身，你就躺在我腿上睡着了。你蜷缩着，像是我以前养的那只猫，又软又贪睡。我没有吵醒你，一直坐着。你的头发落到地上，我给你捋好，它们真的很轻，像空气一样，没有重量。

"我坐了一夜，第二天你醒来时，我的整个腿都麻了。但我还是送你到车站，你提着大包小包的北京特产，跟我告别，然后走向进站口。但你又跑回来了，逆着人群，跑到我跟前，踮起脚吻了一下我的下巴。你说，你昨晚其实并没有睡着。"

蔡雯羽听得入了神，问："那她就留在北京了吗？"

"没有，你那时才大三，是翘课跑出来的。你说你得赶紧回学校，被发现就麻烦了，但你会经常来看我的。我目送你进了车站，然后……"男人的声音突然哽咽了，仿佛是被夜风吹得断断续续，这次，他眼角不再是湿痕或光亮，而是直接流出了泪水，"你说过，你不喜欢车站……就像你再也见不到你哥哥一样，我再也见不到你了……"

"她出车祸了？"蔡雯羽喃喃地说。这时，公交广播打断了她的思路——她住的小区门口到了。这是终点的倒数第二站，其他乘客都下了，车厢里只剩下三个人。她站起来，但看着一脸泪痕的男人，犹豫了下，又坐下了。

公交车慢吞吞地在黑夜里前进，驶向这一路的终点。

蔡雯羽已经搞明白怎么回事了：这个男人喜欢的女孩出了车祸，太过伤心，因此误把自己当作了那个女孩子——可能是两个人长得

## 超维

比较像吧。

她不禁可怜起这个男人来，决定配合他走完这最后一站路，问："再后来呢？"

好一会儿之后，男人才平复下来，声音不再哽咽，但显得十分沙哑："确定遇难名单里有你后，我几乎不能呼吸了。我天天躺在宿舍里，睁着眼睛，不开灯。我怕我闭上眼睛就会看见你，我宁愿看到的是一片黑暗。后来，我的导师看不下去，把我拉到实验室，告诉我说工作是缓解悲伤的最好办法。于是，我玩命地分析实验数据，做空间剥离……哦，你不懂这个实验是不是？"

蔡雯羽点点头。

男人笑了，伸手抚摸她的额头，顺着她的头发滑下。她没有躲。

"以前你也不懂，但你很愿意听。空间剥离是根据空间并行理论而做的实验，也就是多重宇宙。你每做一个决定，就会分裂出一个世界，就像刚才，你如果下车，进入的就是下车之后的世界。但你现在在没有下车的世界里，听我继续说话。世界无时无刻不在分裂，跟枝状图一样，没有穷尽……大概是这样，更具体的解释你也不会很懂。"

这倒是，蔡雯羽连他刚才说的这段话也只是模糊地了解了一点儿。

"我一直做实验，直到我突然醒悟过来，你在我的世界里出了车祸，但在别的空间，还有无数个你。只要打破空间壁垒，我就能到找你。这个念头让我欣喜若狂。我花了四年时间，终于研究出了能够穿过并行空间的仪器。但它并不稳定。它送我去过很多世界找你，但都不是我印象中的你——有些很泼辣，有些是女强人，还有的嫁给了别人。你是我能进入的世界里，所找到的最像你的人。"

男人的目光温柔如水。有那么一刹那,蔡雯羽几乎就要相信他了,但这时,嘀嘀的电子音从男人手腕上传出来,也让蔡雯羽回过神。

男人揉着手腕,笑笑说:"他们很快就要发现我了。"

"他们?他们是谁?"

"警察、市民、商人、政客……里面什么身份的人都有。他们禁止空间穿梭,说那样会打破各个空间的独立性,会引发不可预知的危险。我被他们囚禁过,殴打过,又逃出来了,但他们马上就能找到我藏着的仪器。他们一旦销毁它,我就会被强制回去。这是我最后一次见到你了,我的雯羽……"

蔡雯羽心里怦怦直跳,脸上一片烧红。她暗暗吃惊自己这是怎么了。她早已不是小姑娘,听过许多情话,真心或假意,已然麻木了。但,"我的雯羽"这四个字从男人嘴里说出来时,她还是感觉到了不可思议的力量。

"我能吻一下你吗,雯羽?"

蔡雯羽心慌意乱。她低下头,深吸一口气,想要揭穿这个漏洞百出的故事,额头却蓦然感觉到了一丝温润。

像是一串温柔的电流,从额头开始蔓延,传遍了每一个细胞。所有的基因序列都因这个吻而重新组合。她感到失去了力气,眼睛慢慢闭上。

"好了,"一会儿之后,她艰难地睁开眼睛,说,"你这个荒谬的故事总算——"

她突然愣住了。

座位旁空空如也,整个车厢,只有她和司机。

公交车摇晃着向不远处的终点站驶去。

王晋康　　　失去的瑰宝
　　　　　　二泉映月

## 超维

2050年12月,我离开设在月球太空城的时空管理局,回家乡探望未婚妻栀子。那天正好是阿炳先生逝世百年纪念日,她在梵天音乐厅举行阿炳二胡曲独奏音乐会。阿炳是她最崇敬的音乐家,可以说是她心目中的神祇。舞台背景上打出阿炳的画像,几支粗大的香柱燃烧着,青烟在阿炳面前缭绕。栀子穿着紫红色的旗袍走上台,焚香礼拜、静思默想后操起琴弓。《二泉映月》的旋律从琴弓下淙淙地淌出来,那是穷愁潦倒的瞎子阿炳在用想象力描绘无锡惠泉山的美景,月色空明,泉声空灵,白云悠悠,松涛阵阵。这是天籁之声,是大自然最深处流出来的净泉,是人类心灵的谐振。琴弓在飞速抖动,栀子流泪了,观众也流泪了。当最后一缕琴声在大厅中飘散后,台下响起暴雨般的掌声。

谢幕时栀子仍泪流满面。

回到家,沐浴完毕,我搂着栀子坐在阳台上,聆听月光的振荡、风声的私语。我说:"祝贺你,你的演出非常感人。"栀子还沉浸在演出时的情绪激荡中,她沉沉地说:"是阿炳先生的乐曲感人。那是人类不可多得的至宝,是偶然飘落人间的仙音。著名指挥家小泽征尔在指挥《梁祝》时是跪着指挥的,他说,这样的音乐值得跪着去听！对《二泉映月》何尝不是如此呢！阿炳一生穷愁潦倒，但只要有一首《二泉映月》传世，他的一生就值了！"

栀子的话使我又回到音乐会的氛围，凄楚优美的琴声在我们周围缭绕。我能体会到她的感受，因为我也是《二泉映月》的喜爱者，我们的婚姻之线就是这首乐曲串起来的。

栀子喜爱很多二胡名曲，像刘天华的《良宵》《烛影摇红》《光明行》《空山鸟语》等，但对阿炳的琴曲更有近乎痛惜的怜爱。为什么？因为它们的命运太坎坷了。它们几乎湮埋于历史的尘埃中，永远也寻找不到。多亏三位音乐家以他们对音乐的挚爱，以他们过人的音乐直觉，再加上命运之神的眷顾，才在阿炳去世前三个月把它们抢救下来。

这个故事永远珍藏在栀子心中。

1949年春天，经音乐大师杨荫浏的推荐，另一著名音乐家储师竹（民乐大师刘天华的大弟子）收了一位年轻人黎松寿做学生，历史就在这儿接合了。一次，作为上课前的热身，学生们都随便拉着一段曲子。在杂乱的乐声中，储师竹忽然对黎松寿说："慢着！你拉的是什么曲子？"

黎松寿说："这段曲子没名字，就叫瞎拉拉，是无锡城内的瞎子乐师阿炳街头卖艺时常拉的。我与阿炳住得很近，没事常听，就记住了。"储师竹让其他人停下，说："你重新拉一遍，我听听。"

黎松寿凭记忆完整地拉了一遍，储师竹惊喜地说："这可不是瞎拉拉！这段乐曲的功力和神韵已达炉火纯青的境界，是难得一见的瑰宝呀！今天不上课了，就来聊聊这位阿炳吧！"恰巧同在本校教书的杨荫浏过来串门，便接上话题聊起来。阿炳原名华彦钧，早年曾当过道观的主持。他天分过人，专攻道教音乐和梵乐，各种乐器无不精通。但阿炳生活放荡，30岁时在烟花巷染病瞎了眼，又染上大烟瘾，晚年生活极为困苦。一位好心女人董彩娣收留了他，每天带他去街上演奏，混几个铜板度日。

两位音乐家商定要录下阿炳的琴曲。1950年9月，他们带着一架钢丝录音机找到阿炳。那时阿炳已经久未操琴。三年前，一场车祸毁了他的琵琶和二胡，当晚老鼠又咬断了琴弓，接踵而来的异变使阿炳心如死灰，他想大概是天意让我离开音乐吧。客人的到来使他重新燃起希望，他说："手指已经生疏了，给我三天时间让我练一练。"客人从乐器店为他借来二胡和琵琶，三天后，简陋的钢丝录音机录下了这些旷世绝响。共有：

二胡曲：《二泉映月》《听松》《寒春风曲》。

琵琶曲：《龙船》《昭君出塞》《大浪淘沙》。

阿炳对他的演奏很不满意，央求客人让他练一段再录，于是双方约定当年寒假再来。谁料，三个月后阿炳即吐血而亡！这6首曲子便成了阿炳留给人类的全部遗产。

栀子说："何汉，每当回忆起这段史实，我总有胆战心惊的感觉。假如黎松寿不是阿炳的同乡，假如他没有记住阿炳的曲子，假如他没在课堂上拉这段练习曲，假如储师竹先生没有过人的鉴赏力，假如他们晚去三个月……太多的假如啊，任一环节出了差错，这些人类瑰宝就将永远埋没于历史长河中，就像三国时代嵇康的《广陵散》那样失传。失去《二泉映月》的世界将是什么样子？我简直难以想象。"

栀子说："这6首乐曲总算保存下来，可是另外的呢？据说阿炳先生能演奏300多首乐曲，即使其中只有十分之一是精品，也有30首！即使只有百分之一是《二泉映月》这样的极品，还有2首！

可惜它们永远失传了，无可挽回了。"

栀子微微喘息着，目光里燃烧着痴狂的火焰，她说："何汉，你会笑话我吗？我知道自己简直是病态的痴迷，那些都已成为历史，不能再改变，想也无用。可是只要一想到这些丢失的瑰宝，我就心痛如割。这么说吧，假如上帝说，可以用你的眼睛换回其中一首，我会毫不犹豫地剜出自己的眼珠……"

"不要说了，栀子，你不要说了，我决不会笑话你，我已经被你的痴情感动了。可是，你知道吗？"我犹豫地、字斟句酌地说，"那些失去的乐曲并不是没法子找回来。"

"你说什么？你说什么？"

"我说，我可以帮你找到那些失落的瑰宝。只是我做了之后，恐怕就要失业了，进监狱也说不定。你知道，时空管理局的规则十分严格，处罚严厉无情。"

栀子瞪大眼睛望着我，然后激动地扑入我的怀中。

我们选择了1946年，即阿炳还没有停止拉琴的那个时期。抗日战争刚刚结束，胜利的喜悦中夹杂着凄楚困苦。惠山寺庙会里人头攒动，到处是游人、乞丐、小贩、算命先生。江湖艺人在敲锣打鼓、翻筋斗、跳百索、立僵人，地摊上摆着泥人大阿福。我们在庙会不远处一条小巷里等待，据我们打听的消息，阿炳常在这一带卖艺。小巷里铺着青石板，青砖垒就的小门洞上爬着百年紫藤，银杏树从各家小院中探出枝叶。我穿着长袍，栀子穿着素花旗袍，这都是那时常见的穿着。不过我们总觉得不自在。行人不经意扫过来一眼，我们就认为他们已看穿了我们时间旅行者的身份。

阿炳来了。

**超维**

　　首先是他的琴声从巷尾涌来。是那首《听松》，节奏鲜明，气魄宏大，多用老弦和中弦演奏，声音沉雄有力。片刻之后，两个身影在拐角出现，前边是一位中年女人，穿蓝布大襟上衣，手里牵着阿炳长袍的衣角，显然是他的夫人董彩娣。阿炳戴着墨镜和旧礼帽，肩上、背上挂着琵琶、笛子和笙，一把二胡用布带托在胯部之上，边走边拉，这种行进中的二胡演奏方式我还是头一次见到。

　　阿炳走近了，我忙拉过栀子，背靠砖墙，为两人让出一条路。董彩娣看了我们一眼，顺下目光，领阿炳继续前行。阿炳肯定没感觉到我们的存在，走过我们面前时，脚步没一点儿凝滞。

　　他们走过去了，栀子还在呆望着。对这次会面她已在心中预演过千百遍，但真的实现了，她又以为是在梦中。我推推她，她才如梦初醒。我们迅速赶过阿炳，在他们前边的路侧倒行着，把激光录音头对准阿炳胯前的琴筒。阿炳的琴声连绵不断，一曲刚了，一曲接上，起承时流转自然。我们在其中辨识出了《二泉映月》《寒春风曲》，也听到了琵琶曲《龙船》《昭君出塞》《大浪淘沙》的旋律，但更多的是从未听过的琴曲。我未听过，作为专业演奏家的栀子也没听过。我还发现一个特点，阿炳的马尾琴弓比别人的都粗，他的操弓如云中之龙，夭矫多变，时而沉雄，时而凄楚，时而妩媚，而贯穿始终的基调则是苍凉高远。栀子紧盯着阿炳的手，物我两忘，与音乐融为一体。

　　即使是我们熟悉的《二泉映月》，听先生本人的演奏也是别有风味。留传后世的那次演奏是粗糙的钢丝录音，无法再现丰富的低音域，再说，那时阿炳也不在艺术生涯的巅峰。唯有眼前的演奏真实表现了先生的功力。我看见栀子的嘴唇颤抖着，眼眶里盈满了泪水。

　　整整一天，我们像导盲犬一样走在先生前面。阿炳先生没有觉察，董彩娣常奇怪地看看我们，不过她一直没有多言。街上的行人或闲人笑眯眯地看着阿炳走过去，他们已见惯不惊了，不知道自己聆听的是九天之上的仙音。不时有人扔给董彩娣几个零钱，董恭顺地接过来，低眉问好。有时阿炳在某处停一会儿，但仍是站着演奏，这时周围就聚起一个小小的人群。听众多是熟悉阿炳的人，他们点名要阿炳拉哪首曲子，或换用哪种乐器。演奏后，他们的赏钱也稍多一些。

夕阳西斜，董彩娣拉着丈夫返回，在青石板上拖着长长的影子。我和栀子立即赶回时间车，用整整一夜的时间重听录音并做出统计。今天阿炳先生共演奏了270首乐曲，大概基本包括他的全部作品了。据栀子说，它们几乎个个都是精品，而且其中至少有15首是堪与《二泉映月》媲美的极品！栀子欣喜得难以自禁，深深地吻我。她激动地说："汉，知道你对人类做出了多大的贡献吗？储师竹、杨荫浏先生只录下6首，我们录下270首呀。"

我笑道："那你就用一生的爱来偿还我吧。咱们明天的日程是什么？要尽量早点儿返回。不要忘了，我们是未经批准的时间偷渡者。"

栀子说："明天再去录一次，看看先生还有没有其他作品。更重要的是，我想让阿炳先生亲自为他的乐曲定出名字。汉，我真想把阿炳先生带回现……"

我急忙说："不行，绝对不行，连想也不能想。别忘了你出发前对我的承诺！"

栀子叹口气，不说话了。

第二天春雨淅淅，我们在街上没等到先生，便辗转打听，来到先生的家。一座破房，门廊下四个孩子在玩耍，他们是董彩娣前夫

| 超维

的孩子,个个衣衫褴褛、浑身脏污。董彩娣不在家,孩子们说她"缝穷"去了(给单身穷人做针线活)。阿炳先生坐在竹椅上,仍戴着墨镜和礼帽,乐器挂在身后的墙上,似乎随时准备出门。他侧耳听我们进屋,问:"是哪位贵客?"

栀子趋步上前,恭恭敬敬地鞠躬,说:"阿炳先生,华先生,我们把你昨天的演奏全录下来了,请你听听,告诉我们每首曲子的曲名,好吗?"

不知先生是否听懂她的话意,他点头说:"好呀好呀。"栀子打开激光录音机,第一首先放《二泉映月》,她想验证一下阿炳会给它起什么名字。凄楚优美的琴声响起来,非常清晰真切,带有强烈的穿透力。阿炳先生浑身一颤,侧耳聆听一会儿,急迫地问:

"你们哪位在操琴?是谁拉得这么好?"

栀子的泪水慢慢溢出眼眶:"先生,就是你呀,这是你昨天的录音。"

原来阿炳先生没听懂栀子刚才的话,他还不知道什么是录音。栀子再次做了解释,把录音重放了一遍,阿炳入迷地倾听着,被自己的琴声感动了。四个孩子挤在门口,好奇地望着栀子手中能发出琴声的小玩意儿。一曲既毕,栀子说:"阿炳先生,这是你的一首名曲,它已经……"她改了口,"它必将留传千秋后世。请你给它定出一个正式名字吧。"

阿炳说:"姑娘——是小姐还是夫人?"

"你就喊我栀子姑娘吧。"

他苍凉地说:"栀子姑娘,谢谢你的夸奖,我盼知音盼了一辈子,今天才盼来啦。有你的评价,我这一生的苦就有了报偿。这首曲子我常称它'瞎拉拉',若要起名字,就叫……'二泉月冷'吧。"

栀子看看我。"二泉月冷"与"二泉映月"意义相近,可以想见,阿炳先生对自己每首曲子的意境和主旨是心中有数的。栀子继续播放,现在是她挑出的15首极品中的一首,乐曲旷达放逸,意境空蒙辽远,栀子问:"这一首的名字呢?"

阿炳略为沉吟:"叫'空谷听泉'吧。"

我们一首一首地听下去,阿炳也一首首给出曲名:"山坡羊""云海荡舟""天外飞虹"等。雨越下越大,董彩娣回来了,看来她今天出门没揽到活计。她站在门口惊奇地看着我们俩,我们窘迫地解释了来意。她不一定听得懂我们的北方话,但她宽厚地笑笑,坐到丈夫身边。

我俩和阿炳先生都沉浸在音乐氛围中,没注意到阿炳妻子坐立不安的样子。快到中午了,她终于打断阿炳的话头,伏在他耳边轻声说着什么。栀子轻声问:"她在说什么?"

我皱着眉头说:"似乎是说中午断粮,她要把琵琶当出去,买点儿肉菜招待我们。"

栀子眼眶红了,急急掏出钱包:"先生,我这儿有钱!"肯定她想起人民币在那时不能使用,又急忙扯下耳环和项链:"这是足金的首饰,师母请收下!"

我厉声喝道:"栀子!"

栀子扭回头看看我,这才想起出发前我严厉的嘱咐。她无奈地看看阿炳夫妇,泪水夺眶而出。忽然她朝阿炳跪下,伏地不起,肩膀猛烈地抽动。董彩娣惊慌地喊:

"姑娘,你别这样!"她不满地看看我,过去拉栀子,"姑娘,

| 超维 ——

我不会收你的金首饰,别难过,快起来!"

我十分尴尬,无疑,董把我当成吝啬而凶恶的丈夫了,但我唯有苦笑。阿炳先生也猜到了眼前发生的事,把妻子叫过去低声交代着,让她到某个熟人那儿借钱。趁这当儿,我急忙扯起栀子离开这里,甚至没向阿炳夫妇告别。

栀子泪水汹涌,一直回望着那座破房。

这趟旅行之前,我曾再三向栀子交代:

"时间旅行者不允许同异相时空有任何物质上的交流。这项规定极为严厉,是旅行者必须遵守的道德底线。你想,如果把原子弹带给希特勒,把猎枪带给尼安德特人,甚至只是把火柴带给蓝田猿人……历史该如何震荡不已!可是,'这一个'历史已经凝固了,过度剧烈的震荡有可能导致时空结构的大崩溃。"

那时栀子努着嘴娇声说:"知道啦,知道啦,你已经交代10遍了。"

"还有,与异相时空的信息交流也不允许——当然少量的交流是无法避免的,咱们回到过去,总要看到听到一些信息。但要绝对避免那些对历史进程有实质性影响的信息交流!比如,如果你告诉罗斯福,日本将在1941年12月7日发动珍珠港袭击;或者告诉三宝太监郑和在他们航线前方有一个广袤的大陆……"

栀子调皮地说:"这都是好事嘛,要是那样,世界肯定会更美好。"

"不管是好的剧变,还是坏的剧变,都会破坏现存的时空结构。栀子,这事开不得玩笑。"

栀子正容说:"放心吧,我知道。"

回到时间车里,栀子啜泣不已,我柔声劝慰着:"看着阿炳先生挨饿,我也很难过,但我们确实无能为力。"栀子猛然抬起头,激动地说："这样伟大的音乐家,你能忍心旁观他受苦受难,四年之后就吐血而死?汉,我们把阿炳先生接回2050年吧!"

我吃了一惊,呵斥道:"胡说!我们只是时间旅行者,不能改变历史的。需要改变的太多了,你能把比干、岳飞、凡·高、耶稣都带回到现代?想都不能想。"我生气地说,"不能让你在这儿再待下去了,我要立即带你返回。"

栀子悲伤地沉默了很久,才低声说:"我错了,我知道自己错了。当务之急是把这270首乐曲带回去,只要这些音乐能活下去,阿炳先生也会含笑九泉的。"

"这才对呢,走吧!"

我启动了时间车。

一辆时空巡逻车在时空交界处等着我们,局长本人坐在车里。他冷冷地说:"何汉,我很失望,作为时空管理局的职员,你竟然以身试法,组织时空偷渡。"

我无可奈何地说:"局长,我错了,请你严厉处罚我吧!"

局长看看栀子:"是爱情诱你犯错误?说说吧,你们在时间旅行中干了什么。"

他手下的警察在搜查我的时间车。我诚恳地说:"我们没有带回任何东西,也没有在过去留下任何东西。我的未婚妻曾想将首饰赠予阿炳夫妇,被我制止了。"

"这台录音机里录了什么?"

我知道得实话实说:"局长,那是瞎子阿炳失传的270首乐曲。"

局长的脸唰地变白:"什么?你们竟然敢把他失传的乐曲……"

栀子的脸色比局长更见惨白:"局长,那是人类的瑰宝啊!"

> 超维

局长痛苦地说:"我何尝不知道。栀子姑娘,我曾多次聆听过你的演奏,也对阿炳先生十分敬仰。但越是这样我越不能宽纵。时空禁令中严禁'对历史进程有实质性影响的信息'流入异相时空,你们是否认为,阿炳先生的270首乐曲是微不足道的东西,对历史没有实质性影响?"

我哑口无言,绝望地看看栀子。栀子愣了片刻,忽然说:"算了,给他吧!局长说得有道理,给他吧!"

我很吃惊,不相信她肯这么轻易地放弃她心中的圣物。栀子低下头,避开我的目光,但一瞥之中我猜到了她的心思:她放弃了录音带,放弃了阿炳先生的原奏,但她已把这些乐曲深深镌刻在脑海中了。270首乐曲啊,她在听两遍之后就能全部记住?不过我想她会的,因为她已经与阿炳先生的音乐融为一体,阿炳的灵魂就寄生在她身上。

局长深感歉然:"何汉,栀子小姐,我真的十分抱歉。我巴不得聆听阿炳的新曲,我会跪在地上去听——但作为时空管理局的局长,我首先得保证我们的时空结构不会破裂。原谅我,我不得不履行自己的职责。"他命令两个警察:"带上栀子小姐和她的激光录音机,立即押送时空监狱。我知道那些乐曲还镌刻在栀子小姐的大脑中,我不敢放你进入'现在'。"

我全身的血液一下子流光了,震惊地望着局长。时空监狱——这是令人毛骨悚然的地方。它的时空地址是绝顶机密,没人知道它是在2万年前还是10万年后。人们只知道,时空监狱只用来对付时空旅行中的重犯,凡是到那儿去的人从此音讯全无。局长不忍心看我,转过目光说:

"请栀子小姐放心,我会尽量与上层商量,找出一个妥善的办法,让栀子小姐早日出狱——实际上现在就有一个通融办法:如果栀子小姐同意做一个思维剔除术,把那部分记忆删去,我可以马上释放你。"

栀子如石像般肃立,脸色惨白,目光悲凉,她决绝地说:"我决不会做思维剔除术,失去阿炳先生的乐曲我会生不如死。走吧,送我去时空监狱。"

我把栀子搂入怀中,默默地吻她,随后抬起头对局长说:"局长,我知道你的苦衷,我不怪你。不过,请你通融一下,把我和栀子关到一个地方吧。"

栀子猛然抬头,愤愤地喊:"何汉!"她转向局长,凄然说:"能让我们单独告别吗?"

局长叹了口气,没忍心拒绝她。等局长和两名警察退离后,我说:"栀子,不要拒绝我。没有你,我活着还有什么趣味?"

栀子生气地说:"你真糊涂!你忘了最重要的事!"她变了,一个多愁善感的小女人顷刻之间变得镇静果断。她盯着我问:"你也有相当的音乐造诣,那些乐曲你能记住多少?"

"可能……有四五首吧,都是你说的极品,它们给我的印象最深。"

"赶紧回去,尽快把它们回忆出来,即使再有一首能流传下去,我……也值了。去吧,不要感情用事,那样于事无补。"

我的内心激烈斗争着,不得不承认她的决定是对的。"好吧,我们分开后,我会尽量回忆出阿炳的乐曲,把它传播出去。然后,我会想办法救你出狱。"

栀子带泪笑了:"好的,我等你——但首先要把第一件事干好。再见!"

我们深情吻别,我目送栀子被带上时空巡逻车,一直到它在一团绿雾中消失。

王晋康 ● 黄金的魔力
时空节点上的斯文败类

| 超维

黑豹把那人带进屋,小心地关上房门,对师傅点点头:"喏,就是这个家伙。"然后他为来人取下硕大的墨镜,撕掉贴在他眼睛上的两块圆形胶布。胶布藏在墨镜后面,外人是看不见的。来人揉揉双眼,用力眨巴着,以适应屋里的昏暗光线。

这是一个衣着普通的中年人,50岁左右,是那种"掉在人堆里也捡不出来"的芸芸众生。衣着整洁,但显然都是廉价货,灰色衬衫,蓝色西裤,脚上是一双人造革的皮鞋。五官端正,但看来缺乏保养,皮肤比较粗糙,眼睛下面是松弛的眼袋,黑发中微见银丝。左臂弯里夹着一个中等大小的皮包。他现在已经适应了屋里的光线,目光冷静地打量着屋内的人。

老大胡宗尧,外号胡瘸子。他的左腿在一次武斗中受伤,留下终身的残疾。胡老大朝黑豹扬扬下巴,声调冷肃地问:"检查过了吗?"

黑豹嘿嘿笑道:"彻底检查过了,连肛门和嘴巴里也抠过,保证他夹带不了什么猫腻——除了这个狗屁的时间机器。他宝贝得很,不让我检查。"

"那么,"老大朝那"狗屁机器"扫一眼,平静地问来人,"你就是那个任中坚教授吧,这些天你在满世界找我?"

来人没有直接回答，声音平稳地说："我想你该先请我坐下吧，我不习惯站着说话。"

胡瘸子稍微一愣，然后哂笑着点点头："对，先生请坐，"他嘲讽地说，"教授，别笑话，咱是粗人，记不住上等人的这些臭规矩。"

任教授自顾自坐到旁边的旧沙发上，把自己的皮包放到身旁，冷静地打量着眼前的一切。这位胡老大大约四十六七岁，身材瘦削，小个子，浑身干巴巴得没有几两肉，皱纹很深，眼窝深陷，目光像剃刀一样锋利。想不到名震江湖、警方悬赏100万捉拿的贼王是这么一个模样，通缉令上的照片可显不出他的"神韵"。

他身后那个肌肉发达的年轻人，黑豹，也是悬赏榜上有名的，是贼王近几年的黄金搭档。和贼王一样，素以行事果决、心狠手辣而闻名。不过，说他们心狠手辣也许有点儿冤枉。这对贼搭档倒是一向遵守做贼的道德，取财而不害命——除非迫不得已。在迫不得已的情况下，他们对杀人放火也不会有丝毫的犹豫和自责。

屋里灯光昏暗，窗户都用黑布窗帘遮得严严实实，就像是幽深的山洞，不过没有阴暗潮湿的气息。偶尔能听到窗外的汽车喇叭声。从声源近乎水平的方位看，这里很可能是平房或楼房的一楼。

胡老大从圈椅中站起来，瘸着腿，到屋角的冰箱中取出一罐啤酒递给客人，嘴角隐着讪笑："对待上等客人咱得把礼数做足。请喝吧！现在言归正传，先生找我有什么见教？"

任教授拉开铝环，慢慢品尝着啤酒："我是个读书人，"他没头没脑地说，"不光是指出身履历，更是指心灵。我的心灵里曾装满节操、廉耻、君子固穷之类的正经玩意儿。"

胡瘸子横他一眼，嘴里却啧啧称赞着："对，那都是些好货色，值得放到神龛里敬着。可你为什么找我呢？协助警方抓我归案吗？"

任教授自顾自说下去:"可惜,一直到知天命之年,我才发觉这些东西太昂贵、太奢侈了,不是我辈凡夫俗子能用得起的。我发现,在这个拜金社会中,很多东西都可以很方便地出卖以换取金钱,像人格、廉耻、贞操、亲情、信仰、权力、爱情、友谊等,唯独我最看重的两样东西,似乎永远和赵公元帅无缘,那就是才华和诚实劳动。"

胡老大看看黑豹,笑嘻嘻地问:"那么,据任先生所说,我们是出卖什么的?"

任中坚冷淡地说:"比起时下的巨枭大贪,你们只能算作小角色,不值一提。"他仍自顾自说下去,"常言说'善恶有报,时辰未到',但据我看来,那些弹冠君子们似乎不大可能在现世遭报了。这一点实在让人心凉——毕竟我们已经不再相信虚妄的来世。所以,"他缓缓地宣布,"我要火中涅槃了,要改弦更张了。世人皆浊,何不淈其泥而扬其波?众人皆醉,何不哺其糟而啜其醨?"

虽然他说得过于文雅,但意思是明白的。贼王和黑豹这才开始提起精神:"对呀,你早这么说不就结了?说吧,你找我们,是不是有一笔大生意?"

任教授点点头:"不错,有一笔大生意。"他微微一笑,"不过首先我想弄清这儿是什么地方。虽然这位黑豹先生带我来时一直蒙着我的双眼,并且在市区和市郊转了几圈,但我天生有磁感,能蒙目而辨方向。据我判断,这儿仍是在市区,大致是在市区北部,我没说错吧?"

贼王脸色略变。这儿是他的一个秘密巢穴,看来今后不敢用了。他回头冷冷地看着黑豹,黑豹不服气地低声说:"不可能!我开着汽车至少拐了30个弯!"

任教授笑道:"只要能感觉到每次转弯的方向,估计到每两个转弯之间的距离,大脑就能自动积算出所走的途径。这种积分是蚂蚁脑也能完成的。好了,不说这些题外话了。"他指指左边的窗户,"我猜想这边应该是北边,对吧。如果打开窗户,就能看到一幢18层的银行大楼。"

贼王钦服地说:"没错,再往下说。"

"大楼的地下室有一个庞大的金库,是江北数省的战略库存。那儿的黄金……多得就码放在敞开的货架上,异光闪烁,让你睁不开眼睛。"

贼王已经感到临战的紧张,或者不如说是感到了对黄金的饥渴,嘴里发干,肾上腺素开始加快分泌:"说下去,说下去!"

"可惜那里戒备森严——混凝土浇成的整体式外壳,1米厚的钢门,24小时的武装守卫。进库要经过5道关口,包括通行证、密码和指纹验证。钢门上有两个相距3米的锁孔,必须两人同时操作才能打开。屋内设有灵敏的拾音装置,即使是轻微的呼吸声也能放大成雷鸣般的声响,并自动触发警报。虽然你们是赫赫有名的贼王和贼帅,我想你们对它也无可奈何——恐怕想也不敢想。"

黑豹从他的语气中听出轻蔑,满面通红地正要发作,胡瘸子微微摆头制止住他:"对,我们没能进去过,想也不敢想。你能吗?"

"我更进不去。但我有这个玩意儿。"他傲然地举起那个皮包,"时间旅行器。"

贼王和黑豹交换着怀疑的神色:"时间机器?我知道,从科幻电影中看过。我也听说过爱因斯坦的相对论……"

任教授不客气地截断他的话头:"我不认为以你的知识水平能

懂得相对论，所以不必在时间旅行的机理上浪费时间。好在我的时间机器已经成功了，你满可以当场试验，来一个最直接最明白的试验，这么着，以你们的知识水平也能得出明确的结论。"

这个浑蛋，贼王在心中悻悻地骂道，似乎不想放过每一个机会来表示他对俺俩的轻蔑。他忍住怒意冷冷地说："好吧，试验咋个进行？"

"当场试验。"教授自信地说，打开皮包，取出一个银光闪闪的仪器。仪器比手掌略大，呈螺壳形，曲线光滑，光可鉴人，正面有一个手形的凹陷。他把手掌平放在凹陷处，机器马上嘟嘟地叫了两声，指示灯也开始闪烁。贼王和黑豹不由绷紧全身的肌肉——谁知道这是不是警方的圈套？谁知道里边会不会喷出强力麻醉剂？黑豹已悄悄掏出手枪，但贼王示意他装进去。他不愿被这个"读书人"看轻，而且——说来很奇怪，尽管来人是主动投身黑道，是来商量打家劫舍的勾当，但他仍觉得对方是一个光明磊落的君子，不会搞那些卑鄙龌龊的阴谋。

任教授仔细调校了机器的表盘："好，请你们注意了！请用眼睛盯牢我！"他抬起头，再次强调，"你们盯牢了吗？"

"盯牢了。"两人迷惑地说，"咋了？"

"现在我要消失了。请盯牢我，我要消失了。"在两人的目光睽睽下，他微笑着按下一个按钮，立时——他消失了，连同他身下的椅子，消失得干净利落。只有他原来所在之处的空气微微振荡，形成了一个近乎人形的空气透镜，这种畸变也很快消失了。

余下的两人目瞪口呆。这可不是魔术，魔术师都必须借助道具，要玩一点儿障眼法，那些手法一般难以逃脱贼王和贼帅的贼眼。可是这会儿，没有任何中间过程，一个活人真的从两人的盯视中消失了！两人面面相觑,睃着四周。一分钟,两分钟……胡宗尧轻声喊着:"任先生?任先生?"

5分钟后,任教授又刷地出现了,仍坐在原处,连姿势都没变。看来,他很高兴自己对二人造成的震惊,嘴角上牵动着笑意。贼王敬畏地说:"先生,你……用的什么障眼法?"

"我没用障眼法,我仍在原地,只是回到了昨天这个时辰。"

"胡说!"黑豹忍不住喝道,"昨晚我俩一直在这儿,怎么没看见你?"

教授冷冷地瞟了他一眼:"谁说没看见?我还和你俩聊了一会儿。你俩看见我突然冒出来,惊得像是……"他忍住唇边的笑意,"刚从枪口下逃生的兔子。"

"胡说!纯粹是胡说!你甭拿我俩当傻×。要是昨天我见过你,今天咋就忘了?"

教授不客气地截住他:"因为你在宇宙中已经分岔了,现在坐在这里的,是从正常的时间之河中走过来的'这个'黑豹,而不是昨天曾遭遇时间旅行者的'那个'黑豹。请闭嘴!"他皱着眉头说,"我不愿贬损你的智力,我知道在你们的行当中,你俩都是出类拔萃的角色。但老实说,我不相信你们能理解时间倒错中的哲理问题。现在请你决定,"他对贼王说,"咱们是用半年时间讨论这些哲理呢,还是用这台机器干一些实事。"

贼王显然异常困惑,但他很快从困惑中跳出来,摇着脑袋钦服地说:"听任先生的,甭指望咱俩的猪脑袋能想通这些事。不过我相信任先生的机器,因为他刚才确确实实从咱俩眼皮底下消失了,这事掺不了假。"

任教授也赞赏地看看他，很有点儿英雄相惜的味道："不错，胡先生的思维直截了当，能一下子抓住问题的关键。"

黑豹仍不服气，但他冷笑着，抱着故妄听之的态度听下去。贼王温和地笑道："任先生，我信服你的时间机器。可是，这和金库有什么关系？用上它就能穿过墙壁和钢门吗？"

"不，当然不能。用它连一道窗纱也穿不过。因为它只能进行时间旅行而不能做空间上的跃迁。但有了时间机器，我们就自由了，就可以采用某个窍门，使用某种巧妙的手法。"

"什么窍门？请指教！"

"这幢银行大楼是什么时候建成的，你们知道吗？"

贼王对这个问题摸不着头脑，略有不耐地说："不知道，我打听这个干啥？"

"是1982年开始建造，1984年建成。所以，我们可以回到1982年以前，然后，在那个时间断面上，我们可以自由地进行空间移动……"

贼王非常敏锐地理解了教授的意思："你是说，先从银行之外的某个地方回到1982年前，再从那儿走到将要盖金库的地方。因为那时根本没有金库，所以我们走到那儿不受任何限制。然后，等走到将来的金库中心，再使用时间机器回到现在——这时我们就已经在金库中了，对不？"

"对，你的脑瓜很灵。"任教授真诚地夸奖着，就像在课堂上夸自己的得意门生。"不过不一定要回到现在，只需回到'金库建成、黄金存入'的任一时刻就成。"

"然后……带着黄金站在原地，再开动时间机器回到1982年以前,我们就可以自由自在地走出金库大门了!因为那时根本就没有金库和库门!任先生,我说得对不对?"他急不可耐地等着老师的判分。

"完全正确。"老师微笑道。

贼王不由哈哈大笑,笑得声震屋瓦:"妙,实在是太妙了!还有那,拿上黄金后甚至不用回到现在——虽说这桩生意干得天衣无缝,到底得担惊受怕不是?咱们干脆回到'黄金被盗之前'的某个时候,痛痛快快地享受一番。那时的黄金还没丢呢,雷子们干瞅着咱们花钱也没办法,他们不能为几年后的盗窃案抓人那,对不对?"

"原则上没错。不过……我还是要回到现在。"教授目光暗淡地说,"我想让'现在'的妻子儿女享受一番,这一生他们太苦了。"

贼王得意地捶着黑豹的肩膀:"妙极了,实实在在是妙不可言!这么干,让那些雷子们狗咬尿泡没处下嘴。"

黑豹也信了,嘿嘿地笑着。贼王笑够了,才坐回到椅子上:"任先生,真是绝妙的主意,不过还有一点儿疏漏。"

"什么疏漏?"

"金库的拾音系统!咱们再怎么神不知鬼不觉,但只要一进入金库——我是指已经建成的、有黄金的金库,拾音系统马上就会发出警报,警卫马上就会赶到。"

任教授不慌不忙地说:"那时我们已经带着黄金返回了——不过毕竟太冒险、太仓促。我还有一个悄悄干的主意。7年前,就是1992年9月11日,金库的拾音系统出了故障,一天内也没能排除,后来只好从银行系统外请了一些专家会诊,我是其中之一。坦率地说,正是我找出了故障所在,在次日上午修好了。"

"那时……你就开始打这个主意?"

很奇怪，听了这话，任教授像是被鞭子抽了一记，简直有点儿恼羞成怒了："胡说！那时我一心一意查找故障，根本没起这种卑鄙念头。"

贼王在心中鄙薄他的矫情，冷笑道："是吗？那太可惜了，否则趁机会揣两根出来，也不至于像你说的半辈子受穷。"

这时教授已经控制了情绪，心平气和地摇摇头："当时我确实没有这个念头。银行尊重我，懂得我的价值，我也就全心全意为他们解难。不过即使有顺手牵羊的念头也办不到。那儿有重兵把守，我们进出门都要更换所有的衣服……不说这些了。"他回到正题上，"我们可以回到拾音器不起作用的这两天，在库内无人时下手。"他自信地说，"我的机器非常精确，在百年之内的时间区间里，返回时刻的误差不会大于3分钟。"他笑着解释道，"我刚才消失了5分钟，对吧。那是为了留下足够的时间让你们确信我消失了。实际上，我可以在消失的那一瞬间就返回，甚至可以在消失之前返回，让两个任中坚坐在你们的面前。"他看到了两人的怀疑眼色，忙截断两人的话头，"有了这个时间机器，你就获得了绝对的自由，这中间的妙处，局外人是难以真切体会的……不过不说这些了，我怕说得越清楚，你们反倒会越糊涂。咱们还是——按你们的说法——捞稠的说吧。请你们再想想，这个计划还有什么漏洞？"

黑豹伏在贼王耳边轻声说了几句，贼王点点头，温和地笑道："任先生，这个计划已经很完美了。不过黑豹和我都有一点儿疑问，一点儿小小的疑问。"他的眼中闪着冷光，"按任先生的计划，你一个人足以独立完成。为什么要费神费力地找到我们？为什么非要把到手的黄金分成三份？任先生天生不会吃独食吗？"

两人的目光如刀如电，紧紧盯着客人的神情变化。任教授没有马上回答，但也没有丝毫惊慌。沉默良久，他才叹息道："这个计划的实施还缺一件极关键的东西——金库的建筑图，我需要知道金库的准确坐标和标高。建筑图现在一定存放在银行的档案室里。"

贼王立即说道："这个容易，包给我们了！"

教授又沉默良久，才意态萧瑟地说："其实，这并不是我来找你们的真实原因。我虽然没能力偷出这份图纸，但我可以返回到1982年、1983年，也就是金库正在施工的那些年份，混在建筑工人中偷偷量几个尺寸就行了。虽然稍许麻烦些，但完全可以做到。"

贼王冷冷地说："那你为什么不这样干？"

"我，"他踌躇着说，"几十年来一直自认是社会的精英，毫无怨怼地接受精英道德的禁锢。如今我幡然悔悟了，把禁锢打碎了。我真正体会到，一旦走出这种自我囚禁，人们可以活得多么自由自在——但我还是没能完全自由。比如，我可以在这桩罪恶中当一个高参，但不愿去'亲手'干这些丑恶勾当，正像孔夫子所说的'君子远庖厨'。"他苦笑道，"请你们不要生气，我知道自己这些心境可笑可悲，但我一时还无法克服它。"

贼王冷淡地说："没关系，就按先生的安排——你当黑高参，我们去干杀人越货的丑恶勾当。反正我们也不是第一次干，我才不耐烦既当婊子又想着立牌坊哩。"

贼王难以抑制自己的怒意，但他至此已完全相信了这位古怪的读书人。这个神经兮兮的家伙绝不会是警方的诱饵。他不客气地吩咐道："好了，咱们到现在算是搭上伙了。黑豹，你在三天内把那些图纸弄来，我陪着任先生留在这里。任先生，这些天请不要迈出房间半步，否则……这是为了你好。听清了吗？"

"知道了。"任中坚平静地说。

| 超维

　　教授是一个很省事的客人。两天来一直待在指定的房间,大部分时间是躺在床上,两手枕在脑后,安静地看着天花板。吃饭时他就下来那么一二十分钟,安静地吃完饭,对饭食从不挑挑拣拣,然后再睡回床上。胡宗尧半是恶意半是谐谑地说:

　　"你的定力不错呀!有这样的定力,赶明儿案子发了,蹲笆篱子也能蹲得住。我就不行,天生的野性子,宁可挨枪子也不愿蹲无期。"

　　床上的任先生睁眼看看他,心平气和地说:"你不会蹲无期的。凭你这些年犯的案,早够得上三五颗枪子了。"看看贼王眼里闪出的怒意,他又平静地补一句,"如果这次干成,我也够挨枪子了。"

　　"那你为什么还要干?你不怕吗?"

　　教授又眯上眼睛。贼王等了一会儿,以为他不愿回话,便要走开,这时教授才睁开眼睛说:"不知道,我也没料到自己能走到这一步。过去我是自视甚高的,对社会上各种罪恶、各种渣滓愤恨不已。可是我见到的罪恶太多了,尤其是那些未受惩罚的趾高气扬的罪恶。这些现实一点一点毁坏着我的信念,等到最后一根稻草加到骆驼背上,它就突然垮了。"

　　说完他又闭上眼睛。

　　第三天中午,黑豹笑嘻嘻地回来,把一束图纸递给正在吃午饭的任教授。教授接过图纸,探询地看看他。黑豹笑道:"很顺利,我甚至没去偷。我先以新疆某银行行长的名义给这家银行的刘行长打了电话,说知道这幢银行大楼盖得很漂亮,想参考参考他们的图纸。刘行长答应了,让我带个正式手续过来。我懒得搞那些假手续,便学着刘行长的口音给管档案的李小姐打了个电话,说,我的朋友要去找你办点儿事,你适当照顾一下。"

　　贼王笑着夸道:"对,学人口音是黑豹的绝招。"

"随后我直接找到李小姐，请她到大三元吃了一顿，夸了她的美貌，给她买了一副钻石耳环，第二天她就顺顺当当把图纸交我去复印了。"

教授叹了口气，低声说："无处不在的腐败，无处不在的低能……也许你们不必使用时间机器了，只要找到金库守卫如法炮制就行了。"

黑豹没听出这是反话，瞪大眼睛说："那可不行！金库失窃可不比一份图纸失密，那是掉脑袋的事，谁敢卖这个人情？"

贼王瞪了他一眼，让他闭上嘴巴。这会儿教授已经低下头，认真研究金库的平面图，仔细抄下金库的坐标和标高。随后他意态落寞地说："万事俱备，可以开始了。不过我要先说明一点，这部机器是我借用研究所的设备搞成的，由于财力有限，只能造出一个小功率的机器。我估计，用它带上三个人做时间旅行是没问题的，但我不知道它还能再负载多少黄金。也许我们得造一个功率足够大的机器。"

贼王不客气地盯着他："那要多少钱？"

"扣紧一点儿……大概 1000 万吧。"

贼王冷笑道："1000 万我倒是能抓来，不过坦白说，没见真佛我是不会上香的。我怕有人带着这 1000 万躲到前唐后汉五胡十六国去，那时我到哪儿找你？走吧，先试试这个小功率的玩意儿管用不管用，再说以后的事。"

银行大楼的北边是清水河。河边建了不少高楼，酒精厂的烟囱直入云霄，不歇气地吐着黄色的浓烟，浅褐色的废水沿着粗大的圆形管道排到河里，散发着刺鼻的气味。暮色苍茫，河岸上几乎没有人影。任教授站在河堤上，怅惘地扫视着河面和对岸的柳林，喟然叹道:"好长时间没来这里了。记得过去这里水质极清,柳丝轻拂水面,小鱼悠然来去,螃蟹在白沙河床上爬行。水车辚辚,市内各个茶馆都到这里拉甜水吃……1958年我还在这里淘过铁砂呢,学校停了课,整整干了两个月。"

"铁砂?什么铁砂?"黑豹好奇地问。任教授没有回答,贼王替他说:"大炼钢铁呗。那时的口号是钢铁元帅升帐,苦干15年,超英压美学苏联。这儿上游有铁矿,河水成年冲刷,把铁砂冲下来,在回水处积成一薄层。淘砂的人把铁砂挖出来,平摊在倾斜的沙滩上,再用水冲啊冲啊,把较轻的沙子冲走,余下一薄层较重的铁砂……我那年已经6岁了,还多少记得这件事。"

"一天能淘多少?"

任教授从远处收回目光,答道:"那时是按小组计算的,一个组四个人,大概能淘两三斤、四五斤吧。"

黑豹嘲讽地说:"那不赶上金砂贵重了!这些铁砂真的能炼钢?"

贼王又替教授回答了:"狗屁!……干正事吧。"

教授不再言语,从小皮箱里取出一具罗盘、一具激光测距器。又取出图纸,对照着大楼的外形,仔细找到金库中心所在的方位,用测距器测出距离:"现在,金库中心位于咱们的正南方352.5米处,我就要启动时间机器了。等我们回到过去的某一年,比如说是1958年,就从现在站立的地方径直向南走352.5米,那就是我们要去的地方——不管在当时那儿是野蒿丛还是菜地。"

贼王和黑豹都多少有点儿紧张,点点头,说:"清楚了,开始吧!"

"不,黑豹,你先把这棵小树挖掉。时间机器启动后,会把方圆一米之内的地面上的所有东西全部带到过去。这棵树太累赘。"

"行!"黑豹向四周扫视一番,跑步向东,不一会儿,他就从一个农家院里带着一把斧头返回了,不知道是借的还是偷的。他三下五下把那棵三米高的杨树砍断了,拖到一边去。"行不?开始吧!"

"好,我要开始了。"教授把测距器和罗盘收回皮包,挂到身上,仔细复核了表盘上的参数。"返回到1958年吧,那样更保险一些。1958年6月1日下午5点30分。选这个时辰,干活儿比较从容。"

两人都没有反对,不耐烦地看着他。教授轻轻按下启动钮。

扑通一声,三人从两米高的空中直坠下来,跌入水中。黑豹摔了个仰面朝天,咕嘟嘟喝了几口水。他挣扎起来,暴怒地骂道:"娘卖×,这是咋整的?"

好在这儿的水深只及腰部。那两人没有跌倒,教授高举着时间机器,惊得面色苍白,好久才喘过气来:"肯定是这41年间河道变化了。我们仍是在出发点,这儿就是咱们在1999年站立的那段河堤。真该死,我疏忽了,没想到仅仅41年河道会有这么大的变化——谢天谢地,时间机器没有掉到水里,万一引起短路……咱们就甭想回去了。"

贼王沉着脸说:"回不到1999年倒不打紧,哪儿黄土不埋人?问题是,恐怕金库也进不去了。"

教授苦笑道:"对——我会修复的,只是要费些时间。"

"好呀,"贼王懒懒地说,"以后最好别出娄子。我的手下要是出了差池,都会自残手足来谢罪的。先生是读书人,我真不想让你也少一条腿或一只手。"

教授眼神抖动一下,没有说话。惊魂稍定,他们才注意到河对岸十分热闹。那儿遍插红旗,人群如蚁。他们大多是小学生,穿着

| 超维 ———

短裤短褂,站在河边的浅水中,用脸盆向岸上泼水,欢声笑语不绝,吵闹得像一池青蛙。不用说,这就是教授所说的淘铁砂的场面了。也许教授是有意返回此时来重温少年生活?时间已近黄昏,夕阳和晚霞映红河水。那边忽然响起集合哨声,人们开始收拾工具,都没注意到河对岸忽然出现的这三个人。这时喇叭响了:

"实验小学四年级一班四组今天获得冠军,并创造了纪录:捞铁砂112斤!"

激情的喊声在河面上悠悠地荡过来。教授突然浑身一震,转过身,痴痴地向对岸倾听着。贼王不耐烦地咳嗽一声,他才从冥思中惊醒。"没什么,"他没来由地红了脸,解释道,"广播上是在说我,说我们的小组。那天我们很幸运,挖到一个很厚的矿层。"

黑豹不解地问:"得冠军奖多少钱?"

"不,一分钱也没有。那时人们追求的不是金钱……"

黑豹鄙夷地打断他的话:"傻×!那时人们都是傻×!"

教授懒得同他说话,沉下脸说:"黑豹,你先留在这儿不动,给我当标尺。"他和贼王涉水上岸,取出罗盘和激光测距器,量出脚下到黑豹的距离是3.5米,又以黑豹的脑袋校准了方向,在岸上立了一根苇梃做标杆:"好,你可以上来了。"

三个人按罗盘指出的方向,向南走了349米。加上落水处至岸边的3.5米是352.5米。眼前果然没有任何建筑,甚至没有农田菜地。这儿是一片低洼的荒地,黄蒿和苇子长得十分茂密。教授对着远处的标杆,反反复复地校对了方位和距离,又用高度仪测量了此处的海拔高度,抬起头说:

"没错,就是这里了,这里就是26年后建成的金库中心。不过从标高上看,金库位于地下2.5米处,我们得向下挖2.5米才行。"

黑豹不耐烦地说:"那要挖到什么时候?"

"一定要挖。否则我们等跃迁到1984年,就不是在地下金库,而是出现在一楼的房间里——那时我们只有等银行警卫来戴手铐了。"

贼王厉声骂黑豹:"少放闲屁!听先生的指挥,快去找几件工具来!"

"不用找啦,"黑豹笑嘻嘻地指指前边,"那不,有人送来了。"

晚霞中,四个小学生兴冲冲地走过来,两人抬着一个空铁桶,两人扛着铁锹,其中一把铁锹上绑着一面三角形的冠军旗。扛旗的家伙得意地舞动着锹把,旗帜映着晚霞的余光。夜风送来这群小猴崽热烈的喳喳声:

"谁也赶不上咱们,咱们的纪录一定是空前绝后的!"

"今天全校加起来也比不上咱们组!"

"多亏小坚的贼眼。小坚,你咋知道那儿有富矿?"

"瞎撞的呗,我觉得那个回水湾处有宝贝,一锹下去,哇,那么厚的一层!"

黑豹嬉皮笑脸地迎上去:"小家伙们,借你们的铁锹用用。"

四个小孩停下来,犹豫地说:"干啥?天快黑了,我们还得回城呢。"

黑豹舌头不打顿地说着谎话:"知道吗?我们要在这儿建一个大银行,很大很大一个银行,得20年才能建成。现在,我们得挖个坑看看土质。赶明儿银行建成了,你们是头一份功劳。"

四个人看看旁边摊着的建筑图,看看那个学者模样的中年人。

| 超维 ———●

四人中的小坚,一个圆脸庞、虎头虎脑的小子很干脆地说:"行,我们帮你挖。来,咱们帮叔叔们挖。"

"不用不用,把铁锹借我们就成。"

黑豹和贼王接过两把锹,起劲地干起来。这儿土质很软,转眼间土坑已有一人多深。几个孩子饶有兴趣地立在坑边看着,不时向身边的任教授问东问西,但任教授只是简短地应付着。从四个孩子过来的那一刻起,任教授就一直把脑袋埋在图纸里,这时更显得狼狈,他干脆绕到坑的另一面,避过孩子们的追问。贼王抬起头看看那个有"贼眼"的小家伙,他赤着上身,脊梁晒得黑油油的,眸子清澈有神,脸上是时时泛起的掩不住的笑意——看来他仍沉醉于今天的"空前绝后"的胜利。贼王声音极低地问:

"就是他?他就是你?"

"对。"教授苦涩地说,迅即摇摇头,"不,只能说这是另一个宇宙分岔中的我。这个小坚在今天碰见三个坏蛋,而原来的小坚并没有这段经历。"

他的声音极低,生怕对岸的小孩子们听见。那边的小坚忽然脆声脆气地问:"叔叔,你们建造的大银行要用上我们淘的铁砂吗?"

任中坚很想如实告诉他:不,用不上的。你们的劳动成果最后都变成一些满是孔眼的铁渣,被垫到地里去了。你们的汗水,你们的青春,尤其是你们的热血和激情,都被滥用了,浪费了,糟蹋了。他不禁想起那时在《中国少年报》上看过的一则奇闻:一个 8 岁的小学生用黄泥捏出一个小高炉,用嘴巴当鼓风机,竟然也炼出了钢铁。记得看到这则消息时自己曾是那么激动——否则也不会牢记这则消息达 40 年之久。这不算丢人,那时我只是一个年仅 9 岁的容易轻信的孩子嘛。可是,当时那些身处高位的大人呢?那些本该为人民负责的政治家们呢？难道他们的智力也降到9岁孩子的水平了？

他不忍对一个正在兴头上的孩子泼冷水，便缄默不语。那边，黑豹快快活活地继续骗下去："当然，当然。你们挖的铁砂都会变成银行大楼的钢筋，变成了银行金库的大铁门。"

小坚咯咯地笑起来："才是胡说呢！那时人们的觉悟都极大地提高了，还要铁门干啥？"

另一个孩子说："对，那时物质也极大地丰富了，猪肉鸡蛋吃不完，得向个人派任务。"

第三个孩子发愁地说："那我该咋办哪，我天生不爱吃猪肉。"

任教授听不下去了，这些童言稚语不啻是一把把锯割心房的钝刀。他截断他们的讨论："天不早了，要不你们先回去吧。至于你们的铁锹，"他原想说用钱买的，但非常明智地及时打消了这个主意，"明天你们还来干活吗？那好，我们用完就放在这个坑里。快回吧，要不爹妈会担心的。"

四个孩子答应了："行，我们明天来拿。叔叔再见！"

"再见。"他在暮色中紧紧盯着他们，盯着41年前的自己，盯着儿时的好友。这个翘鼻头叫顾金海，40岁时得癌症死了；这个大脑门叫陈显国，听说成了一个司级干部，他早就和家乡的同学割断一切联系；这个大板牙忘了名字——怎么可能忘记呢，那时整天在一块儿玩？但确实是忘了，只记得他的这个绰号。大板牙后来的境遇很糟糕，在街上收破烂，每次见到同学都早早把头垂下去。他很想问出大板牙的名字，但是……又有什么用呢。最终他只是沉闷地说："再见，孩子们再见！"

孩子们快乐地喧哗着，消失在小叶杨遮蔽的小道上。教授真想

| 超维

追上去，与那个小坚融为一体，享受孩提时的愉悦和激情，享受那久违的纯净……可惜，失去的永远不可能再得到，即使手中握有时间机器也不行。月挂中天，云淡星稀，远处依稀传来一声狗吠。直径2米、深2.5米的土坑已经挖好，他们借着月光再次复核了深度。然后教授跳下去，掏出时间机器，表盘上闪着绿色的微光。他忽然想起一件事，皱着眉头说："把两只铁锹扔上去，我们不能带着它们去做时间旅行。可惜，我们要对孩子们失信了——原答应把铁锹放到坑里的。"

贼王嘲讽地看看他，隐住嘴角的讥笑：一个敢去盗窃金库的大恶棍，还会顾及是不是对毛孩子们失信？教授说："来，站到坑中央，三人靠紧，离坑壁尽量远一些，我们不能把坑壁上的土也带去。现在我把时间调到1992年9月11日晚上10点，就是金库监视系统失灵的那天夜里。"他看看两人，补充道，"我的时间机器是十分可靠的。但毕竟这是前人没做过的事情，谁也不能确保旅途中不出任何危险。如果二位不愿去，现在后悔还来得及。"

黑豹粗暴地说："娘卖×，已经到这一步了，你还啰唆什么！老子这辈子本来就没打算善终。快点儿开始吧！"

贼王注意地看看教授。土坑遮住了月光，他只能看到一对深幽的瞳孔。他想，这个家伙的处事总是超出常规。看来，这番交代真的是为两个同伴负责，而不是用拙劣的借口想甩掉他们。于是贼王平和地说："对，我们没什么可犹豫的，开始吧！"

任教授抬起头，留恋地看看洁净的夜空，按下了启动钮。

唰的一声，三人越过34年的时光。体内的每个原子都因快速的奔波而振荡。他们从一米高的空中扑通一声落下去，站到了水泥地板上——为了保险，教授把位置设定在金库地板之上一米。落地时脚掌都撞得生疼，但三人没心思去注意这点儿疼痛。

他们确实已到金库之中，确实越过了厚厚的水泥外壳和一米厚的钢门——不过不是从空间中越过，而是从时间中越过。金库占地极宽，寂无人声，几十盏水银灯寂寞地照着，那是为监视系统的摄像镜头提供光源的。金库外一定有众多守卫，尤其是监视系统失灵的这个当口。但这里隔音极好，听不到外边的一丝声响，恰像一个封闭万年之久的坟墓。

是黄金的坟墓，敞开的货架上整齐地码放着无数金条，闪着妖瞳般的异光。贼王和黑豹仅仅喊了半声，就把下面的惊呼卡到喉咙里了。他们急急跑过去，从货架上捡起妖光闪烁的沉甸甸的金条。贼王用牙咬了咬，软软的。没错，这是货真价实的国库黄金。不是做梦！

教授仍站在原处，嘴角挂着冷静的微笑，就像是一场闹剧表演的旁观者。黑豹狂喜地奔过去，把他拉到货架前："你怎么干站着？你怎么能站得住？任先生，真有你的，你真是天下第一奇才，我服你啦！"

他手忙脚乱地往怀里捡金条："师傅，这次咱们真发了，干一辈子也赶不上这一回。下边该咋办？"

贼王喜滋滋地说："听先生的，听任先生安排。"

教授有条不紊地指挥着："把那几个板箱搬到坐标原点，就是咱们原先站的地方，架高到一米。我们必须从原来的高度返回，否则返回之后，两腿就埋到土里了。"

"行！"黑豹喜滋滋地跑过去，把木箱摞好。

超维

"每人先拿三根吧。我说过,这台时间机器的功率太小,不一定能携带太多的东西。"

黑豹一愣,恼怒地说:"只拿三根?这么多的金条只拿三根?"

"没关系的,可以随意返回嘛,你想返回100次也行。"

贼王想了想,说:"好,就按先生说的办。"

每人揣好金条爬到木箱上,任教授调校着时间机器,黑豹还在恋恋不舍地看着四周。忽然机器内响起干涩嘶哑的声音,教授失望地说:

"果然超重了,每人扔掉一根吧。"

他们不情愿地各掏出一根扔下去,金条落地时发出沉重的声响,但机器仍在哀鸣着。"不行,还超重,每人只留下一根吧。"

黑豹的眼中冒出怒火,犟着脖子想拒绝。贼王冷厉地说:"黑豹,把你怀中多拿的几根掏出来!"

黑豹惊恐地看看师傅,只好把怀里的金条掏出来,一共有五根。他讪讪地想向师傅解释,但贼王没工夫理他,因为他忽然想到一个主意:

"黑豹,你先下去,少了一个人的重量,我和任先生可以多带十几根出去——然后回来接你。"

黑豹的眼睛立即睁圆了,怒火从里面喷出。拿我当傻瓜?你们带着几十根金条出去,还会回来接我?把我扔这儿给你们顶缸?其实贼王并没打算扔下黑豹不管,但他认为不值得浪费时间来解释,便利索地抽出手枪喝道:"滚下去!"

黑豹的第一个反应是向腰里摸枪,但半途停住了,因为师傅的枪口已经在他鼻子下晃动着。他只好恨恨地跳下木箱,走到一米之外,阴毒地盯着木箱上的两人。教授叹息道:"胡先生,没用的。这种时间机器有一个很奇怪的脾性,它对所载的金属是单独计算的。也就是说,不管是三个人还是两个人,能够带走的金属物品是一样多的。不信,你可以试试。"

贼王沉着脸,一根根地往下扔金条。直到台上的金条只剩下三根时,机器才停止呻吟。贼王非常恼火——费了这么大的力气,只能带走三根!满屋黄金只能干瞅着!但教授有言在先,他无法埋怨。再说也不必懊恼,只要多回来几趟就行了嘛。他说:"三根就三根,返回吧。"

教授看看下面的黑豹:"让他也上来吧!"

当金条一根根往下扔时,黑豹的喜悦也在一分分地增长。很明显,如果这次他们只带走三根,他就有救了——贼王绝对舍不得不返回的。现在教授说让他上去,他殷切地看着师傅。贼王沉着脸——刚才黑豹掏枪的动作丢了他的面子。不过他最终阴沉地说:"上来吧!"

黑豹如遇大赦,赶忙爬上来。机器又开始呻吟了,黑豹立即惊慌失措。教授也很困惑,想了想,马上明白了:"你身上的手枪!把手枪扔掉。"

黑豹极不愿扔掉手枪。也许到了某个时候它会有用的。面对着妖光闪烁的黄金,他可不敢相信任何人。不过他没有别的选择。他悻悻地扔掉手枪,机器立即停止嘶叫。三个人同时松一口气。"我要启动了。"教授说。

贼王说:"启动吧——且慢,能不能回到1967年?"他仰起头思索片刻,"1967年7月10晚上9点。我很想顺便回到那时看看。看一个……熟人。"

"当然可以,我说过,只要是1984年之前就行。"他按贼王的

| 超维

希望调好机器,"现在,我要启动了。"

又是唰的一声,光柱摇曳,他们在瞬间返回到 25 年前。金库消失了,他们挖的土坑也消失了,脚下是潮湿的洼地,疯长着菖蒲和苇子。被惊动的青蛙扑通通跳到近处的水塘里。昆虫静息片刻又欢唱起来。

不过,这里已经不像 58 年那样荒凉。左边是一条简陋的石子路,通向不远处的一群建筑,那里大门口亮着一盏至少 1000 瓦的电灯,照得门前白亮亮的。很奇怪,大门被砖石堵死了,院墙上写着一人高的大字,即使在夜里,借着灯光也看得清清楚楚:

"谁敢往前走一步,叫你女人变寡妇!!!"

教授苦笑道:"胡先生,你真挑了一个好时间。我知道这儿是 1963 年建成的农中,现在是 1967 年,正是武斗最凶的时刻。农中'横空出世',那帮小爷儿们都是打仗不要命的角色。咱们小心点儿,可别挨枪子。"

黑豹没有说话,一直斜眼瞄着贼王怀里的两根金条。贼王也没说话,好像在紧张地期待着什么。不久,远处传来沙沙的脚步声,一个小黑影从夜色中浮出,急急地走过来,不时停下来向后边张望。贼王突然攥紧教授的胳膊,抓得很紧,指甲几乎陷进肉里。十分钟后,教授才知道他何以如此失态。小黑影凶猛地喘息着,从他们面前匆匆跑过去,没有发现凹地的三个大人。从他跟跄的步态可以看出,他已经疲惫不堪,只是在某种信念的支撑下才没有倒下。离农中还有 100 米时,那边传来大声的喝叫:

"站住,不许动!"

小男孩站住了:"喂——"他拉长声音喊着,清脆高亢的童声在夜空中显得分外响亮。"我也是二七派的,我来找北京红代会的薛丽姐姐!"

那边停顿了几秒钟,狠狠地喝道:"这儿没什么薛丽,快滚!"

男孩的喊叫中开始带着哭声:"我是专门来报信的!我听见爸爸和哥哥——他们是河造总派的铁杆打手——在商量,今晚要来农中抓人,他们知道薛丽姐姐藏在这儿!"

那边又停顿了几秒钟,然后一个女子用甜美的北京话说:"小家伙,进来吧!"

说话人肯定是北京红卫兵代表大会第三司令部派驻此地的薛丽了。两个人从那个狗洞似的小门挤出来,迎接小孩。小孩一下子瘫在两人身上,被两人连拖带拽地拉进小门,随之一切归于寂静。贼王慢慢松开手,从农中那儿收回目光。教授低声问:"是你?他就是你?"

"嗯,"贼王不大情愿地承认,"这是文革中期,造反派刚胜利,又分成两派武斗。一派是二七,一派叫河造总。我那年13岁,是个铁杆小二七。那天——也就是今天晚上,我在家里听老爹和哥哥商量着要来抓人,便连夜跑了20里路赶来送信……后来河造总派的武斗队真的来了,我在农中也要了一支枪参战。我的腿就是那一仗被打瘸的,谁知道是不是挨了我哥或我爹的子弹。我哥被打死了,谁知道是不是我打中的。从那时起我就没再上学,我这辈子……我是个傻×,那时我们都是傻×!"他恨恨地说。

天边有汽车灯光在晃动,夜风送来隐约的汽车轰鸣声。不用说,是河造总的武斗队来了。很快这儿会变成枪弹横飞的战场,双方的大喇叭会声嘶力竭地喊着"誓死捍卫……"。楼上扔下来的手榴弹

| 超维

在人群中爆炸,激怒的进攻者用炸药包炸毁了楼墙。大势已去的农中学生和红代会的薛丽(当然还有左腿受伤的小宗尧)挤在三楼,悲愤地唱着:"抬头望见北斗星,心中想念……"十几分钟后,他们满身血迹地被拖了出去……贼王的脸色阴得能拧出水,教授也是面色沉痛。年轻的黑豹体会不到两人的心境,不耐烦地说:"快走吧,既然有武斗,窝在这儿挨枪子呀。"

贼王仍犹豫着。也许他是想迎上去,劝说哥哥和爹爹退回去,以便挽救哥哥的性命。但是,虽然弄不懂时间旅行的机理,他也凭直觉知道,一个人绝对无法改变逝去的世界,即使握着一台神通广大的时间机器也罢。于是他决绝地挥挥手:"好,走吧。"

照着罗盘的指引,他们向正北方向走了精确的 349 米,来到草木葳蕤的河边。贼王已经从刚才的伤感中走出来,恢复了平素的阴狠果决。"往下进行吧,抓紧时间多往返几次。不过,"他询问教授,"返回金库前,需要把已经带出来的金条处理好,对吧。"

"那是当然,如果随身带着,下一次就无法带新的了。"

贼王掏出怀里的两根金条,"那么,把它们放到什么地方?不,应该说,放到什么年代?"

教授也掏出怀中的一根,迟疑地说:"回到 1999 年吧,如果回到 1999 年以前的时间,我恐怕……没脸去花这些贼赃。"

贼王恼怒地看着他,真想对他说:"先生,既然你已经上了贼船,就不必这么假撇清了。"但他只是冷淡地说:"那样太麻烦,咱们把黄金就埋在这个年代吧。等咱们攒下足够的金条再来分。"

黑豹疑惑地问:"就埋在河边,不怕人偷走?"

教授微笑道:"完全不用担心。有了时间机器,你应当学会按新的思维方式去思考。想想吧，咱们可以——不管往返几次——准确地在离开的瞬间就返回，甚至在离开之前返回，守在将要埋黄金的地方。有谁能在咱们眼前把黄金偷走呢。你甚至不用埋藏，摆在这儿也无妨。"

黑豹听得糊里糊涂。从直观上说他根本不相信教授的话，但从逻辑上又无法驳倒。最后他气哼哼地说："行，就按你说的办——不过你不要捣鬼，俺爷儿俩都不是吃素的！"

他有意强调与贼王的关系。只是，在刚才的拔枪相向之后，这种强调不免带着讨好和虚伪的味道。教授冷淡地看看他，看看贼王，懒得为自己辩解。贼王对黑豹的套近乎也没有反应，蹲下来扒开虚土，小心地埋好三根金条。想了想，又在那儿插了三根短苇梃作为标记。在这当儿，教授调好了时间。

"立即返回吧，仍返回到1992年9月11日晚上10点零5分，就是刚才离开金库之后的时刻——其实也可以在离开前就返回的，但是，那就会与库内的三个人劈面相遇，事情就复杂化了。所以，咱们要尽量保持一个分岔较少的宇宙。喂，站好了吗？"

两人紧紧靠着教授站好。教授没注意到黑豹目中的凶光，按下按钮。就在他手指按下的瞬间，黑豹忽然出手，凶狠地把贼王推出了圈外！

空气振荡片刻后归于平静。听见一声闷响，那是贼王的脑袋撞上铁架的声音。不过，他并没有被推出"时间"之外。因为在他的身体尚未被推出一米之外时，时间机器已经起作用了。黑豹唰地跳到货架后，面色惨白地盯着贼王。他没有想到是这个局面。他原想把贼王留在1967年的洼地里，那样一来，留下一个书呆子就好对付了，可以随以所欲地逼他为自己做事。可惜，贼王仍跃迁到金库，按他对师傅的了解,他决不会饶过自己的。

贼王慢慢转过身,额角处的鲜血慢慢流淌下来。他的目光是那样阴毒,让黑豹的血液在一瞬间冰冻。教授惊呆了,呆呆地旁观着即将到来的火并。贼王的右臂动了一下,分明是想拔枪,但他只是耸动了右肩,右臂却似陷在胶泥中,无法动弹。贼王最终明白了是咋回事——自己的一节右臂已经与一根铁管交叉重叠在一起,无法分离了。他急忙抽出左手去掏枪,但在这当儿,机敏的黑豹早已看出眉目,他一步跨过来,按住师傅的左臂,从他怀中麻利地掏出枪,指着二人的脑袋。

惊魂稍定后,黑豹目不转睛地盯着贼王的右臂。那只胳膊与铁架交叉着,焊成了一个斜十字。交叉处完全重合在一起,铁管径直穿过手臂,手臂径直穿过铁管。这个奇特的画面完全违反人的视觉常识,显得十分怪异。被铁架隔断的那只右手还在动着,做着抓握的动作,但无法从铁管那儿拉回。黑豹惊惧地盯着那儿,同时警惕地远离师傅,冷笑道:

"师傅,对不起,你老了。不过,刚才你想把我一个人撇在金库时,似乎也没怎么念及师徒的情分。"

贼王已经知道自己处境的无望,便将生死置之度外了。他根本不理睬黑豹,向教授扭过头,脸色苍白地问:"教授,我的右臂是咋回事?"

教授显然也被眼前的事变惊呆了,他走过来,摸摸贼王的右臂。它与铁架交融在一起,天衣无缝。教授的脸色比贼王更惨白,语无伦次地说:"一定是恰恰在时间跃迁的那个瞬间,手臂与铁架在空间上重合了……物质内有足够的空间可以互相容纳……不过我在多次实验中从没碰上这种情况……任何一篇理论文章都没估计到这种可能……科幻小说家也没预见过……"

黑豹不耐烦听下去,从架上拿了三根金条揣在怀里,对教授厉声喝道:"少啰唆,快调整时间机器,咱俩离开这儿!"

教授呆呆地问:"那……贼王怎么办?你师傅怎么办?"

黑豹冷笑道:"他老人家……只好留在这儿过年了。"

教授一愣,忽然愤怒地嚷道:"不行,不能把他一个人留在这儿!这样干太缺德。黑道上也要讲义气呀。"

"讲义气?那也得看时候。现在就不是讲义气的黄道吉日。快照我说的办!"他恶狠狠地朝教授扬了扬手枪。教授干脆地说:

"不,我决不干这种昧良心的事。想开枪你就开吧。"

黑豹怒极反笑了:"怎么,我不敢打死你?你的命比别人贵重?"

"那你尽管开枪好了。不过我事先警告你,这架机器有手纹识别系统,它只听从我一个人的命令。"

贼王看看教授,表情冷漠,但目光深处分明有感激之情。这会儿轮到黑豹发傻了。没错,教授说的并非大话,刚才明明看见他把手掌平放在机器上,机器才开始亮灯。也许,该把他的右手砍下来带上,但谁知道机器会不会听从一只"死手"的命令?思前想后,他不敢造次,只好在脸上堆出歉意的笑容:

"其实,我也不想和师傅翻脸,要不是他刚才……你说该咋办,我和师傅都听你的。"

怎么办?教授看看贼王,再看看黑豹,用不容置疑的口吻说:"你先把手枪交给我!"他补充道,"你放心,我不会把枪交给你师傅的。"

黑豹当然不愿意交出武器,他十分清楚师傅睚眦必报的性格。但是他没有办法。尽管他拿着枪,其实他和贼王的性命都掌握在教授的手里。另外,教授的最后一句话让他放了心,想了想,他痛快地把枪递过去。

教授把手枪仔细揣好,走过去,沉痛地看着贼王:"没办法,胡先生,只好把你的手臂锯断了。"

刚才贼王已经做好必死的准备,这时心情放松了,笑道:"不就是一只胳膊嘛,砍掉吧——不过手边没有家伙。"

教授紧张地思索片刻,歉然道:"只有我一个人先返回了,然后我带着麻醉药品和手术器械回来。"

贼王尚未答话,黑豹高声叫道:"不行!不能让他一个人回去!"他转向贼王,"师傅,不能让他一个人离开。离开后他还能回来?让我跟着他!"

教授鄙夷地看着他,没有辩白,静静地等着贼王的决定。贼王略微思考片刻——他当然不能对教授绝对放心,但他更不放心黑豹跟着去。最后他大度地挥挥手:"教授,你一个人去吧,我信得过你!"

黑豹还想争辩,但贼王用阴狠的一瞥把他止住了。教授感激地看看贼王,低声说:"谢谢你的信任,我会尽快赶回来。"他站到木箱上,低下头把机器时间调整到1958年6月1日晚9点后,按下按钮。

唰的一声,金库消失了,他独自站在夜色中。眼前没有他们挖的那个2.5米深的土坑,而是一个浅浅的水塘,他就立在水塘中央,两只脚陷进淤泥中。他不经意地从泥中拔出双脚——忽然觉得双脚比过去重多了。不,这并不是因为鞋上沾了泥,而是他的双脚已与同样形状的两团稀泥在空间上重合了,融在一起了。他拉开裤腿看看,脚踝处分明有一道界线,线下的颜色是黑与黄的混合。

那么，他终生要带着这两团稀泥生活了。也许不是终生，很可能几天后，这双混有杂质的双脚就会腐烂发臭。他苦笑着，不知道自己为何老是出差错。时间机器是极为可靠的，他已经在上千次的实验中验证过。但为什么第一次投入使用就差错不断？比如说，这会儿他就不该陷在泥里，这儿应该有一个挖好的 2.5 米深的土坑呀……原因在这儿！他发觉，表盘上不是 1958 年 6 月 1 日，而是 1978 年 6 月 1 日。在紧张中他把时间调错了，所以返回的时刻晚了 20 年。

那么，眼前的情景就是不幸中之大幸了。毕竟他只毁坏了一双脚，而不是把脑袋与什么东西（比如一块混凝土楼板）搅在一块儿。

先不要考虑双脚的事，他还要尽快赶回去救人呢。他不能容忍因自己的过失害死一条人命，即使他是恶贯满盈的贼王也罢。眼前是一片沉沉的黑夜，只有左边亮着灯光，夜风送来琅琅的读书声。他用力提着沉重的双脚向那边走去。

这正是他在第二次返回时见过的农中，这会儿已经升格为农专了。看门的老大爷正在下棋，抬头看看来人，问他找谁。教授说找医务室。老大爷已经看到他的苍白脸色，忙说医务室在这排楼的后面，你快去吧，要不让老张（他指指棋伴）送你过去？

"不，谢谢。我能找到。"教授自己向后面走去。读书声十分响亮，透过雪亮的窗户，他看见一位老师正在领读英语。教授想，这是 1978 年啊，是恢复高考的第二年。他正是这年考上了清华。那时，大学校园到处是朗朗的读书声，到处是飞扬的激情、纯洁的激情。尤其是老三届的学生都十分珍惜得之不易的学习机会，想追回已逝的青春……

其实，何止是大学校园。就连这个偏僻破败的农专校舍里，也

| 超维

可以摸到那个时代的强劲脉搏。教授驻足倾听，心中涌出浓浓的怅惘。这种情调已经久违了。从什么时候起，金钱开始腐臭学子们的热血？连自己也反出精神的伊甸园。而且，他的醒悟太晚了，千千万万的投机者、巧取豪夺者已抢先一步，攫取了财富和成功。

他叹息一声，敲响了医务室的门。这是个十分简陋的医务室，显然是和兽医室合而为一的。桌上有两只硕大的注射针管，肯定是兽用的。墙上挂着兽医教学挂图。被唤醒的医生或兽医揉着眼睛，听清来人的要求，吃惊地喊道："截肢？在这儿截肢？你一定是疯了！"

看来不能在短时间内说服他了，教授只好掏出手枪晃动着。在枪口的威逼下，医生顺从地拿出麻醉药品、止血药品，还遵照来人的命令从墙上取下一把木工锯。不过他仍忍不住好心地劝道："听我的话，莫要胡闹，你会闹出人命的！"

来人已消失在门外的夜色之中。

教授匆匆返回到原处，又跃迁到离开金库的时刻。就在他现身于金库的一刹那，他忽然觉得胸口一震——是非常奇怪的感觉，就像是一团红热的铁砂射进牛油中，迅速冷却、减速，并陷在那里。沉重的冲力使他向后趔趄了一下，勉强站住脚步。眼前黑豹和贼王正怒目相向，而他正处于两个人的中间。贼王的脑袋正作势向一边躲闪，黑豹右手扬着，显然刚掷出一件东西。

教授马上明白是怎么回事了：一定是在他离去的时间里两人又火并起来，黑豹想用金条砸死师傅，而自己恰好在金条掷出的一刻返回，于是那条黄金便插入自己的胸口了。他赶回来的时间真是太巧了啊！也许，这就是人们常说的报应？他凄然苦笑，低头看看胸前。衣服外面露出半根金条，另外半根已与自己的心脏融成一体。他甚至能"用心"感觉到黄金的坚硬、沉重与冰冷。

三人都僵在这个画面里，呆呆地望着教授胸前的半根金条。贼王和黑豹想，教授马上就要扑地而死了。既然金条插到心脏里，他肯定活不成了。但时间一秒秒地过去，教授仍好好地站着。密室中跳荡着他的心跳声：咚，咚咚，咚，咚咚……

教授最先清醒过来，苦笑道："不要紧，我死不了。我说过，物质间有足够的空间可以互相容纳，黄金并不影响心脏的功能。先不管它，先为贼王锯断胳膊。"他瞪着畏缩的黑豹，厉声喝道："快过来！从现在起，谁也不许再钩心斗角！难道你们不想活着从这里走出去？"

黑豹被他的正气慑服了，低声辩解道："这次是师傅先动手……皇天在上，以后谁再起歹心，叫他遭天打雷劈！"

贼王也消去目光中的歹毒，沙声说："以后都听先生的。开始锯吧！"

教授为贼王注射了麻醉剂，又用酒精小心地把锯片消了毒。黑豹咬咬牙，拎起锯子哧哧地锯起来。贼王脸上毫无血色，刚强地盯着鲜血淋淋的右臂。胳膊很快被锯断了，教授忙为他上了止血药，包好。在他干这些工作时，他胸前突起的半根金条一直怪异地晃动着，三个人都尽量把目光躲开它。

手术完成了，贼王眯上眼睛喘息片刻，睁开眼睛说："我的事完了，教授，你的该咋办？"

"出去再说吧。"

"也好，走，记着再带上三根金条。"

三人互相搀扶着登上木箱，教授调好机器，忽然机器发出干涩嘶哑的呻吟。"超重！"教授第一个想到原因，"我胸前已经有了一根，所以我们只能带两根出去了。"

三人相对苦笑,都没有说话。黑豹从怀里抽出一根金条扔到一米开外,机器的呻吟声马上停止了。

"好,我们可以出发了。"

他们按照已经做熟的程序,先回到1958年,再转移到河边。走前栽下的苇梃仍在那里,用手扒开虚土,原先埋下的三根金条完好无缺。黑豹的心情已转为晴朗,兴致勃勃地问:"师傅,这次带出的两根咋办?也埋在这里吗?"

贼王没有理他,扭头看看教授胸前突出的金条:任先生,先把这个玩意儿去掉吧,也用锯子?"

教授苦笑道:"只有如此了,我总不能带着它回到人群中。"

"那……埋入体内的那半截咋办?"

"毫无办法,只有让它留在那儿了。不要紧的,我感觉到它并不影响心脏的功能。"

贼王怜悯地看着他。在这两天的交往中,他已对教授有了好印象,不忍心让他落下终身残疾。他忍着右臂的剧疼努力思索着,突然眼睛一亮:"有办法了,你难道不能用时间机器返回到金条插入前的某个时刻,再避开它?"

教授苦笑着摇摇头。他当然能回去,但那样只能多出另一个完好无损的任中坚,而这个分岔宇宙中的任中坚仍然不会变。但他懒得解释,也知道无法对他们讲清楚。只是沉重地说:"不行,那条路走不通。动手吧!"

黑豹迟疑地拿起锯子,贴着教授的上衣小心地锯着。这次比刚才艰难多了,因为黄金毕竟比骨头坚韧。不过,在木工锯的锯齿全部磨钝之前，金条终于被锯断了。衣服被锯齿刮破，胸口处鲜血淋漓，分明嵌着一个金光灿灿的长方形断面，与皮肉结合得天衣无缝。教授哧哧地撕下已经破烂不堪的上衣，贼王喝令黑豹脱下自己的上衣，为教授穿上，扣好衣扣，遮住那个奇特的伤口。

贼王松了口气——忽然目光变冷了。他沉默片刻，突兀地问："刚才锯我的胳膊时，你为什么不锯断铁管，像你这样？"

教授猛然一愣："错了！"他苦笑道，"你说得对，我们可以把胳膊与铁管交叉处上下的铁管锯断嘛，那样胳膊就保住了。"

贼王恶狠狠地瞪着他。因为他的错误决定，让自己永远失去了宝贵的右手。但他马上把目光缓和了："算了，不说它了。当时太仓促，我自己也没有想到嘛。下边该咋办？"

"还要回金库！"黑豹抢着回答，"忙了几天，损兵折将的，只弄出这五根金条，不是太窝囊嘛。当然，我听师傅的。"他朝贼王谄笑道，"看师傅能不能支持得住。"

贼王没理他，望着教授说："我听先生的。这只断胳膊不要紧，死不了人。教授，你说咋办？现在还返回吗？"

教授没有回答，他转过身望着夜空，忽然陷入奇怪的沉默。他的背影似乎在慢慢变冷变硬。贼王和黑豹都清楚地感觉到了这种变化，疑惑地交换着目光。停了一会儿，贼王催促道："教授？任先生？"

教授又沉默了很久，慢慢转过身来，手里……端着那把手枪！他目光阴毒，如地狱中的妖火。

自那根金条插入心脏后，教授时刻能感到黄金的坚硬、沉重和冰冷。但同时他也清楚知道，黄金和他的心脏虽然已经相融，其实是处在不同相的世界里，互不干涉。可是，在黑豹哧哧啦啦地锯割

超维

金条时,插入心脏的那半根金条似乎被震散了。黄金的微粒抖动着,跳荡着,挤破相空间的屏障,与他的心脏真正合为一体了。现在,他的心脏仍按原来的节奏跳动着,咚,咚咚,咚,咚咚。不过,如果侧耳细听,似乎能听出这响声带着清亮的金属尾音。这个变化不会有什么危险,比如说,这绝不会影响自己的思维,古人说"心之官则思",那是错误的。心脏只负责向身体供应血液,和思维无关。

可是,奇怪的是,就在亿万黄金分子忙乱地挤破相空间的屏障时,一道黄金的亮光在刹那间掠过他的大脑,就如划破沉沉夜色的金色闪电。他的思维在刹那间变得异常清晰明断,冷静残忍。就如梦中乍醒,他忽然悟出,过去的许多想法是那样幼稚可笑。比如说,身后这两个家伙就是完全多余的。为什么自己一定要找他们合伙?为什么一定要把到手的黄金分成三份?实在是太傻了,太可笑了。

正所谓"朝闻道,夕死可矣",现在改正错误还不算晚。不过,"夕死可矣"的人可不是自己,而是这两个丑类,两个早该吃枪子的惯盗。向他们开枪绝不会良心不安的。

教授手中紧握着贼王那把五四式手枪,机头已经扳开。那两人一时间惊呆了,尤其是贼王。他早知道,身在黑道,没有一个人是可以信赖的。他干了20年黑道生涯而没有失手,就是因为他时刻这样提醒自己。但这一次,在几天的交往中,他竟然相信了这位读书人!他是逐步信任的,但这种逐步建立起来的信任又非常坚固。如果不是这会儿亲眼所见,他至死也不会相信任先生会突然翻脸,卑鄙地向他们下手。贼王惨笑道:"该死,是我该死,这回我真的看走眼了。任先生,我佩服你,真心佩服你,像你这样脸厚心黑的人才能办大事。我俩自叹不如。"

教授冷然不语。黑豹仇恨地盯着他的枪口,作势要扑上去。贼王用眼色止住他,心平气和地说:"不过,任先生,你不一定非要杀我们不可。我们退出,黄金完全归你还不行吗?多个朋友多一条路。"

教授冷笑道:"那么,多一个仇人呢?我想你们只要活着,一定不会忘了对我复仇吧。你看,这么简单的道理我到现在才想通——在黄金融入心脏之后才想通,这要感谢黄金的魔力。"

贼王惨笑道:"没错,你说得对。换了我也不会放仇人走的,要不一辈子睡不安稳。"他朝黑豹使个眼色,两人暴喝一声,同时向教授舍命扑过去。

不过,他们终究比不上枪弹更快。当当两声枪响,两具身体从半空中跌落。教授警惕地走过去,踢踢两人的身体。黑豹已经死了,一颗子弹正中心脏,死得干净利落。贼王的伤口在肺门处,他用左手捂住伤口,在临死的抽搐中一口一口地吐着血沫。教授踢他时,他勉强睁开眼睛,哀怜无助地看着教授,鲜血淋漓的嘴唇嚅动着,似乎要对教授做临别的嘱托。

即使任中坚的心已被黄金淬硬,他仍然感到一波怜悯。几天的交往中他对贼王的印象颇佳,甚至可以说,在黑道行当中,贼王算得上一条响当当的汉子。现在他一定是在哀求自己:我死了,请照顾我的妻儿。教授愿意接过他的托付,以多少减轻良心上的内疚。

他把手枪紧贴在腰间,小心地弯下腰,把耳朵凑近他轻轻嚅动的嘴唇。忽然贼王的眼睛亮了,就像是汽车大灯唰地打开了。他瞪着教授,以猞猁般的敏捷伸出左手,从教授怀中掏出时间机器,用力向石头上摔去。"去死吧!"他用最后的力气仇恨地喊着。

缺少临战经验的教授一时愣住了,眼睁睁看着他举起宝贵的时间机器作势欲掷……但临死的亢奋耗尽了贼王残余的生命力,他的胳臂在最后一刻僵住了,没能把时间机器抛出去。最后一波狞笑凝

| 超维

固在他穷凶极恶的面容上。

教授怒冲冲地夺过时间机器,毫不犹豫地朝他胸膛补了一枪。

时间机器上鲜血淋淋,他掏出手绢匆匆擦拭一番。"现在我心静了,可以一心一意去转运黄金了。"他在暮色苍茫的旷野中大声自语着。

三声枪响惊动了附近的住户,远处开始有人影晃动。不过,教授当然不必担心,没有哪个警察能追上他的时间机器,连上帝的报应也追不上。有了时间机器,作恶后根本不必担心惩罚。这甚至使他微微感到不安——这和他心目中曾经有过的牢固信念太不一致了。

现在,他又回到了金库,从容不迫地拿了三根金条塞到怀里,准备做时间跃迁。时间机器又开始呻吟起来。他恍然想到,自己的胸口里还保存有半根金条。也就是说,他每次只能转运出去两根半——实际只能是两根。这未免令人扫兴。

"只能是两根?太麻烦了!"他在寂静的金库中大声自语。

实际并不麻烦。每次时间跃迁再加上空间移动,如果干得熟练的话,只用10分钟就能完成一个来回。也就是说,一小时可以转运出去12根,8个小时就是96根,足够他家的一生花销了。他又何必着急呢。

于是,他心境怡然地抛掉一根,把机器的返回时间调好,按下启动钮。

没有动静。似乎听到机器内有微弱的噼啪声。他立时跌进不祥的预感中,手指颤抖着再次按下,仍然没有动静,这次连那种微弱的噼啪声也没有了。

一声深长的呻吟从胸腔深处泛出,冰冷的恐惧把他的每一个关节都冻结了。他已经猜出是怎么回事：是贼王的鲜血缓慢地渗进机芯中，造成了短路。

也许，这是对"善恶有报""以血还血"等准则的最恰如其分的表述。

机芯短路算不上大故障，他对这台自己设计、自己制造的机器了如指掌，只要一把梅花起子和一台微焊机就能排除故障——可是，到哪儿去找这两种极普通的工具呢？

满屋的金条闪着诱惑的妖光。黄金，黄金，到处是黄金，天底下最贵重的东西，凡人趋之若鹜不避生死的东西——偏偏没有他需要的两件普通工具。他苦笑着想起儿时看过的一则民间故事：洪水来了，财主揣着金条、穷人揣着糠窝窝爬上一棵大树。几天后财主终于知道，糠窝窝比黄金更贵重。他央求穷人，用金条换一个糠窝窝，穷人毫不犹豫地拒绝了。七天后，洪水消退，穷人爬下树时，捡走了死人的黄金。

那时，在他幼小的心灵中，就敏感地知道这不是一个好故事，这是以穷人的残忍对付富人的贪财。也许，两人相比，这个穷人更可恶一些。但他怎么能想到，自己恰恰落到那个怀揣黄金而难逃一死的富人的下场呢。

时间一分一分地过去。等到天明后，这儿的拾音系统就会被修复。自己即使藏起来一动不动，呼吸声也会被外面发现，然后几十名警卫就会全副武装地冲进来。而且——拾音系统正是自己修复的，可以说是自己送掉自己（7年后的自己）的性命。

也许"善恶有报"毕竟是真的，今天的情况就是一次绝好的证明——但是为什么世界上会有那么多不受惩罚的罪恶？老天一定是个贪睡的糊涂家伙，他只是偶然睁开眼睛——偏偏看到自己作恶，

| 超维

教授冷笑着想。

不过还未到完全绝望的地步呢。他对那一天（也就是明天）的情形记得清清楚楚。有这一点优势，他已经想出一个绝处逢生的办法，虽然这个方法太残忍了点儿。

确实太残忍了——对他自己。

拿定主意后，他变得十分镇静。现在，他需要睡一觉，等待那个时刻（明天早上8点）的到来。他真的睡着了，睡得十分坦然，直到沉重的铁门声把他惊醒。他听到门边有人在交谈，然后一个穿土黄色工作衣的人影在光柱中走进来，大门又在他身后呀呀地合上了。

任中坚躲在阴影里，目不转睛地盯着此人。这就是他，是1992年的任中坚，他是进金库来查找拾音系统故障的。他进了金库，似乎被满屋的金光耀花了眼。但他仅仅停留两秒钟，揉揉眼，就开始细心地检查起拾音系统。

阴影中的任中坚知道，"那个"任中坚将在半小时内找出故障所在，恢复拾音系统，到那时他就无法采取行动了。于是他迅速从角落里走出来，对着那人的后背举起枪。那人听到动静，惊讶地转过身——现在他不是惊讶，而是惊呆了。因为那个凭空出现的、目光阴狠的、端着手枪的家伙，与自己长得酷似！只是年龄稍大一些。

持枪的任中坚厉声喝道："脱下衣服，快！"

在手枪的威逼下，那个惊魂不定的人只好开始脱衣服。他脱下上衣，露出扁平的没有胸肌的胸脯。这是几十年伏案工作、缺乏锻炼留下的病态。他的面容消瘦，略显憔悴，皮肤和头发明显缺乏保养。这不奇怪，几十年来他醉心工作，赡养老人，抚养孩子，已经是疲惫不堪了。持枪的任中坚十分了解这些情况，所以他拿枪的手免不了微微颤动。

上衣脱下了,那人犹豫地停下来,似是征求持枪者的意见。任中坚知道他为什么犹豫:那人进金库时脱去了全部衣服,所以,现在他羞于脱去这唯一的遮羞之物。任中坚既是怜悯又是鄙夷。看哪,这就是那种货色,他们在生死关头还要顾及自己的面子,还舍不下廉耻之心。很难想象,这个干瘪的、迂腐的家伙就是7年前的自己。如果早几年醒悟该多好啊!

他的鄙夷冲走了最后一丝怜悯,再次厉声命令:"脱!"

那人只好脱下了土黄色的工作裤,赤条条地立在强盗面前。他已经猜到了这个劫金大盗的打算:强盗一定是想利用两人面貌的相似换装逃走,而在金库中留下一具尸体。虽然乍遇剧变不免惊慌,但正义的愤怒逐渐高涨,为他充入勇气。他不能老老实实任人宰割,一定要尽力一搏。

他把脱下的裤褂扔到对方脚下,当对方短暂地垂下目光时,他极为敏捷地从旁边货架上拎起一块金条做武器,大吼一声,和身向强盗扑了过去。

一声枪响,他捂住胸口慢慢倒下去,两眼不甘心地圆睁着。

任中坚看看手中冒烟的手枪,随手扔到一旁,又把死者拉到角落里。他脱下全身衣服,换上那套土黄色的裤褂。走到拾音器旁,用3分钟时间就排除了故障——他7年前已经干过一次了。然后他对着拾音器从容地吩咐:

"故障排除了,打开铁门吧!"

在铁门打开前,他不带感情地打量着屋角的那具尸体。这个傻瓜、蠢货,他心甘情愿用道德之网自我囚禁,他过了不惑之年还相信真理、正义、公正、诚实、勤劳这类东西。既然这样,除了去死之外,他还有什么事可做呢?

他活该被杀死,不必为此良心不安。

铁门打开了,外面的人惊喜地嚷着:"这么快就修好了?任老师,你真行,真不愧是技术权威!"

即使在眼下的心境里,听到这些称赞,仍能使他回忆起当年的自豪。警卫长迎过来,带他到小房间去换装。这是规定的程序。换装时任中坚把后背对着警卫长,似乎是不愿暴露自己的隐私,实则是尽力遮掩胸前的斑斑血痕和金条的断面。不过,警卫长仍敏锐地发现了异常,他低声问:"你的脸色怎么不对头?胳膊肘上怎么有血迹?"

任中坚脚步摇晃着,痛苦地呻吟道:"刚才我在金库里犯病了,跌了一跤。快把我送医院!"

警卫长立即唤来一辆奥迪。三分钟后,奥迪载着换装后的任中坚风驰电掣般向医院开去。

## 尾声

几天后,银行警卫长向公安机关提交了破案经过。这份报告曾在各家报刊和电台上广为转载,妇孺皆知。以下是报告的部分章节。

……凶手走出金库时,我们全都误认他是刚才进去的任教授。这并不是因为我们的心理惯性。据事后检查门口的秘密录像,凶手的确同任教授极为相像,只是显得老了几岁。当时,我们曾觉得两人的气质略有不同,还发现他肘上有淡淡的血迹。但凶手诡辩说是在金库中犯病了,跌了一跤,因此才显得面色不佳和沾有血迹。我当时被蒙骗住（我们确实想不到戒备森严的金库中会有另一个人），在监视他换装后，立即把他送到了医院。

不过我从直觉上感到异常，便征得在场领导的同意，带上两名警卫进库检查。很快我们就发现库内有大量血迹，地上扔着几根金条，还有两支手枪。顺着血迹我们找到真正的任中坚教授，那时他浸在血泊之中，还没有断气。我把他摇醒后，他艰难地说：

"劫金大盗……快……"

我立即安排人送任教授去医院，又带人去追凶手。追赶途中我想到奥迪车司机小马身边有手机，便给他打电话，命令他就地停车。还告诉他，他的乘员是一名穷凶极恶的劫金大盗，千万谨慎从事，好在他身边不会有任何武器（他是在我的严密监视下换装的）。两分钟后，我们赶上停在医院门口的奥迪，透过加膜玻璃，看见凶手正用手绢死死勒住小马的脖子。幸亏我们及时赶到，小马才没有送命。

我们包围了汽车，喝令凶手下车。凶手很识时务，见大势已去，便顺从地停止勒杀，坦然下了车，让我们铐上。他没有说话，只是轻轻叹息了一声。

以下的经过就近乎神话了，但我可以发誓这是真的，因为这是在四个警卫和十四个路人的目光睽睽下发生的，绝对不是某一个人的错觉。当凶手被铐住时，时间是上午8点52分——马上我们就知道，这恰恰是任教授断气的时刻，因为载着任先生的救护车此时也响着警笛开到了医院。护士们往下抬人时忽然惊慌地喊着教授的名字，他的心脏刚刚停止跳动。恰在此刻，凶手惨叫一声，身体开始扭曲、开始委顿，身体的边缘开始模糊。这一切发生得极快，几秒钟之内，他的身体竟然化为一团轻烟，完全消失了！在他站立过的地方，留

| 超维 ____.

下一堆衣服和一具手铐。

更令人不解的是,上衣中竟然包着半根金条。是被锯断的国库黄金,断口处是非常粗糙的锯痕。他怎么可能在赤身裸体换衣服时,躲过我的监视,把半根金条带出去?我绝不是为自己的失职辩解,但是,确确实实,这是不可能的。

总之,凶手就这样消失了,无法查出他的真实身份。我们把他在录像上的留影发往全国进行查询,至今也没发现有哪个失踪者与他的面貌相似——除了英勇牺牲的任教授,两人的容貌实在太相像了,甚至连声音也十分相似。

经查实,库内丢失五根金条(后来被群众在不远的河边偶然发现),作案手法迄今未能查明。这个案子留下许多不解之谜。比如,凶手是怎么潜入金库的?他怎么能预知任教授会进库检查拾音系统,从而预先按任的相貌作了整容?任先生牺牲时,为什么凶手也恰恰在这一刻化为轻烟?这些谜至今没人能回答。

库房内还发现一台极为精致的机器,显然是凶手留下的。我们询问了不少专家,无人能说清它的功能。理论物理研究所的一位专家开玩笑说,如果一定要我说出它的用处,我宁可说它是一件极为巧妙的时间机器。当然,他的玩笑不能当真。

这台机器已经被封存,留待科学家设法为它验明正身。

我们已郑重建议政府追认英勇献身的任中坚教授为烈士,以告慰死者的在天之灵。

一个月后颁布政府令,追认任中坚教授为烈士。

王晋康　一生的故事

宿命种种

## 超维

题记：

一个时间旅行的旧画框，嵌着一幅新颖的画作。小说以痛定后的平静口吻讲述了三个亲人的一生。而且——并非是在展现个人的宿命，而是人类的宿命。

我的一生，作为女人的一生，实际是从30岁那年开始的，又31年后结束。30岁那年是2007年，一个男人突然闯进我的生活，又同样突然地离去。又31年后，2038年的8月4日，是你离开人世的日子，白发人送黑发人，这是我早就预感的结局。

此后，我只靠咀嚼往日的记忆打发岁月。咀嚼你的一生，你父亲的一生，我的一生。

还有我们的一生。

那时我住在南都市城郊的一个独立院落。如果你死后有灵魂，或者说，你的思维场还能脱离肉体而存在，那么，你一定会回味这儿，你度过童年和少年的地方。院墙上爬满了爬墙虎，硕大的葡萄架撑起满院的荫凉，向阳处是一个小小的花圃，母狗灵灵领着它的狗崽在花丛中追逐蝴蝶。瓦房上长满了肥大的瓦棕，屋檐下的石板被滴水敲出了凹坑。阳光和月光在葡萄叶面上你来我往地交接，汇成时光的流淌。

这座院落是我爷奶（你曾祖父母）留给我的，同时还留下一些存款和股票，足够维持我简朴自由的生活。我没跟父母去外地，独自在这儿过。一个30岁的老姑娘，坚持独身主义。喜欢安静，喜欢平淡。从不用口红和高跟鞋，偶尔逛逛时装店。爱看书，上网，听音乐。最喜欢看那些睿智尖锐的文章，体味"锋利得令人痛楚的真理"，透过时空与哲人们密语，梳理古往今来的岁月。兴致忽来时写几篇老气横秋的科幻小说（我常用的笔名是"女娲"，足见其老了），挣几两散碎银子。

与我相依为伴的只有灵灵。它可不是什么血统高贵的名犬，而是一只身世可怜的柴狗。我还是小姑娘时，一个大雪天，听见院门外有哀哀的狗叫，打开门，是一只年迈的母狗叼着一只狗崽，母狗企盼地看着我，那两道目光啊……我几乎忍不住流泪，赶忙把母子俩收留下来，让爷爷给它们铺了个窝。冰天雪地，狗妈妈在哪儿完成的分娩？到哪儿找食物？一窝生了几个？其他几只是否已经死了？还有，在它实在走投无路时，怎么知道这个门后的"两腿生物"是可以依赖的？我心疼地推想着，但没有答案。

狗妈妈后来老死了，留下灵灵。我在它身上倾注了全部的母爱，为它洗澡，哄它喝牛奶，为它建了一个漂亮的带尖顶的狗舍，专用的床褥和浴巾常换常洗，甚至配了一大堆玩具。父亲有一次回家探亲，对此大摇其头，直截了当地说：陈影，你不能拿宠物代替自己的儿女。让你的独身主义见鬼去吧。

我笑笑，照旧我行我素。

│ 超维 ───•

但后来灵灵的身边还是多了你的身影，一个蹒跚的小不点儿，然后变成一个精力过剩的小男孩。变成明朗的大男孩。倜傥的男人。离家。死亡。

岁月就这样水一般涌流，无始也无终。没有什么力量能使它驻足或改道。河流裹挟着亿万生灵一同前行，包括你，我，他，很可能还有"大妈妈"，一种另类的生灵。

30岁那年，一个不速之客突然出现在我家院子里。真正意义上的不速之客。晚上我照例在上网，不是进聊天室，我认为那是少男少女们喜爱的消遣，而我（从心理上说）已经是千年老树精了。我爱浏览一些"锋利"的网上文章，即使它们有异端邪说之嫌。这天我看了一篇帖子，是对医学的反思，署名"菩提老祖"的（也够老了，和女娲有得一比）。文章说：几千年的医学进步助人类无比强盛，谁不承认这一点就被看成疯子，可惜人们却忽略了最为显而易见的事实——

"……动物。所有动物社会中基本没有医学（某些动物偶尔能用植物或矿物治病），但它们都健康强壮地繁衍至今。有人说这没有可比性，人类处于进化最高端，越是精巧的身体越易受病原体的攻击；何况人类是密集居住，这大大降低了疫病暴发的阈值。这两点加起来就使医学成为必需。不过，自然界有强有力的反证：非洲的角马、瞪羚、野牛、鬣狗和大猩猩，北美驯鹿，南美的群居蝙蝠，澳洲野狗，各大洋中的海豚，等等。它们和人类一样属于哺乳动物，而且都是密集的群居生活。这些兽群中并非没有疫病，比如澳洲野狗中就有可怕的狂犬病，也有大量的个体死亡。但死亡之筛令动物种群迅速进行基因调整，提升了种群的抵抗力。最终，无医无药的它们战胜了疫病，生气勃勃地繁衍至今——还要繁衍到千秋万代呢，只要没有人类的戕害。"

文章奚落道:"这么一想真让人类丧气。想想人类一万年来在医学上投入了多少智力和物力资源!想想我们对灿烂的医学明珠是多么自豪!但结果呢,若仅就种群的繁衍、种群的强壮而言(不说个体寿命),人类只是和傻傻的动物们跑了个并肩。大家说说,能否得出这样一个结论——医学能大大改善人类个体的生存质量,但对种群而言并无益处?!

"——或许还有害处呢。医学救助了病人,使许多遗传病患者也能生育后代,终老天年,也就使不良基因逃过了进化之筛;药物尤其是抗生素的滥用,又使人类免疫系统日渐衰弱。总的说来,医学干扰了人类种群的自然进化,为将来埋下淙淙作响的定时炸弹。所以,在上帝的课堂上,人类一定是个劣等生,因为那位老考官关注的恰恰是种群的强壮,从不关心个体寿命的长短。"

这些见解真算得上异端邪说了,不过它确实锋利,让我身上起了寒栗。文章的结尾说:

"这么说,人类从神农氏尝百草时就选了一条错路?!——非常可惜,即使我们承认这个观点的正确,文明之河也不会改变流向。医学会照旧发展。药物广告继续充斥电视节目。你不会在孩子高烧时不找医生,我也不会扔掉口袋里的硝酸甘油。原因无它:基因的本性是自私的,对每个人而言,个体的生存比种群的延续分量更重。而对个体的救助必然干扰种群的进化,这是无法豁免的,是一枚硬币的两个面。所以——读到这篇文章的人只当我是放屁。人类还将沿着上帝划定之路前行,哪管什么淙淙作响的声音。"

我把这个帖子看了两遍,摇摇头——我佩服作者目光之锐利,但它充其量不过一篇玄谈而已。我把它下载,归档,以便万一哪篇

## 超维

小说中用得上。

灵灵已经在腿边蹭了很久,它对每晚的洗澡习惯了,在催促我呢。我关了电脑,带灵灵洗了澡,再用吹风机吹干,然后把它放出浴室。灵灵惬意地抖抖皮毛,信步走出屋门。我自己开始洗澡。

不久我听到灵灵在门口惊慌地狂吠,我喊:灵灵!灵灵!你怎么啦?灵灵仍狂吠不已。我披上浴巾,出屋门,拉开院中的电灯。灵灵对之吠叫的地方是一团混沌,似乎空气在那儿变得黏稠浑浊。浑浊的边缘部分逐渐澄清,凸显出中央一团形状不明的东西。那团东西越来越清晰,变得实体化,然后在两双眼睛的惊视中变成一个男人。

一个浑身赤裸的男人,或者说是大男孩,很年轻,大约二十一二岁。身体蜷曲着,犹如胎儿在子宫。身体实体化的过程也是他逐渐醒来的过程,他抬起头,慢慢睁开眼,目光迷蒙,眸子晶亮如水晶。

老实说,从看到这双目光的第一刻起我就被征服了,血液中激起如潮的母性。我想起灵灵的狗妈妈在大雪天叫开我家院门时就是这样的目光。我会像保护灵灵一样,保护这个从异相世界来的大男孩——他无疑是乘时间机器跨越时空而来,作为科幻作家,我对这一点有足够的心理准备。

他目光中的迷蒙逐渐消去,站起身。一具异常健美的身躯,是古希腊的塑像被吹入了生命。身高大约一米八九,筋腱清晰,皮肤光滑润泽,剑眉星目。他看见我了,没有说话,没有打招呼的意愿,也不因自己的裸体而窘迫,只是面无表情地看着我。刚才狂吠的灵灵立时变了态度,欢天喜地扑上去,闻来闻去,一蹿一蹦地撒欢儿。

灵灵在我的过度宠爱下早把野性全磨没了，从不会与陌生人为敌，在它心目中，只要长着两条腿、有人味的都是主人，都应该眷恋和亲近。灵灵的态度加深了我对来客的好感——至少说，被狗鼻子认可的这位，不会是机器人或外星恶魔吧。

那时我并不知道，这个大男孩竟然是从300年后来的一个杀手，而目标恰恰是——我、我未来的丈夫和儿子。

我裹一下浴巾，笑着说："哟，这么赤身裸体可不符合作客的礼节。从哪来？过去还是未来？我猜一准是未来。"

来人只是简单地点点头，然后不等邀请就径直往屋里走，吩咐一声："给我找一身衣服。"

我和灵灵跟在他后边进屋，先请他在沙发坐下。我到储藏室去找衣服，心想这位客人可真是不见外啊，吩咐我找衣服都不带一个"请"字。我找来爸爸的一身衣服，客人穿肯定太小，我说你先将就穿吧，明天我到商店给你买合体的衣服。来人穿好，衣服紧绷绷的，手臂和小腿都露出一截，显得很可笑。我笑着重复：

"先将就吧，明天买新的。你饿不饿？给你做晚饭吧。"

他仍然只点点头。我去厨房做饭，灵灵陪着他亲热，但来人对灵灵却异常冷淡，不理不睬，看样子没把它踢走已经不错了。我旁观着灵灵的一头热，很替它抱不平。等一大碗肉丝面做好，客人不见了，原来他在院中，躺在摇椅上，双手枕头，漠然地望着夜空。好脾气的灵灵仍毫不生分地陪着他。我喊他回来吃饭：

"不知道未来人的口味，要是不合口味你尽管说。"

他没有说话，低头吃饭。这时电话响了，我拿起听筒，是一个陌生女人，声音很有教养，很悦耳，不大听得出年龄。她说：

| 超维

"你好,是陈影女士吧。戈亮乘时间机器到你那儿,我想已经到了吧?"

这个电话让我很吃惊的,它是从"未来"打到我家,它如何通过总机中转——又是通过哪个时代的总机中转,打死我也弄不明白。还有,这个女人知道我的名字,看来这次时间旅行开始就是以我家为目的地,并不是误打误撞地落在这儿。至于她的身份,我判定是戈亮的妈妈,而不是他的姐妹或恋人,因为声音中有一种只可意会的宽厚的慈爱,是长辈施于晚辈的那种。我说:

"对,已经到了,正在吃饭呢。"

"谢谢你的招待。能否请他来听电话?"

我把话机递过去:"戈亮——这是你的名字吧。你的电话。"

我发现戈亮的脸色突然变了,身体在刹那间变得僵硬。他极勉强地过来,沉着脸接过电话。电话中说了一会儿,他一言不发,最后才不耐烦地嗯了两声。以我的眼光看来,他和那个女人肯定有什么不愉快,而且是相当严重的不愉快。电话中又说了一会儿,他生硬地说:"知道了。我在这边的事你不用操心。"便把电话回交给我。

那个女人:"陈女士——或者称陈小姐更好一些?"

我笑着说:"如果你想让我满意,最好直呼名字。"

"好吧,陈影,请你关照好戈亮。他孤身一人,面对的又是300年前的陌生世界,要想在短时间适应肯定相当困难。让你麻烦了。拜托啦,我只有拜托你啦。"

我很高兴,因为一个300年后的妈妈把我当成可以信赖的人。"不必客气,我理解做母亲的心——哟,我太孟浪了,你是他母亲吗?"

我想自己的猜测不会错的,但对方朗声大笑:"啊,不不,我只是……用你们时代的习惯说法,是机器人;用我们时代的习惯说法,是量子态非自然智能一体化网络。我负责照料人类的生活,我是戈亮、你和一切人的忠实仆人。"

我多少有些吃惊。当然,电脑的机器合成音在300年后发展到尽善尽美——这点不值得惊奇。我吃惊的是"她"尽善尽美的感情程序,对戈亮充满了母爱,这种疼爱发自内心,是作不得假的。那么,为什么戈亮对她如此生硬?是一个被惯坏了的孩子的逆反心理?其后,等我和戈亮熟识后,他说,在300年后的时代,他们一般称她为"大妈妈","一个无所不在、无所不能、无所不管的大妈妈。她的母爱汪洋恣肆,想躲开片刻都难。"戈亮嘲讽地说。

大妈妈又向我嘱托一番,挂了电话。那边戈亮低下头吃饭,显然不想把大妈妈的来电作为话题。我看出他和大妈妈之间的生涩,很识相地避而不谈,只问了一个纯技术性的问题:从300年后打来电话使用的是什么技术,靠什么来保证双方通话的"实时性",而没有跨越时空的迟滞。没想到这个问题也把戈亮惹恼了,他恼怒地看我一眼,生硬地说:

"不知道!"

我冷冷地翻他一眼,不再问了。如果来客是这么一个性情乖张、在人情世故上狗屁不通的大爷,我也懒得伺候他。素不相识,凭什么容他在我家发横?只是碍于大妈妈的嘱托,还有……想想他刚现身时迷茫无助的目光!我的心又软了,柔声说:

"天不早了,你该休息了,刚刚经过300年的跋涉啊。"我笑着说,"不知道坐时间机器是否像坐汽车一样累人。我去给你收拾床铺,早点休息吧。"

但愿明早起来你会可爱一些吧,我揶揄地想。

| 超维 ———

过后,等我和戈亮熟悉后,我才知道那次问起跨时空联络的原理时他为啥发火。他说,他对这项技术确实一窍不通,作为时间机器的乘客,这让他实在脸红。我的问题刺伤了他的自尊心。这项技术牵涉到太多复杂的理论、复杂的数学,难以理解的。他见我没能真正理解他的话,又加了一句:

"其复杂性已经超过人类大脑的理解力。"

也就是说,并不是他一个人不懂,而是人类全体。所有长着天然脑瓜的自然人。

60年前,二次世界大战中,美国在太平洋深处的某个小岛上修了临时机场。岛上有原住民(我忘了他们属于哪个民族),还处于蒙昧时代。自然了,美国大兵带来的20世纪的科技产品,尤其是那些小玩意儿,像打火机啦,瓶装饮料啦,手电筒啦,让这些土人们眼花缭乱,更不用说那只能坐人的大鸟了。二战结束,临时机场撤销,这个小岛暂时又被文明社会遗忘。这些土人们呢?他们在首长的带领下,每天排成两行守在废机场旁,虔诚地祈祷着,祈祷"白皮肤的神"再次乘着"喷火的大鸟"回来,赐给他们美味的饮食、能打出火的宝贝,等等。

无法让他们相信飞机不是神物,而是人(像他们一样的人)制造的。飞机升空的原理太复杂,牵涉到太多的物理和数学,超出了土人脑瓜的理解范围。

不到三岁时你就知道父亲死了,但你不能理解死亡。死亡太复杂,超出了你那个小脑瓜中已灌装的智慧。我努力向你解释,用你所能理解的词语。我说爸爸睡了,但是和我们不一样,我们呢是晚上睡觉早晨就醒,但他再也不会醒来了。你问:爸爸为什么不会醒来,他太困吗？他在哪儿睡？他那儿分不分白天黑夜？这些问题让我难以招架。

等到你五岁时亲自经历了一次死亡，灵灵的死。那时灵灵已经15岁，相当于古稀老人了。它病了，不吃不喝，身体日渐衰弱。我们请来了兽医，但兽医也无能为力。那些天，灵灵基本不走出狗舍，你在外边唤它，它只是无力地抬起头，歉疚地看看小主人，又趴下去。一天晚上，它突然出来了，摇摇晃晃走向我们。你高兴地喊：灵灵病好了，灵灵病好了！我也很高兴，在碟子里倒了牛奶。灵灵只舔了两口，又过来在我俩的腿上蹭一会儿，摇摇晃晃地返回狗窝。

我想它第二天就会痊愈的。第二天，太阳升起了，你到狗舍前喊灵灵，灵灵不应。你说：妈妈，灵灵为啥不会醒？我过来，见灵灵姿态自然地趴在窝里，伸手摸摸，立时一道寒意顺着我的手臂神经电射入心房：它已经完全冰凉了，僵硬了，再也见不到今天的太阳了。它昨天已经预知了死亡，挣扎着走出窝，是同主人告别的呀。

你从我表情中看到了答案，又不愿相信，胆怯地问我：妈妈，它是不是死了？再也不会醒了？我沉重地点点头。心里很后悔没有把灵灵生的狗仔留下一两个。灵灵其实很孤独的，终其一生，基本与自己的同类相隔绝。虽然它在主人这儿享尽宠爱，但它到底是幸运还是不幸呢？

我用纸盒装殓了灵灵，去院里的石榴树下挖坑。你一直跟在我身边，眼眶中盈着泪水。直到灵灵被掩埋，你才知道它"确实"再也不会醒了，于是号啕大哭。此后你才真正理解了死亡。

没有几天，你的问题就进了一步，你认真地问："妈妈，你会死吗？我也会死吗？"我不忍心告诉你真相，同样不忍心欺骗你。我说："会

| 超维

的,人人都会死的。不过爸妈死了有儿女,儿女死了有孙辈,就这么一代一代传下去,永远没有尽头。"

你苦恼地说:"我不想你死,我也不想死。妈妈你想想办法吧,你一定有办法的。"

我只有叹息。在这件事上,连母亲也是无能为力的。

你的进步令我猝不及防。到十岁时你就告诉我:"其实人类也会死的。科学家说质子会衰变,宇宙会坍塌,人类当然也逃不脱。人类从蒙昧中慢慢长大,慢慢认识了宇宙,然后就灭亡了,什么也留不下来,连知识也留不下来。至于以后有没有新宇宙,新宇宙中有没有新人类,我们永远不会知道了。妈妈,这都是书上说的,我想它说得不错。"说这话时你很平静,很达观,再不是那个在灵灵坟前嚎哭的小孩子了。

我能感受到你思维的锋利,就像奥卡姆剃刀的刀锋。从那时我就怀着隐隐的恐惧:你天生是科学家的胚子,长大后走上科研之路就像水往低处流一样自然。但那恰恰是我要尽力避免的结果呀,我对你父亲有过郑重的承诺。

在我的担忧中,你一天天长大了。

大妈妈说戈亮很难适应300年后的世界。其实,戈亮根本不想适应,或者说,他在片刻之间就完全适应了。从住进我家后,他不出门,不看书,不看电视,不上网,没有电话(当然了,他在300年前的世界里没有朋友和亲人),而且只要不是我挑起话头,他连一句话都懒得说,算得上惜言如金。每天就爱躺在院里的摇椅上,半眯着眼睛看天空,阴沉沉的样子,就像第一天到这儿的表现一样。这已经成了我家的固定风景。

他就这么心安理得地住下，而我也理所当然地接受。几天后我才意识到，其实我一直没有向这个客人发出过邀请，他也从没想过要征求主人的意见，而且住下后颇有些反客为主的架势。我想这是怎么了？我为什么会对这个陌生人如此错爱？一个被母亲惯坏的大男孩，没有礼貌，把我的殷勤服务当成天经地义，很吝啬地不愿吐出一个"谢"字。不过……我没法子不疼爱他，从他第一次睁开眼、以迷茫无助的目光看世界时，我就把他揽在我的羽翼之下了。生物学家说家禽幼仔有"印刻效应"，比如小鹅出蛋壳后如果最先看见一只狗，它就会把这只狗看成至亲，它会一直跟在狗的后面，亦步亦趋，锲而不舍。看来我也有印刻效应，不过是反向的：戈亮第一次睁开眼看见的是我，于是我就把他当成我的崽崽了。

我一如既往，费尽心机给他做可口的饭菜，得到的评价却令我丧气，一般都是：可以吧。我不讲究。等等。我到成衣店挑选衣服，把他包装成一个相当帅气的男人。每晚催他洗澡，还要先调好水温，把洗发香波和沐浴液备好。

说到底，戈亮并不惹人生厌，他的坏脾气只是率真天性的流露，我不会和他一般见识的。我真正不满的是他对灵灵的态度。不管灵灵如何亲热他，他始终是冷冰冰的。有一次我委婉地劝他，不要冷了灵灵的心，看它多热乎你！戈亮生硬地说：我不喜欢任何宠物，见不得它们的奴才相。

我被噎得倒吸一口气，再次领教了他的坏脾气。

时间长了我发现，他的自尊心太强，近于病态。他的坏脾气多半是由此而来。那天我又同他讨论时间机器。我已经知道他并不懂时空旅行的技术，很怕这个话题触及他病态的自尊心；但我又抑制不住自己的好奇——作为唯一亲眼看见时空旅行的科幻作家，这种

| 超维 ———•

好奇心可以理解吧，至少同潘多拉那个女人相比，罪过要轻一些。

我小心翼翼地扯起这个话题。我说，我一向相信时间机器在技术上是可行的，因为理论上已经确认了时空虫洞的存在。虽然虫洞里引力极强，所造成的潮汐力足以把任何生物体撕碎，没有哪个宇航员能够通过它。但这只是技术上的困难，而技术上的困难不管再艰巨，总归是可以解决的。比如：可以扫描宇航员的身体，把所得的全部信息送过虫洞，再根据信息进行人体的重组。这当然非常困难，但至少理论上可行。

想不通的是哲理。时空旅行无法绕过一个悖论：预知未来和自由意志的悖逆。你从 A 时间回到 B 时间，那么 AB 之间的历史是"已经发生"的，理论上说对于你来说是已知的，是确定的；但你有自由意志，你可以根据已知的信息，非要迫使这段历史发生某些改变（否则你干什么千日迢迢地跑回过去？），那么 AB 之间的历史又不确定了，已经凝固的历史被搅动了。这种搅动会导致更典型的悖论：比如你回到过去，杀死了你的外祖父（或妈妈，爸爸，当然是在生下你之前），那怎么会有未来的一个你来干这件事？

说不通。没有任何人能说通。

不管讲通讲不通，时空旅行我已经亲眼见过了。科学的信条之一是：理论与事实相悖时，以事实为准。我想，唯一可行的解释是：在时空旅行中，微观的悖论是允许存在的，就像数学曲线中的奇点。奇点也是违犯逻辑的，但它们在无比坚实的数学现实中无处不在，也并没因此造成数学大厦的整体崩塌。在很多问题中，只要用某种数学技巧就可以绕过它。

我很想和阿亮（我已经用这个昵称了）讨论这件事，毕竟他是

300年后的人,又亲身乘坐过时间机器,见识总比我强吧。阿亮却一直以沉默为回应。我对他提到了外祖父悖论,说:

"数学中的奇点可以通过某种技巧来绕过,那么在时空旅行中如何屏蔽这些'奇点'?是不是有某种法则,天然地令你回避你的父母、祖父母、曾祖父母……使你不可能杀死你的直系亲属,从而导致自己在时空中的湮灭?"

这只是纯哲理性的探讨,我也没注意到措辞是否合适。没想到又一次惹得阿亮勃然大怒:

"变态!你真是个变态的女人!干什么对我杀死父母这么感兴趣?你的天性喜欢血腥?"

我恼火地站起来,心想这家伙最好滚得远远的,滚回到300年后去。我回到自己书房,沉着脸发呆。半个小时后戈亮来了,虽然装得若无其事,但眸子里藏着尴尬。他是来道歉的。我当然不会认真和他怄气,便笑笑,请他坐下。戈亮说:

"来几天了,还不知道该怎么称呼你。你的生理年龄比我大9岁,实际年龄大了309岁,按说是我的曾曾祖辈了,可你这么年轻,我不能喊你老姑奶吧。"

我响应了这个笨拙的笑话:"我想你不用去查家谱排辈分了,就叫我陈姐吧。"

"陈姐,我想出门走走。"

"好的,我早劝你出去逛逛,看看300年前的市容。是你自己开车,还是我开车带你去?噢,对了,你会不会开现在的汽车?300年的技术差距一定不小吧?"

"开车?街上没有Taxi吗?"

# 超维

我说当然有,你想乘 Taxi 吗?他说是的。那时我不知道,他对 Taxi 的理解与我不同。而且我犯了一个很笨的错误——他没朝我要钱,我也忘了给他。戈亮出门了,半个小时后,我听见一辆出租在大门口猛按喇叭。打开门,司机脸色阴沉,戈亮从后车窗里伸出手,恼怒地向我要钱。我忙说:"哟哟,真对不起,我把这事给忘了,实在对不起。"急急跑回去,取出家中所有的现款。我问司机车费是多少,司机没个好脸色,抢白道:

"这位少爷是月亮上下来的?坐车不知道带钱,还说什么:没听说坐 Taxi 还要钱!原来天下还有不要钱的出租?我该当白伺候你?"

阿亮忍着怒气,一副虎落平阳被犬欺的憋屈。我想,不要钱的出租肯定有的,在 300 年后的街上随处可见,无人驾驶,乘客一上车电脑自动激活,随客人的吩咐任意来去……我无法向司机解释,总不能对他公开阿亮的身份。司机接过钱,仍然不依不饶:

"又不知道家里住址,哪个区什么街多少号,一概不知道。二十大几的人了,看盘面满靓的,不像是傻子呀。多亏我还记得是在这儿载的客,要不你家公子就成丧家犬啦。"他低声说一句:"废物。"

声音虽然小,我想戈亮肯定听见了,但他隐忍着。我想得赶紧把司机岔开,便问阿亮事情办完没有,他摇摇头。我问司机包租一天是多少钱:

"200?给你 250。啊,不妥,这不是骂你二百五吗?干脆给 300 吧。你带我弟弟出去办事,他说上哪儿你就上哪儿,完了给我送回家。他是外地人,不识路,你要保证不出岔子。"

司机是个见钱眼开的家伙,立时换了笑脸,连说:好说,好说,保你弟弟丢不了。我把家里地址、电话写纸上,塞到阿亮的口袋里,把剩余的钱也全塞给他。车开走了,我回到家,直摇头。不知道阿亮在300年后是什么档次的角色,至少在现在的世界里真是废物。随之想起他此行的目的,从种种迹象看,似乎他此来准备得很仓促,没有什么周密的计划。到底是干什么来了?纯粹是阔少的游山玩水?那为什么就认准了我家?

一会儿电话响了,是大妈妈的。我说:"戈亮出门办事了,办什么事他没告诉我。"

那边担心地问:"他一人?他可不一定认得路。"

如果这句话是在刚才那一幕之前说的,我会笑她闲操心,但这会儿我知道她的担心并不多余。我笑道:"不仅不认路,还不知道付钱。不过你别担心,我已经安排好了。"

"谢谢,你费心啦。我了解他,没有一点儿生活自理能力,这几天里一定没少让你费心。你要多担待。"

还用得着你说?我早就领教了。当然这话我不会对大妈妈说。我好奇地问:"客气话就不用说了,请问你如何从300年后给我打电话?能不能用最简单的话向我解释一下。"

大妈妈犹豫片刻,说,这项技术确实复杂,牵涉到很多高深的时空拓扑学理论、多维阿贝尔变换等,一时半会儿说不清。不知道会不会耽误你的时间。

我明白了——她知道我听不懂,这是照顾我的面子。"那就以后再说吧。"

对方稍停,我直觉到她有重要事要说。那边果然说:"陈影,我想有些情况应该告诉你,否则对你是不公平的。不过请你不必太吃惊,事情并没有表面情况那样严重。"

| 超维 ___.

我已经吃惊了:"什么事?到底是什么事?"

"戈亮——回到300年前是去杀人的。"

"杀——人?"

"对。一共去了三个人,或者说三个杀手。你是戈亮的目标,这可能是针对你本人,或者是你的丈夫,你的儿子。"她补充道,"你未来的丈夫和儿子。"

我当然大为吃惊。杀手!目标就是我!这些天我一直与一个杀手住在一个独院内!如果让爹妈知道,还不把二老吓出心脏病。不过我不大相信,以我的眼光看,虽然戈亮是个被惯坏的、臭脾气的大男孩,但无论如何与"冷血杀手"都沾不上边。说句刻薄话,以他的道行,当杀手远不够格。大妈妈忙安慰:"我刚才已经说过,你不必太吃惊。这个跨时空暗杀计划实际只是三个孩子头脑发热的产物,不一定真能实行的。"

这会儿我忽然悟出,戈亮为什么对"外祖父悖论"那样反感。实际他才是变态,一个心理扭曲的家伙,本性上对血腥很厌恶,却违背本性来当杀手。也许(我冷冷地想)他行凶后,我的鲜血会使他到卫生间大呕一顿呢。

"我不吃惊的,我这人一向晕胆大。说说根由吧,我,或者我的丈夫,我的儿女,为啥会值得300年后的杀手专程赶来动手。"

大妈妈轻叹一声:"其实,真正目标是你未来的儿子。据历史记载,那个时代有三个最杰出的研究量子计算机的科学家,他是其中之一。这三个人解决了量子计算机的四大难题——量子隐性远程传态测量中的波包塌缩;多自由度系统环境中小系统的量子耗散;量子退相干效应;量子固体电路如何在常态(常温、常压等)中运行量子态——从此量子计算机真正进入实用,得到非常迅猛的发展,直接导致了——'我'的诞生。现在一般称作量子态非自然智能一体化网络,这个名称包括了量子计算机、生物计算机、光子计算机等。"

"这是好事啊,我生出这么一个天才儿子,你们该赶到300年前为我颁发一个一吨重的勋章才对,干什么反而要杀我呢?"

大妈妈在苦笑(非自然智能也会苦笑):"恐怕是因为非自然智能的发展太迅猛了。现在,我全心全意地照料着人们的生活。不过——人的自尊心是很强的。"

虽然她用词委婉,语焉不详,我立即明白了。在300年后,非自然智能已经成了实际的主人,而人类只落了个主人的名分。大妈妈不光照料着人类的生活,恐怕还要代替人类思考,因为,按戈亮透露出来的点滴情况看,人类智力对那个时代的科技已经无能为力了。

大妈妈实际上告诉了我两点:1、人脑不如计算机。不是偶然的落后,而是无法逆转的趋势。2、人类(至少是某些人)已经后悔了,不惜跨越时空,杀死300年前的三个科学家以阻止它。

在我的时代,人们有时会讨论一个小问题,即人脑和电脑的一个差别:行为可否预知。

电脑的行为是确定的,可以预知。对于确定的程序、确定的输入参数、确定的边界条件来说,运行结果一定是确定的。所谓模糊数学,就其本质上说也是确定的。万能的电脑所难以办到的事情之一,就是产生真正的随机数字(电脑中只能产生伪随机数字)。

人的行为则不能完全预知。当然,大部分是可以预知的:比如大多数男人见到裸体美女都会心跳加速;一个从小受仁爱熏陶的人不会成为杀人犯;如此等等。但是不能完全、精确地预知:一个姑

| 超维

娘参加舞会前决定挑哪件衣服;楚霸王在哪一刻决定自杀;爱因斯坦在哪一瞬间爆发灵感;等等。

两者之间的这个差别其实没什么复杂的原因,只取决于两个因素:1、组织的复杂化程度。人们已经知道,连最简单的牛顿运动,如果是三体以上,也是难以预知的。而人脑是自然界最复杂的组织。2、组织的精细化程度,人脑的精细足以显示出量子效应。总之,人脑组织的复杂化和精细化就能产生自由意志。

旧式计算机在复杂化和精细化上没达到临界点,而量子计算机达到了。戈亮后来对我说,量子计算机的诞生完全抹平了人脑和电脑的差别——不,只是抹去了电脑不如人脑的差别,它们从此也具备了直觉、灵感、感情、欲望、创造力、我识、自主意识等这类本属于人类的东西。而人脑不如电脑的那些差别不但没抹平,相反被爆炸性地放大:比如非自然智能的规模(可以无限拓展)、思维的速度(光速)、思维的可延续性(没有生死接替)、接口的透明,等等。这些优点,自然智能根本无法企及。

量子计算机在初诞生时,只是被当作技术性的进步,并没被看做天翻地覆的大事件。但它的多米诺骨牌效应很快就显现。电脑成了大妈妈,完全操控着文明(注意,不再是人类文明)的航向。人类仍被毕恭毕敬地供在庙堂上,只不过成了傀儡或白痴皇帝。戈亮激愤地说:说白了,人类现在只是大妈妈的宠物,就像灵灵是你的宠物一样——我知道戈亮为什么讨厌灵灵了!

所以,三个热血青年决定,宁可毁掉这一切,让历史倒退300年,至少人们可以做自己的主人。

我紧张地思索着,不敢完全相信大妈妈的话。像戈亮一样,我在大妈妈面前也有自卑感,对她的超智力有深深的畏惧。她说的一切都合情合理，对我坦诚以待，对戈亮爱心深厚，毫无怨怼——但如果这都是假象？相信大妈妈的智力能轻易玩弄我于股掌之中。我尽量沉住气仔细探问：

"你说戈亮其实不是来杀我，而是杀我的儿子。"

"对，有多种方法，他可以杀掉将成为你丈夫的任何男人，可以破坏你的生育能力，可以杀掉你儿子，当然，最可靠的办法是现在就杀掉你。"

我尽量平淡地问："为什么不早告诉我？戈亮已经来了一星期，也许你的警告送来时我已经变成一具尸体了。"

"我想他不一定会真的付诸实施，至少在一个月内不会。我非常了解他：善良，无私，软心肠。他们三人是一时的冲动，其实并不知道自己在干什么。恐怕是300年前的美国科幻片看多了吧。"她笑着说，有意冲淡这件事的严重性。"我希望这最好是一场虚惊，他们到300年前逛一趟，想通了，再高高兴兴地回来。我不想让他在那个时代受到敌意的对待。不过——为你负责，我决定还是告诉你。"

一个疑点从我心里浮上来："戈亮他们乘时间机器来——他对时间机器一窍不通——机器是谁操纵的？他们瞒着你偷了时间机器？"

"当然不是。他们提出要求，是我安排的，是我送他们回去的。"

"你？送三个杀手回到300年前，杀掉量子计算机的奠基人，从而杀死你自己？"

"我永远是人类忠实的仆人，我会无条件地执行主人的一切命令。如果他们明说是返回过去杀人，我还有理由拒绝，但他们说只是一趟游玩。"她平静地说，"当然，我也知道自己不会被杀死。并不是我能精确预知未来，不，我只知道已经存在的历史，知道从

| 超维

你到我这300年的历史。但是,一旦有人去干涉历史,那个'过去'对我也成未来了,不可以预知。我只是相信一点:一两个人改变不了历史的大进程。个人有自由意志,人类没有。"

停一停,她说:"据我所知,你在文章里表达过类似的观点,虽然你的看法还没有完全条理化。陈影,我很佩服你的。"

我没有被杀。你爸爸没有被杀。也没人偷走我的子宫摘除我的卵巢。你平安降生了。你不知道那一刻我心中是多么欣慰。

一个丑陋的小家伙,不睁眼,哭声理直气壮,嘹亮如歌。只要抱你到怀里,你就急切地四处拱奶头,拱到了就吧唧,如同贪婪的蚕宝宝。你的咂吸让我腋窝中的血管发困,有一种特殊的快感。我能感到你的神经和我是相通的。

你是小崽崽,不是小囡囡。这没有什么好奇怪的,本来生男生女有对等的概率,男女在科学研究中的才智也没有高下之分。但我对这一点一直不安——戈亮和大妈妈都曾明确预言我将生儿子的,这么说,历史并没有改变?

不,不会再有人杀你了,因为我已经对杀手做出了承诺:让你终生远离科学研究。人是有自由意志的,我能做到这点。

但我始终不能完全剜掉心中的惧意。我的直觉是对的,30年后,死神最终追上了你,就在你做出那个科学突破之前。

大妈妈通报的情况让我心乱如麻。心乱的核心原因是:我不知道拿那个宝货怎么办。如果他是一个完全冷血的杀手倒好办了,我可以打110,或者在他的茶饭里加上氰化钾。偏偏他不是。他只是一个想扮演人类英雄的没有经验的演员,第一次上舞台,很有点手足失措,刻薄一点说是志大才疏。但他不失为一个令人疼爱的大孩子,他的动机是纯洁的。我拿他怎么办?

我和大妈妈道别,挂断电话,站在电话机旁发愣。眼前就像立着戈亮的妈妈(真正的人类妈妈),50 岁左右的妇女,很亲切,很精干,相当操劳,非常溺爱孩子,对孩子的乖张无可奈何。我从直觉上相信大妈妈说的一切,但内心深处仍有一个声音在警告:不能这么轻信。毕竟,甘心送戈亮他们回到过去从而杀死自己,即使是当妈妈的,做到这个份上也太离奇。至于我自诩的直觉——少吹嘘什么直觉吧,那是对人类而言,对人类的思维速度而言。现在你面对的是超智力,她能在一微秒内筛选 10G 种选择,在一纳秒内做出正确的表情,在和你谈话的同一瞬间并行处理十万件其他事件。在她面前还奢谈什么直觉?

我忽然惊省:戈亮快回来了,我至少得做一点准备吧。报警?我想还没到那份儿上,派出所的警察大叔们恐怕也不相信什么时空杀手的神话。准备武器?屋里只有一把维吾尔族的匕首,是我去新疆英吉沙旅游时买的,很漂亮,锃亮的刀身,透明有机玻璃的刀把,刀把端部镶着吉尔吉斯的金属币——只是一个玩具嘛,我从来都是把它当玩具,今天它要暂时改行回归本职了。我把它从柜中取出,压在枕头下,心中摆脱不了一种怪怪的感觉:游戏,好笑。我不相信它能用到戈亮身上。

好,武器准备好了,现在该给杀手做饭去了,今天给他做什么改样的饭菜?——想到这里,我忍不住神经质地大笑起来。

门口有喇叭声。这回司机像换了一个人,非常亲热地和我打招呼,送我名片,说以后用车尽管呼他。看他前倨后恭的样子,就知道他这趟肯定没少赚。戈亮手中多了一个皮包,进门后吩咐我调好热水,他要马上洗澡。他皱着眉头说外边太脏,21 世纪怎么这么脏?这会

## 超维

儿我似乎完全忘了他是杀手,像听话的女佣一样,为他调好温水,备好换洗衣服。戈亮进去了,隔着浴室门听见哗哗的水声。皮包随随便便留在客厅。我忽然想到,应该检查一下皮包,这不是卑鄙,完全是必要的自卫。

我一边为自己做着宽解,一边侧耳听着浴室的动静,悄悄打开皮包。里面的东西让我吃一惊:一把锋利的匕首,一把仿五四手枪!他真的搞到了凶器,这个杀手真要进入角色啦!不清楚凶器是从什么地方买的,听说有卖枪的黑市,一定是那个贪财的司机领他去的。

我数数包里的钱,只剩下200多元。走时塞给他3000多元呢。不知道一只手枪的黑市价是多少,估计司机没少揩油。这是一定的,那么个财迷,碰见这样的呆鹅还不趁机猛宰。

瞪着两把凶器,我不得不开始认真对待大妈妈的警告。想想这事也够"他妈妈"的了,这个凶手太有福气,一个被害人(大妈妈)亲自送他回来,远隔300年还在关心他的起居;另一个被害人(我)与他非亲非故,却要管他吃管他住,还掏钱帮他买凶器。而凶手呢,心安理得地照单全收。一句话,我们有些贱气,而他未免脸皮太厚了!

但是很奇怪,不管心中怎么想,我没有想到报警,更没打算冷不防捅他一刀。我像是被魇住了。过后我对此找到了解释:我内心认为这个大男孩当杀手是角色反串,非常吃力的反串,不会付诸实施的。这两件刀枪不是武器,只是道具。连道具也算不上,只是玩具。

你很小就在玩具上表现出过人的天才。反应敏锐,思维清晰,对事物的深层联系有天然的直觉和全局观。五岁那年,你从我的旧书箱中扒出一件智力玩具:华容道。很简单的玩具,一个方框内挤着曹操(个头最大,是2×2的方块),四员大将(张飞、赵云、马超、黄忠，都是2×1的竖条），关羽（是1×2的横条）。六个人把华容道基本挤满了，只剩下1×2的空格，要求你想法借着这点空格把棋子挪来挪去，从华容道里救曹操出来。这个玩具看来简单玩起来难，非常难，当年曾经难煞我了，主要是关羽难对付，横刀而立，怎么挪他都挡着曹操的马蹄。半月后我最终走通了，走通的一刻曾欣喜若狂。

你拿来问我该怎么玩，我想了一会儿，发现已经把走法忘得干干净净。我只是告诉你规矩，说你自己试着来吧。我知道，对于一个五岁的孩子，这个玩具的难度是大了一些。你拿起华容道窝在墙角，开始认真摆弄。那时我还在暗笑，心想这个玩具能让你安静几天吧。但20分钟后你来了，说："妈妈，我走通了。"我根本不信，不过没把怀疑露出来，说："真的吗？给妈妈再走一遍，妈妈还不会呢。"你走起来，各步走法记得清清楚楚，挪子如飞，大块头的曹操很快从下方的缺口中漏出来。

你那会儿当然欣喜，但并不是我当年的狂喜。看来，这件玩具对你而言并不太难，你也没把它看成多大的胜利。

我看着你稚气的笑容，心中涌出深沉的惧意。我当然高兴儿子是天才，但"天才"难免和"科学研究"有天然的牵连。可我对杀手发过重誓的：决不让你研究科学，尤其是量子计算机。我会信守诺言，尽自己的最大能力来引导你。但——也许我拗不过你？我的自由意志改变不了你的自由意志？

在那之后有一段时间，你对智力玩具入了迷，催着我、求着我为你买来很多，魔方、七连环、九连环、八宝疙瘩、魔球、魔得乐，等等，没有哪一种能难倒你。我一向对智力玩具的发明者由衷钦佩，智力玩具不像那些系统科学，如解析几何、光学、有机化学，它们

| 超维

是系统的,是多少代才智的累积,后来者可以站在巨人的肩上去攀摘果实。所以,即使是中等才智,只要非常努力,也能达到足够的深度。而发明智力玩具纯粹是天才之光的偶然迸射,没有这份才气,再努力也白搭。或者是零,或者是 100 分,没有中流成绩。玩智力玩具也多少类似,我甚至建议拿它作标准来考察一个人的本底智力,我想那是最准确的。所以,你的每次成功都使我的惧意增加一分。

那些天我常常做一个相同的梦:你在攀登峭壁,峭壁是由千万件智力玩具垒成的,摇摇欲坠。但你全然不顾,一阶一阶向上攀爬。每爬上一阶,就会回头对我得意地笑。我害怕,我想唤你、劝你、求你下来。但我喊不出声音,手脚也不能稍动,只能眼睁睁地看着你往高处爬呀,爬呀,你的身影缩成了芥子,而峭壁的重心已经超出了底面的范围,很快就要訇然坍塌……然后我突然惊醒,嘴里发苦,额上冷汗涔涔。我摸黑来到隔壁房间,你在小床里睡得正香。

亲眼看到戈亮备好的凶器后,我还是一如既往地照料他,做饭,为他收拾床铺,同他闲聊。我问他,300 年后究竟是怎样的生活?如果对时空旅行者没有什么职业道德的要求(科幻小说中常常设定:时空旅行者不得向"过去"的人们泄露"未来"的细节),请他对我讲一讲。我很好奇呢。他没说什么"职业道德",却也不讲,只是懒懒的应了一句:没什么好讲的。

我问:"你妈妈呢?不是指大妈妈,是说你真正的妈妈。她知道你这趟旅行吗?"

我悄悄观察他对这个问题的反应。没有反应。他极简单地答:我没妈妈。

不知道他是孤儿,还是那时已经是机械化生殖了。我没敢问下去,怕再戳着他的痛处。

后来两人道过晚安，回去睡觉。睡在床上我揶揄自己：你真的走火入魔了啊！竟然同杀手言笑晏晏，和平共处。而且，我竟然很快入睡了，并没有紧张得失眠。

不过夜里我醒了。屋里有轻微的鼻息声，我屏住呼吸仔细辨听，没错。我镇静地微睁开眼，透过睫毛的疏影，看见戈亮站在夜色中，就在我的头顶，一动不动，如一张黑色的剪影。他要动手了！一只手慢慢伸过来，几乎触到我的脸，停住，近得能感觉到他手指的热度。我想，该不该摸出枕下的匕首，大吼一声捅过去？我没有，因为屋子的氛围中感觉不到丝毫杀气，相反倒是一片温馨。很久之后，他的手指慢慢缩回去，轻步后退，轻轻地出门，关门。走了。

留下我一人发呆。他来干什么？下手前的踩盘子？似乎用不着吧，可以肯定的是，他这次没有带凶器。我十分惊诧于自己的镇定，临大事有静气，泰山崩于前而色不变。这份胆气，便是去做职业杀手也绰绰有余了。怎么也比戈亮强。

我苦笑着摸摸自己的脸颊，似乎感到那个手指所留下的温暖和滑润。

一个人照料孩子非常吃力，特别是你两三岁时，常常闹病，高烧，打吊针。你又白又胖，额头的血管不好找，总是扎几次才能扎上。护士见你来住院就紧张，越紧张越扎不准。扎针时你哭得像头凶猛的小豹子，手脚猛烈地弹动。别的妈妈逢到这种场合就躲到远处，让爸爸或爷爷（男人们心硬一些）来摁住孩子的手脚。我不能躲，我只有含泪摁着你，长长的针头就像扎在我心里。

一场肺炎终于过去了，我也累得散了架。晚上和你同榻，大病

# 超维

初愈的你特别亢奋，不睡觉，也不让我睡，缠着我给你讲故事。我实在太困了，说话都不连贯，讲着讲着你就会喊起来：妈妈你讲错啦！你讲错啦！你咋乱讲嘛！我实在支撑不住，因极度困乏而暴躁易怒，凶狠地命令你住嘴，不许再搅混妈妈。你扁着嘴巴要哭，我恶狠狠地吼：不许哭！哭一声我捶死你！

你被吓住了，缩起小身体不敢动。我于心不忍，但瞌睡战胜了我，很快入睡了。不知道睡了多长时间，似睡非睡中有东西在摩挲我的脸。我勉强睁开眼，是你的小手指——那么娇嫩柔软的手指，胆怯地摸我的脸，摸我的乳房。摸一下，缩回去，再摸。在那一瞬间我回到了三年前，感受到戈亮的手指在我脸颊上留下的温暖和滑润。

看来你是不甘心自己睡不着而妈妈呼呼大睡，想把我搅醒又有点儿胆怯。我又好气又好笑，决定不睬你，转身自顾睡觉。不过，你的胆子慢慢大起来，摸了一会儿见我没动静，竟然大声唱起来！用催眠曲的曲调唱着：小明妈妈睡着喽！太阳晒着屁股喽！

我终于憋不住了，突然翻过身，抱着你猛亲一通："小坏蛋，我叫你唱，我叫你搅我瞌睡！"你开始时很害怕，但很快知道我不是发怒，于是搂着我脖子，咯咯咯地笑起来，笑得喘不过气。

真是天使般的笑声啊。我的心醉了，困顿也被赶跑了。我搂住你，絮絮地讲着故事，直到你睡熟。

第二天早饭，戈亮向我要钱。我揶揄地想：进步了啊，出门知道要钱了。我问他到哪儿去，他说看两个同伴，时空旅行的同伴。

两个同谋，同案犯。我在心里为他校正。嘴里却在问："在哪儿？我得估计需要多少费用。"他说一个在以色列的特拉维夫，一个在越南的海防市。我皱起眉头："那怎么去得了？出国得申请办护照，很麻烦的，关键是你没有身份证。"

"我有的，身份识别卡，在这儿。"他指着右肩头。

我在那儿摸到一粒谷子大小的硬物，摇摇头："不行的，那是300年后的识别卡，在这个时代没有相应的底档。而且，现在使用纸质身份证。"

我与他面面相觑。我小心地问（怕伤了他的自尊心）："难道你一点不知道300年前的情况？你们来前没做一点准备？"舌头下压着一句话："就凭这点道行，还想完成你们的崇高使命？总不能指望被杀对象事事为你想办法吧？"

戈亮脸红了："我们走得太仓促，是临时决定，随即找大妈妈，催着她立即启动了时间旅行器。"

我沉默了，生怕说出什么话来刺伤他。过了一会儿，他闷闷地说："真的没办法？"

"去以色列真的没办法，除非公开你的身份，再申请特别护照。那是不现实的。去越南可以吧，那儿边界不严，旅游团队很多。我给你借一张身份证，大样不差就能混过去。你可以随团出去，再自由活动，只要在日程之内随团回国，可以通融的。我找昆明的朋友安排。"

他闷闷地说："谢谢。"扭头回自己屋。

我心中莞尔：这孩子进步了，知道道谢了。自从他到我家，这是第一次啊。

我很快安排妥当，戈亮第二天就走了。让这个家伙搅了几天，乍一走，屋里空落落的，我反倒不习惯了。现在，我可以静下心来想想，该如何妥善处理这件事？我一直在为他辩解：他的决定是一时冲动，是不切实际的空想,很可能不会付诸实施。而且——也要考虑到动机是高尚的,说句自私的话吧,如果不是牵涉到我的儿子,说不定我会和他同仇敌忾、帮他完成使命的。毕竟我和他是同类,而大妈妈是异类。即使现在,我相信也可以用爱心感化他,把杀手变成朋友。

但晚上看到的一则网上消息打破了我的自信:以色列特拉维夫市的一名天才少年莫名其妙地被杀害,他今年13岁,已经是耶路撒冷大学的学生,主攻量子计算机的研究。凶手随即饮弹自毙,身份不明,显然不是以色列人,但高效率的以色列警方至今查不到他进入国境的任何记录。

网上还有凶手的照片,一眼看去,我就判定他是戈亮的同伴或同谋。极健美的身躯,落难王孙般的高贵和郁郁寡欢,懒散的目光。我不知道大妈妈是否警告过被杀的少年或其父母,但看来,无所不能的大妈妈并不能掌控一切。

现在我真正感到了威胁。

七天后戈亮返回,变得更加阴沉少语。我想他肯定知道了在以色列发生的事。那位同伴以自己的行为、自己的牺牲树立了榜样,催促他赶快履行自己的责任。这会儿他正在沉默中淬硬自己的感情,排除本性的干扰,准备对我下手了。我像个局外人而非被杀的目标,冷静地观察着他。

我问他有什么打算,是不是要多住一段时间。如果他决心融入"现在",那就要早做打算。戈亮又发怒了:"你是要赶我走吗?"

我冷冷地说:"你已经不是孩子了,话说出口前要掂量一下,看是否会伤害别人。你应该记住,别人和你一样也有自尊心的。"

我撇下他,回到书房。半个小时后他来了,认真地向我道歉。

我并没有打算认真同他怄气，也就把这一页掀过去了。午饭时他直夸我做的饭香，真是美味。我忍住笑说：我叫你学礼貌，可不要学虚伪，我的饭真的比300年后的饭好吃？他说真的，一点不是虚伪，我真想天天吃你做的饭。我笑道：那我就受宠若惊啦。

就在那天下午，他突然对我敞开心扉，说了很多很多。他讲述着，我静静地听。他说300年后世界上到处是大妈妈的大能和大爱，弥天漫地，万物浸泡其中。大妈妈掌控着一切，包括推进科学，因为人类的自然智力同她相比早就不值一提了；大妈妈以无限的爱心为人类服务，从生到死，无微不至。人类是大妈妈心爱的宠物，比你宠灵灵更甚。你如果心情不好，可以踢灵灵一脚。大妈妈绝对不会的，她对每个人都恭谨有加。她以自己的高尚衬托出人的卑琐。生活在那个时代真幸福啊，什么事都不干，什么心都不用操。

"所以我们三个人再也忍不住了，决定返回300年前杀死几个科学家，宁可历史倒退300年。"他突兀地说。

他只是没明说，要杀的人包括我儿子。

我想再落实一下大妈妈说过的话。我问："大妈妈知道你们此行的目的不？"

"我们没说，但她肯定知道，瞒不过她的。没有什么事能瞒过她。"

"既然知道，她还为你们安排时空旅行？"

戈亮冷笑："她的誓言是绝对服从人类嘛。"

那么，大妈妈说的是实情。那么，三个大男孩是利用她的服从来谋害她，这种做法——总好像不大地道吧，虽然我似乎应该站在戈亮的立场上。

还有，不要忘了，他们杀死大妈妈，是通过杀我儿子来实现呢。

| 超维 ——

很奇怪,从这次谈话之后,戈亮那个行动计划的时钟完全停摆了。他把凶器顺手扔到墙角,从此不再看一眼。他平心静气地住下来,什么也不做,真像到表姐家度假的男孩。我巴不得他这样,也就不再过问。春天,小草长肥了,柳絮在空中飘荡,还有看不见的春天的花粉。戈亮的过敏性鼻炎很厉害地发作了,一连串的喷嚏,止不住的鼻涕眼泪,眼结膜红红的,鼻黏膜和上呼吸道痒得令他发疯,最厉害时晚上还要哮喘,弄得他萎靡不振。

他看似健美的身体实际中看不中用。戈亮说,300年后85%以上的人都过敏,无疑人们太受娇惯了。当然,那时不用你担心,大妈妈会为你提供净化过的空气,提醒你服用高效的激素药物。还是有妈的孩子幸福啊。

我很心疼他,带他去变态反应科看病,打了针,又用伯克宁喷鼻剂每天喷着,总算把病情控制住了。这天北京来电话,北大和清华的科幻节定在两天后举办。我是特邀嘉宾之一,答应过要出席的,现在该出发了。灵灵我已安排好,让邻居代养着。现在的问题是戈亮怎么办。像他这样没有一点自理能力,留家里怕是要饿死的,烙个大饼套在脖子里也只知道啃前边那块。只好带他一块去了。当然我没说饿死不饿死的话,只是说:"跟我去吧,你想,带一个未来人参加科幻节多有意义啊。不过你放心,我会把这意义埋在心底,绝不会透露你未来人的身份。"阿亮无可无不可的,说,"行啊,跟你去。"

两校科幻节的日程安排得很紧,本来可以合在一起开的,但(接待的肖苏说)北大和清华都很牛,会场放在哪家,另一家就会觉得没面子。这么着只好设两个会场。国内有名的科幻作家都来了,A老师,B老师,C老师,我都很熟的。共三个女作者,其他两人家在北京，所以给我安排了一个单间，带套间的，于是我让戈亮也住这儿了。我是想省几个住宿费，也方便就近照顾他。戈亮来我家后，已经让我的花销大大超支。我知道，这么安排，肯定有人用暧昧的眼光看我们，但我不在乎。

晚上，我照例为戈亮调好水温，他进去洗澡。学生们来了，有北大科幻协会会长刘度，清华科幻协会会长董明，负责此次会务的姑娘肖苏。刘度进来就笑："久仰久仰，没想到陈老师这么年轻漂亮。读你的小说，我总以为你是80岁的老人，男的，白须飘飘，目光苍凉，麻衣草履，在蒲团上瞑目打坐。"

我说："你是骂我呢，我的小说一定非常沉闷、乏味、老气横秋，对吧。"

刘度笑："不不，哪能呢，绝对说不上沉闷乏味，老气横秋倒是有一点。不过还是换个褒义词吧：那叫沧桑感。"

正说着，戈亮出来了，只穿着三角裤，一身漂亮的肌肉，对客人不理不睬的，径直回他的套间里去穿衣服。几个学生看看他，互相交换着目光，肯定是各有想法，屋里的谈话因此有片刻的迟滞。我忙说：

"我的表弟。非要跟我来看看北大、清华。这是所有年轻人心中的圣地。你们是天之骄子啊，13亿人优中选优的精英。刘度，听说你考上北大前，高考期间还写了部10万字的科幻小说？董明，听说你在高中就精通两门外语？"他们笑着点头，董明纠正是"粗通而已"，"非常佩服你们的精力和才气。和你们比，我已经是老朽了。真的，到你们这里办讲座，我很自卑的。"

肖苏笑了："我们才自卑呢。我们既勇敢又自卑：克服了自卑，

| 超维 ——

勇敢地参加科幻协会。你知道，在大学里，尤其是在北大清华，科幻被认为是小毛头们才干的事。不过，我们舍不下从中学里就种下的科幻情结。"

我感叹着："天哪，北大清华学生说自卑，还让我活吗？我这就自杀，你们别拦。"

他们都笑了。不过，第二天在会场上，我对他们的自卑倒是有了验证。那天是在北大的一个学术报告厅，参加的学生有近300人，北京各高校的科幻协会都派了代表。A、B、C等作家全到场，在讲台上坐了一排。戈亮被安排到下边第一排坐下。可能是赴京途中受了刺激，他的过敏鼻炎又犯了，满大厅不时响起旁若无人的响亮的啊嚏声。

我们没料到，讲座刚开始就有一个"反科幻"的学生搅场，他第一个发言，说：

"我今天是看到你们的海报，顺便进来听听的。我从来不看科幻作品，我认为科幻就是胡说八道。"

满场默然，没有一个科幻迷起来反驳。科幻作家们也不好表态，只有A老师回了两句，但也过于温和了。我不知道满座的沉默是什么原因：是绅士风度，还是真的自卑？我忍不住要过话筒：

"对这位同学的话，我想说几句。王朔曾在一篇文章中说，他从来不看金庸的武侠小说，因为金庸的武侠小说如何如何糟糕。在此我想说，包括这位同学：你们完全可以决定不看什么作品，可以讨厌它，拿这些书覆瓮擦腚，那是你们的自由，没人会干涉。但如果你们想在文章中，或在大庭广众中，公开指责这些作品，那就必须先看过再批驳，否则就是对读者和听众的不尊重。也恰恰显露了你们的浅薄。"

会场中有轻微的笑声。没人鼓掌。我又在想那个问题：宽容还是自卑，也许两者都有吧。我看看戈亮，他在用目光对我表示支持（那一刻我真想把他的身份公之于众！）。不过那个搅场者还是有羞耻心的，几分钟后悄悄溜出了会场。

会场的气氛慢慢活跃了，学生们提了很多问题，不外是问各人的创作经历，软硬科幻的分别，等等，台上的作家轮流作答。有这几位大腕作家挡阵，我相对清闲一些。后来一个女生——是负责会务的肖苏——点了我的将：

"我有一个问题请陈影老师回答。杨振宁先生曾说过，科学发展的极致是宗教。请问你如何理解这句话？"

我有点慌乱，咽口唾沫："这个问题太大，天地都包含其中了，换个人回答行不？我想请 A 老师或 B 老师回答，比较合适。"

那两人促狭地说："啊不，不，你回答最合适，忘了你的笔名是女娲？补天的女娲肯定能回答这个问题。大家欢迎她，给她一点掌声！"

在掌声中，我只好理一理思路，说：

"杨振宁先生的原话是：科学发展的终点是哲学，哲学发展的终点是宗教。不过肖苏同学已经做了简化，那我也把哲学抛一边吧。我想，科学和宗教的内在联系，第一当然是对大自然的敬畏。科学已经解答了'世界是什么样子'，但还没有解决'为什么世界是这个样子'。我们面对的宇宙有着非常严格、非常简洁、非常优美的规律——为什么是这样？为什么不是一个乱七八糟毫无秩序的世界？谁是宇宙的管理者？在宇宙大爆炸之前，是谁事先定出宇宙演化必须遵循的规律？不知道。所以，科学越是昌明，我们对大自然越是敬畏，类同于信徒对上帝的敬畏。关于这一点有很多科学家诠释过，我不想多说了。"

我喝口水，继续："我想说的倒是另一点，人们不常说的，那就是：科学在另一种意义上复活了宿命论。不对吧，科学就是最大程度的释放人的能动性，怎么能和宿命扯到一块儿？别急，听我慢慢道来。当科学的矛头对外（变革客观世界）时，没有宿命的问题。科学已经帮助人类无比强大，逐渐进入自由王国。当然也让人们知道了一些终生的禁行线，比如不能超越光速，不能有永动机，粒子的测不准，熵增不可逆，不能避免宇宙灭亡（这一点已经有点宿命论的味道了），等等。但一般来说，这些禁行线对人类心理没有什么伤害。

"如果把科学的矛头对内，对着人类自己，麻烦就来了。自指就会产生悖论，客观规律与能动性的悖论。我们常说：随着科学的发展，人类终将完全认识人类文明的发展规律——这句话是什么意思？翻译过来就是：人类殚精竭虑，胼手胝足，劈开荆棘，推开浮沙，终于找到了正确的文明之路，它平坦、坚实，用整块花岗岩铺成。上面镌着上帝的圣谕：此路往达自由王国，令尔等沿此路前行，不得越雷池半步——这就是我们追求的自由？一个和宇宙一样大的玩笑。"

下面熙熙攘攘，嘈杂声中夹着响亮的啊嚏。我忽然想到，这次带戈亮来，带对了，我正可把这个问题回答透彻，也许能解开他的心结。我笑着说：

"听下边的动静是不服？我继续说。以上是纯逻辑性的玄谈，下面说实证。实证太多，举不胜举。比如克隆人，大家都知道，克隆人的出现将极大地冲击人类的道德伦理体系。国际社会一致反对克隆人，联合国最近还通过了一个公约（虽然没有约束力）。但克隆人能挡得住吗？我敢打赌，绝对挡不住，人类意志之外的某种力量必将使我们走上'上帝划定之路'。其实有没有克隆人还是个小疥癣，如果对医学来个整体的反思，我们会发现一些根本性的悖逆。"我介绍了网上那位菩提老祖很异端的观点，"……这么说，医学实际上只对人类个体的生存质量有利，而对整个人类种族的繁衍无益，甚至有害。不过，即使我们承认这一点，文明之路也绝不会改变，我们'命定'要走这条路，靠医学而不是靠自然选择来保障种群的繁衍。

"再说战争。战争是人类社会的怪胎，兽性随着文明的进步而同步强化。在这点上我们比野兽可强多了，兽类也有同性相残，偶尔有过杀行为，但哪里比得上人类这样专业，这样波澜壮阔！我是个和平主义者，我相信人类中的智者都憎恶战争。但是，人类意志之外的某种东西推着我们往这条路上走。作为个人，你尽可以反战、拒服兵役、甚至以自焚抗议战争。但作为整体，人类文明必然和战争密不可分。现在，假定有了时间机器——顺便宣布一则消息，人类在2307年前将发明时间机器，这是确实消息，请在场的人做好记录。说不定已经有人乘坐它来今天开会呢。"

大家以为我是幽默，哄堂大笑。我看看戈亮，他得意的目光闪动。

"假如有了时间机器，坚定的和平主义者作为强者回到过去，回到人类先祖走出非洲那一刻，对那些蒙昧人严加管束，谆谆教导，把战争两个字从他们头脑中完全挖出去，然后，一万年的人类历史便是一万年的和平史——可能吗？我想在座的各位没人会相信吧？

"战争也许有一天终能消灭，但其他罪行，如强奸、谋杀、盗窃、暴力、自杀等，就更不能根除了，它们将相伴人类终生。为什

| 超维 ——●

么会这样？如果人类没有原罪，一片光明，那该多么令人向往！不过，那只能是完美主义者的幻想。"

我停了片刻，"再说人工智能的发展。"我有意把这个话题放在最后。我看看第一排的阿亮，这番话主要是对他说的：

"我历来不认为人类智能比人工智能高贵。它们都是物质自组织的产物，当自组织的复杂化程度和精细化程度达到临界点，就会产生智慧，没有也不需要有一个外在的上帝为它吹入灵魂。所以，总有一天，非自然智能会赶上和超过人类，我对这一点毫不惊奇。当然，大多数人接受不了这一点，不愿意非自然智能代替人类成为地球的主人，这种看法算不上顽固保守，这是我们的生存本能决定的。那我们赶紧行动起来，来个全球大串联，砸碎全世界所有电脑，彻底根除后患，解放全人类——可能吗？你们说可能吗？谁都知道答案的。个人有自由意志，人类就整体而言并无自由意志。我们得沿着'客观规律'所决定的、或者说上帝所划定的路前行。所谓'人类的自由意志'只是一个完美的骗局。"

学生们显然不信服我的话，这从他们的目光中就能看到。不过我不在乎，我只在乎阿亮的反应。如果这番话多少能纾解他的心结，我就满意了。

命定之路是不能改变的，不管阿亮他们三位做出怎样的牺牲。但个人有自由意志。我可以让你远离科学。

这样做很难。你天生是科学家的胚子。记得童年到少年时你就常常提一些怪问题，让我难以回答。你问：妈妈，我眼里看到的山啦，云啦、大海啦，和你看到的是不是完全一样？你问：光线从上百亿光年远的星星跑到这儿，会不会疲劳？你问：男女的性染色体是XX

和 XY，为什么不是 XX 和 YY 呢，因为从常理推断，那才是最简洁的设计。

初中你迷恋上了音乐，但即使如此，你也是从"物理角度"上迷恋。你问：为什么各民族的音乐都是八度和音？这里有什么物理原因？外星人的音乐会不会是九度和音、十度和音？人和动物、甚至植物都喜欢听音乐，能产生快感，这里有没有什么深层面上的联系？

不管怎么说，我终于发现了音乐可以拴住你的心。我因势利导，为你请了出色的老师，把你领进音乐的殿堂。高考时你考上了中国音乐学院的作曲系。你在这儿如鱼得水，大二时的作品就已经有全国性的影响。音乐评论界说你的《时间与终点》（这更像物理学论文的篇名，而不像是乐曲的篇名）有"超越年龄的深沉和苍凉"，说它像《命运交响乐》一样，旋律中能听到命运的敲门声。

我总算吁了一口气。

从北大到宾馆路不远，我们步行回去，刘度他们同我告别，让肖苏送我俩。一路上阿亮仍没话，有点发呆，也许我在会场上说的话对他有所触动。肖苏一直好奇地观察着他，悄悄对我说：你表弟有一种很特殊的气质。我说什么气质？她说不好说，很高贵那种，就像是英国皇族成员落到非洲土人堆里那种感觉。又说：他比你小七八岁吧，这不算缺点。我有些发窘，说你瞎想什么嘛，他真是我的表弟。肖苏格格笑了：你不必辩白，我不打听个人隐私。

平心而论，我带着这么一个大男孩出门，又同居一室，难免令人生疑的。我认真说："真不是你想象的姐弟恋。如果是，我会爽快承认的，我又不是歌星影星，要捂着自己的婚事或恋情，怕冷了异性歌迷的心。"我笑着说，"实话说吧，他是300年后来的未来人，

| 超维 ——.

乘时间机器来的。"

"那好呀，未来人先生，让我们握握手。"

阿亮同她握手，问她："今天会场上，我陈姐答出了你的问题吗？"

肖苏笑道："非常有说服力，我决定退出科幻协会，正考虑皈依哪种宗教呢。"她转回头向我："陈老师说得真好。"

我说，喊陈姐，我听着"老师"别扭。

"陈姐，你今天说的：个人有自由意志，人类整体没有自由意志，让我想起了量子效应的坍缩。微观粒子的行为不可预测，它们可以通过量子隧道到达任何地方，可以从真空中凭空出现虚粒子，等等。有时想想都害怕，原来我们眼前所有硬邦邦的实体，都是由四处逃逸的幽灵组成！但大量粒子集合之后，这些'自由意志'就突然消失了，只能老老实实地遵照宏观物体的行为规则，一个弹子不会从真空中突然出现，我们的身体也不会穿过墙壁。你看，这和你说的人类行为是不是很类似？我知道量子行为和人类行为风马牛不相及，但两者确实相像。"

我说没什么难理解的，一点也不高深，都不过是一个概率问题。大量个体的集合，把概率较小的可能性抵消了，只有概率最大的可能性才能表现出来。

"不过陈姐，我总觉得你的看法太消极，如果人类走的是'命定'之路，那我们都可以无所作为了，反正是命定的嘛。"

"恰恰相反。这条路'命定'了大多数的人会积极进取，呕心沥血地寻找那条命定之路。看破红尘而自杀的只会是少数，就算它们是有'自由意志'的'量子'吧。"

"又一个悖论。一个怪圈。"

我们都笑。我说打住吧，不要浪费良辰美景了，这种讨论最终会陷入玄谈。阿亮停下来，仰面向天，一连串响亮的喷嚏喷薄而出。我担心地说："哟，鼻炎又犯了吧，今天不该让你出来活动的。快用伯克宁。"

阿亮眼泪汪汪，说："在宾馆里，忘带了。"

我暗自摇头，他连自己的事也不知道操心："怪我忘了提醒你。快回去吧。"

肖苏奇怪地看着阿亮，小声对我说："陈姐，也许他真是300年后来的人呢。你听他的口音，有一股特殊的味儿，特别的字正腔圆，比齐越、赵忠祥的播音腔还地道。我是在北京长大的，也从没听过这么纯正的口音。"

我用玩笑搪塞："是嘛？我明天推荐他到中央台，把老赵和罗京的饭碗抢过来。"

晚上我悉心照料他，先关闭了窗户。手边没有喷雾器，我就用嘴含水把屋里喷遍（降低空气中的花粉含量），又催着他使用伯克宁喷鼻剂。去宾馆医务室为他讨来地塞米松。到11点，他的发作势头总算止住了。阿亮半倚在床上，看着我跑前跑后为他忙碌，真心地说："陈姐，谢谢你。"

我甜甜地笑："不用客气嘛。"心想自己算得上教导有方，才半个多月，就把一个被惯坏的大男孩教会了礼貌。想想很有成就感的。

阿亮还有些喘，睡不着觉，我陪着他闲聊。他说：没想到你对大妈妈篡位的前景看得这么平淡。我说：我当然不愿意看到，但有些事非人力所能扭转。再说，人类也不是天生贵胄，不是上帝的嫡长子，都是物质自组织的一种形式罢了。非自然智能和我们的唯一

| 超维

区别是,我们的智能从零起步,而大妈妈是从 100 起步(人类为她准备了比较高的智力基础)。也许还有一个区别:我们最终能达到高度 1000,而它能达到一万亿。阿亮沉重地说:

"那么我回来错了?我们只能无所作为?"

"不,该干什么你还干什么。生物进化史上大多数物种都注定要灭绝,但这并不妨碍该种族最后的个体仍要挣扎求生,奏完最后一段悲壮的乐曲。"我握住他的手,决定把话说透,"不过不一定非要杀人。阿亮,我已经知道了你返回 300 年后的目的。你有两个同伴,其中在以色列的那位已经动手了,杀了一位少年天才。"

阿亮苦涩地摇头:"我不会再干那件事了,越南那位也不会干了。其实我早就动摇了,你今晚那些话是压垮毛驴的最后一根稻草。你说个人有自由意志,很对。我那时决定回来杀你的儿子——是自由意志,现在改变决定——也是自由意志。不杀人了,不杀你,不杀你丈夫。不过,我只是决定了不干什么,还不知道该干什么。"

"我丈夫还不知道在哪儿呢,我儿子还在外婆的大腿上转筋呢。"我笑,"不过我向你承诺,如果我有了儿子或女儿,我会让他(她)远离科学研究。我这么做并不是指认科学有罪,我只是为了你,为了你的苦心。还有,我也不敢保证一定能做到——我的儿女也有自由意志呀——但我一定尽力去做。"

阿亮笑着说:"谢谢。这样我算没有白忙活一趟,也算多多少少改变了历史。我不再是废物了,对吧。"

他用的是玩笑口吻,不过玩笑后是浓酽的酸苦。我心中作疼,再次郑重承诺:"你放心,我会尽力去做。"

你在大三时突然来了那个电话,让我异常震惊。震惊之余心中泛起一种恍惚感,似乎这是注定要发生的,而且似乎是我早就预知的。

你说:经过两个月的思索,你决定改行搞物理,要背弃阿波罗去皈依缪斯。我尽力劝你慎重。你在作曲界已经有了相当名气,前途无量,这么突兀地转到一个全新领域,很可能要失败的,弄得两头全耽搁。

你说:"这些理由我全都考虑过了,但说服不了自己。我一直是站在科学的殿堂之外看它的内部,越是这样,越觉得科学神秘、迷人,令我生出宗教般的敬畏。两个月前我听了科学院周院士的报告,对量子力学特别入迷。比如孪生光子的超距作用,比如人的观察将导致量子效应的坍缩,比如在量子状态中的因果逆动。我觉得它们已经越出了科学的疆界,达到哲学的领域,甚至到了宗教的天地……"

我不由想起杨振宁先生关于科学、哲学和宗教的那段话,觉得相隔20年的时空在这儿接合了。我摇摇头,打断你的话:"你是否打算主攻量子计算机?"

"对呀,妈妈你怎么知道?"

我苦笑:"你已经决定了吗?不可更改?"

"是的,其实这些年我一直在自学物理专业的基础课和专业基础课。我和周院士有过一次长谈,他是一位不蹈旧规的长者,竟然答应收我这个门外汉做研究生。他说我有悟性,有时候悟性比学业基础更重要。我的研究方向是量子计算机的退相干,你对这个课题了解吗?"

我了解。我不了解细节,但了解它的意义,深知它将导致什么,比你的导师还清楚。科学家都是很睿智的,他们能看到50年后的世界,也许能看到100年——而戈亮已经让我看到300年后了。我仍坚持着不答应你,不是一定要改变结局,而是为了对戈亮的承诺,我说:

| 超维 ___.

小明,你听我讲一个故事,好吗?这个故事我已经零零碎碎、旁敲侧击地对你说过,但今天我想完整地、清晰地讲给你。

我讲了戈亮的一生,你爸爸的一生。你一直沉默地听着,偶尔对时空旅行或"大妈妈"提一些问题。也许是我多年来的潜移默化,你看来对这个故事早有心理准备。最后我说:"妈妈只有一个要求:你把这个决定的实施向后推迟一年,如果一年后你的热情还没有熄灭,我不再拦你。不要怪妈妈自私,我只是不想让你爸爸的牺牲显得毫无价值。行吗?"

你在犹豫。你已经心急如焚,要向科学要塞发起强攻,一切牺牲早已置之度外。探索欲是人类最顽固的本性之一,一如人们的食欲和性欲。即使某一天,某个发现笃定将导致人类的灭亡,仍会有数不清的科学家们争先恐后、奋不顾身地向它扑过去。其中就有你。

你总算答应了:"好吧,一年后我再和妈妈谈这件事。"

我很宽慰:"谢谢你,儿子,我很抱歉,让你去还父母的债。"

你平静地说:"干什么对儿子客气,是我应该做的,不管是对你,还是对我从没见面的爸爸。妈妈再见。"

我就是在那个晚上从戈亮那儿接受了生命的种子,俗话说这是撞门喜。那晚我们长谈到两点,然后分别洗浴。等我洗浴后,候在客厅的戈亮把我从后边抱住,我温和地推开他,说:"不要这样,我们两个不合适的,年龄相差太悬殊。"

戈亮笑:"相差309岁,对不?但我们的生理年龄只差9岁,我不会把这点差别看到眼里。"

我说:"不,不是生理年龄,而是心理年龄。咱们的交往从一开始就把你我的角色都固定了,我一直是长姊甚至是母亲的角色。

我无法完成从长辈到情人的角色转换,单是想想都有犯罪感。"

戈亮仍是笑:"没关系的,你说过我们相差309岁呢,别说咱们没有血缘,即使你是我的长辈,也早出五服、十服了。"

我没想到他又拐回去在这儿等我,被他的诡辩逗笑了:"你可真是,正说反说都有理。"我发现,走出心理阴影的阿亮笑起来灿烂明亮,非常迷人。最终我屈服于他强势的爱情,我的独身主义在他的攻势前溃不成军。然后是一夜欢愉,戈亮表现得又体贴又激情。事后我说:"糟糕,我可能怀孕的。今天正好是我的受孕期,咱们又没采取措施。"

戈亮不在乎地说:"那不正好嘛,那就把儿子生下来呗。"

我纠正他:"你干什么老说儿子,也可能是女儿的。"

戈亮没有同我争,但并不改变他的提法:"我决定不走了,不返回300年后了。留在这儿,同你一块儿操持家庭,像一对鸟夫妻,每天飞出窝为黄口小儿找虫子。"

我想起一件事:"噢,我想咱们的儿子(我不自觉受了他的影响)一定很聪明的,你想,300年的时空距离,一定有充分的远缘杂交优势。你说对不对?"

戈亮苦笑:"让他像你吧,可别像我这个废物。"

我恼火地说:"听着,你如果想留下来和我生活,就得收起这些自卑,活得像个男人。"

阿亮没有说话,搂紧我,当作他的道歉。忽然我的身体僵硬了,一个念头电光般闪过脑际。阿亮感觉到我的异常,问我怎么了,我说没事,然后用热吻堵住他的嘴巴。再度缠绵后阿亮乏了,搂着我入睡。我不敢稍动,在暮色中大睁两眼,心中思潮翻滚。也许——

这一切恰恰是大妈妈的阴谋?她巧借几个幼稚青年的跨时空杀人计划,把戈亮送到我的身边,让我们相爱,把一颗优良的种子种到我的子宫里,然后——由戈亮的儿子去完成那个使命,完成大妈妈所需要的科学突破。

让戈亮父子成为敌人,道义上的敌人。

我想自己是走火入魔了。这种想法太纤曲,太钻牛角尖,也会陷进"何为因何为果"这样的逻辑悖论(大妈妈的阴谋成功前她是否存在?)。这样的胡思乱想不符合我的思维惯势。但我无法完全排除它。关键是我惧怕大妈妈的智力,它和我们的智慧不是一个数量级的。所以——也许她会变不可能为可能。

阿亮睡得很熟,像婴儿一样毫无心事。我怜悯地轻抚他的背部,决心不把我的疑问告诉他。如果他知道自己竟然成为大妈妈阴谋的执行者,一定会在自责和自我怀疑中发疯的。我要一生一世守住这个秘密,把十字架自己扛起来。

第二天我俩返回南都市我的家——应该是我们的家了。第一件事当然是到邻居家里接回灵灵。灵灵立起身来围着我们蹦,狂吠不止,那意思是我们竟然忍心把它一丢五天,实在不可原谅。我们用抚摸和美食安抚住它。看得出戈亮对灵灵的态度起了变化,不再讨厌它了。

戈亮一连几天在沉思,还是躺在院子里的摇椅中,一只手捋着身边灵灵的脊毛。我问他想什么,他说:我在想怎样融入"现在",怎样尽当爸的责任。可惜到现在还没有发现自己有什么生存技能。我笑着安慰:不着急的,不着急的,把蜜月度完再操心也不迟。

戈亮没等蜜月过完就出门了,我想他是去找工作,没有说破,也没有拦他。我很欣喜,做了丈夫(和准爸爸)的阿亮在一夜间长大了,成熟了，有了责任感。我没陪他出去，留在家里等大妈妈的电话，我估计该打来了，结果正如我所料。大妈妈问戈亮的情况。我说他的过敏性鼻炎犯了，很难受，不过这些天已经控制住。她歉然道：

"怪我没把他照看好。你知道，把2307年的抗过敏药，还有衣服，带回到2007年有技术上的困难。"

"不必担心了，我已经用21世纪的药物把病情控制住。"

我本不想说出我对大妈妈的怀疑，但不知道为什么没能管住舌头。也许（我冷笑着想）我说不说都是一回事，以大妈妈的智力，一定已经发明了读脑术，可以隔着300年的时空，清楚地读出我的思维。我说：

"大妈妈，有一个消息我想你已经知道了吧。我同戈亮相爱了，并且很可能我已经受孕。可能是男孩，一个具有远缘杂交优势的天才，能够完成你所说的科学突破。我说得对吗大妈妈？"

我隔着300年的时空仔细辨听着她的心声。大妈妈沉默片刻——以她光速的思维速度，不需要这个缓冲时间吧，我疑虑地想——叹息道："陈影，你怎么会有这样的怪想法。你在心底还是把我当成异类，是不是？你我之间的沟通和互信真的这么难吗？陈影，没有你暗示的那些阴谋。你把我当成妖怪了，或是万能的上帝了。要知道既仁慈又万能的上帝绝不存在，那也是一个自由意志和客观存在之间的悖论。"她笑着说，显然想用笑话调节我们之间的氛围。

也许我错把她妖魔化了，或者我在斗智中根本不是她的对手。在她明朗的笑声中，我的疑虑很快消融，觉得难为情。大妈妈接着说：

"我确实不知道你们已经相爱，更不知道你将生男还是生女。我说过，自从有人去干涉历史，自那之后的变化就非我能预知。我

| 超维 ———.

和你处在同样的时间坐标上。我只能肯定一点：不管戈亮他们去做了什么，变化都将是很小的，属于'微扰动'，不会改变历史的大趋势。"她又开了一个玩笑，"有我的存在就是一个铁证。我思故我在，我在故我对。"

我和解地说："大妈妈，我是开玩笑。别放在心里。"

我告诉她，戈亮很可能不再返回，打算定居在"现在"。她说："我也有这样的估计。那就有劳你啦，劳你好好照顾他。我把一副担子交给你了。"

"错！这话可是大大的错误。现在他是我的丈夫，男子汉大丈夫，我准备小鸟依人般靠在他肩膀上，让他照顾哩。"

我们都笑了，大妈妈有些尴尬地说："在母亲心里，孩子永远长不大——请原谅我以他的母亲自居。我只是他的仆人，不过多年的老女仆已经熬成妈了。你说对吗？"

我想她说的对。至少在我心里，这个非自然智能已经有了性别和身份：女性。戈亮的妈妈。

大妈妈说她以后还会常来电话的，我们亲切地道别。

我为戈亮找到一份最合适的工作：科幻创作。虽然他说自己"不学无术"，远离300年后那个时代的科学主流和思想主流，但至少说，耳濡目染，他肯定知道未来社会的很多细节。在我的科幻创作中，最头疼的恰恰是细节的建造。所以，如果我们俩优势互补，比翼双飞，什么银河奖雨果奖星云奖都不在话下。

对我的巧舌如簧，他平静地（内含苦涩地）说："你说的不是创作，只是记录。"

"那也行啊，不当科幻作家，去当史学家。写《三百年未来史》，更是盖了帽了,能写"未来史"的历史学家是前无古人,后无来者。"

他在我的嬉笑中轻松了,说:"好吧,听你的。"

那个蜜月中我们真是如胶似漆。关上院门,天地都归我俩独有。每隔一会儿,两人的嘴巴就会自动凑到一起,像是电脑的自动程序——其实男女的亲吻确实是程序控制的,是上帝设计的程序,通过荷尔蒙和神经通路来实现。我以前很有些老气横秋的,自认为是千年老树精了,已经参透了色即是空空即是色。没想到,戈亮让我变成了初涉爱河的小女孩。

我们都没有料到诀别在即,我想大妈妈也没料到。像上次的突然到来一样,阿亮又突然走了,而灵灵照例充当了唯一的目击者。一次痛快淋漓的狂欢后,我们去冲澡。阿亮先出浴室,围着浴巾。我正在浴室内用毛巾擦拭,忽然听到灵灵的惊吠,一如戈亮出现那天。侧耳听听,外边没有戈亮的声音。这些天,戈亮已经同灵灵非常亲昵了,他不该对灵灵的惊吠这样毫无反应……忽然,不祥的念头如电光划过黑夜,我急忙推开浴室门。一股气浪扑面而来,带着那个男人熟悉的味道,他刚才裹的浴巾委顿在客厅的地板上,灵灵还在对着空中惊吠。我跑到客厅,跑到卧室,跑到院里。到处没有阿亮的身影,清冷的月光无声地落在我的肩头。

他就这样突兀地消失,一去不返。

他能到哪儿去?这个世界上他没有一个熟人,除了越南那位同行者,但他不会赤身裸体跑越南去吧。我已经猜到了他的不幸,但强迫自己不相信它。我想一定是大妈妈用时间机器把他强招回去了。虽然很可能那也意味着永别,意味着时空永隔,毕竟心理上好承受一些。其实我知道这是在欺骗自己,阿亮怎么可能这么决绝地离开我,一句告别都不说?不可能的,绝对不可能。

超维

我盼着大妈妈的电话。恼人的是，我与她的联系是单向的，我没法主动打过去。在令人揪心的等待中，更加阴暗的念头也悄悄浮上来。也许，大妈妈并不是把他招回去，而是干脆把他"抹去"了。她有作案动机啊，她借着三个热血青年的冲动，把他们送到现在，也为我送来了优秀的基因源。现在，"交配"已经完成，该把戈亮除去了，否则他一旦醒悟，也许会狠心除去自己的天才儿子……

我肯定是疯了。我知道这些完全是胡思乱想。但不管怎样，阿亮彻底失踪，如同滴在火炉上的一滴水。灵灵也觉察到了家中的不幸，先是没头没脑地四处寻找，吠叫，而后是垂头丧气。我坐卧不宁，饭吃不下觉睡不好，抱着渺茫的希望，一心等大妈妈的电话。60天过去了，我的怀孕反应已经很重，嗜酸，呕吐，困乏无力。那粒种子发芽了，长出根须茎叶了，而我的悲伤已经快熬干。每一次电话铃响我都会扑过去，连灵灵也会陪着我跑向电话，但都不是大妈妈打来的。有一次是肖苏的电话，我涕泪满面，第一句话就问："你有戈亮的消息？"

她当然没有，阿亮怎么可能上她那儿去呢。她连声安慰我，要在网络上帮我查。我想起曾对她矢口否认同阿亮的关系，便哽咽着解释："他已经是我的丈夫。他突然失踪了。"

肖苏只有尽力安慰我，但我和她都知道，这些安慰非常苍白无力。

大妈妈的电话终于来了，接电话时我竟然很冷静，连自己都感到意外。大妈妈一开口照例先问阿亮的情形，我冷静地说：

"他失踪了，在64天前突然失踪了。你对他的失踪一点也不知情，是不是？大妈妈，我已经怀孕两个月，阿亮非常疼爱他的儿子，绝不会拿儿子去交换什么历史使命……"

大妈妈当然听懂了我的话中话，打断我："等一下，我立即在历史中查询,过一会儿再把电话打回来。不过,按说他不会回到300年后或其他时间的,任何时间机器都在我的掌控中。"

她挂了电话,几分钟后又打过来:"陈影,如我所料,在新的历史中没有他的踪影。请你相信,他的失踪和我无关,我真的毫不知情。陈影,我知道你的心境,但请你相信我。难道你信不过一个妈妈?"

她的声音非常真诚,不由我不信。我悲伤地说:"那他究竟到哪儿去了?他绝不会丢下妻子和胎儿一去不返的。"

"陈影你要挺住。我想,他可能已经不在人世了。时间旅行中旅行者要经过时空虫洞再行重组,个别情况下重组的个体会失稳,在瞬间解体并粒子化。历史中有这样的例子,但很少,我还没来得及把这项技术完善。请你想想,他突然消失时周围有什么异常吗?"

"我似乎觉察到一股气浪。"

"那就是了,我想阿亮已经遭遇不幸。绝不是谋害,只是技术上的失误。我很痛心,很内疚。但那已经不可挽回,除非用他的信息备份再次重组,但这是违禁的。陈影,你愿意这样做吗?你如果愿意,我可以提申请为你破例。"

我默然良久,最终拒绝了这种诱惑。我不想看到另一个阿亮,那是对原阿亮的亵渎。当然,重组的阿亮会和原来的阿亮(时空旅行前的阿亮)一模一样,但我能接受他吗?这个阿亮没有来到我家之后的经历,那么,把我和他之间的一切重来一遍?我怀着他的骨肉再和他初恋?

不。和阿亮的爱情只能有一次,即使是绝对完美的技术也不能让它复演。他不是三个月后的他,而我也不是三个月前的我了。

| 超维

大妈妈对戈亮之死的解释合情合理。我想，用奥卡姆剃刀来评判，这应该是最简约最合逻辑的解释，而不是我那些阴暗的怀疑。即使如此，我也不敢完全相信她的话。因为……还是那句话，同这样的超智力说什么奥卡姆剃刀，就如一头毛驴同苏东坡谈禅打机锋。但我又没有任何根据来怀疑，最多是把怀疑深埋心底。我客气地同她道别，希望她在"冥冥中"保佑我的孩子，免遭他父亲的噩运。另外，如果有阿亮的消息一定尽早通知我——这是我唯一的希望了。

一直没有阿亮的消息，看来他确实已经悄然回归虚空，不带走一片云彩，不留下一丝涟漪。大妈妈倒是常打电话来，和我保持了30年的联系，一直到你去世后才中断。倒不是说你的死亡同大妈妈有什么关联，也不是我对她再度生疑，都不是的。不过从你去世之后，我再没有兴趣同她交谈了。和她再谈话，只能唤起痛苦的记忆，把伤口上的痂皮揭开。

舞台上的两个主角都过早下场，我扮演的角色也该结束了。

你很听我的话，又在音乐学院待了一年。一年后你仍坚持转行，我叹息着，没有再阻拦。10年后，也就是你30岁那年，八月盛夏是科学界的喜日，量子计算机技术的那四个重要突破相继完成，成功者的名单中却没有你。听到这个消息后，我不由想起那个心酸的老掉牙的笑话：恋人结婚了，新郎不是我。

历史的结局没有变，变的是细节。但毕竟变了一点，我想阿亮九泉之下也该瞑目了——毕竟他阻止了自己的儿子去犯罪（他心目中的犯罪）。上帝挑选了另一个天才去完成"注定"要完成的突破，就像是在蜂房中，蜂群会在适当的时候在蜂巢中搭上两个王台，用蜂王浆喂王台中的幼虫，谁先爬出王台谁就是新王，晚出生者则被咬死。蜂群可以说是无意识的，但你放心，它们绝不会忘记搭筑王台；正像集体无意识的人群，绝不会让"应该出生"的科学家空缺。科学发现也像蜂王之争一样残忍，成者王侯败者成灰。历史只记得成功者，不记得失败者，尽管失败者也是智力超绝的天才，也曾为科学呕心沥血，燃尽智慧。

我犹豫着没打电话，不知道该如何安慰你。这是我心中终生的痛，因为那样也许能改变你的命运。不过也说不准，命运可能比一个电话的力量更强大吧。晚上，你的电话打来了，声音听不太清，里面夹杂着呼呼的风声，也许还夹带着酒气。你冲动地告诉妈妈：你的研究已经取得突破，正在整理，最多一个月后就会发表！是和那位成功者同样的结论！

我说："孩子你要想开一点。你还年轻，以后还有机会的。"

你苦涩地说："没有机会了，至少是很难了！我起步太晚，感觉上已经穷尽心智。今后恐怕很难做出突破，至少是难以做出这样重大的突破。"那晚你第一次对我敞开心扉，说出了久藏心中的话。你激愤地说："我恨爸爸，那个从未见面的爸爸。他的什么承诺扭曲了我的一生！"

我黯然无语，实际上你该恨妈妈才对呀。不怪你爸，那完全是我对他的承诺。而且，如果我没有强劝你推迟一年转行，你已经走在所有人的前面了——但那又恰恰是你父亲的完全失败，他的努力和献身将变得毫无意义。一个两难选择，一个解不开的结。

我意识到你是在狂奔的车上打电话时已经太晚了，我焦急地说："你是不是在开着车打电话？立即停下，停下，停在路边冷静半个小时，停下来咱娘儿俩再好好聊。听见了吗？"

你没有停下，话筒中仍是呼呼的风声，和车轮高速行走的沙沙声。然后是一声惊呼。猛烈的撞击声。你的手机一定撞坏了，听筒中一

| 超维 ———•

片沉寂。

  我没有目睹你的死亡,但我亲耳听见了。2000千米外的死亡,就像是发生在异相时空中。在你流着血走向死亡时,当你的灵魂向虚空中飞散时,我只能徒劳地按电话键,打北京的110,催促他们尽快找到失事的汽车。我的心已经碎了,再也不能修复,因为我那一刻已经看见了你一生的结局。

夏笳 ● 杀死一个科幻作家
必死之局

# 超维

警告1：本故事纯属虚构，也即是说，本文作者不对银河系历史上任何一位被杀死的科幻作家负责。

警告2：本故事是在作者本人创作的一部超低成本科幻短片剧本基础上改写而成，该剧本已先于小说被拍成超低成本科幻短片，想避免被剧透的读者，可提前去围观这部短片，地址是：http://www.tudou.com/programs/view/svln41aGJH4/

警告3：珍爱生命，远离科幻。

以上。

## 零

亲爱的读者诸君，请试想某一天晚上，你走进自家客厅，看见自己的尸体在地板上横陈，心脏处插着大号牛排刀，血浆像黄石公园的火山爆发一样喷溅满地。面对此情此景，你会做何感想？

尽管身为科幻作家，每日与外星人劫持、机器统治人类、小行星撞击、太阳系量子化一类怪力乱神纠缠不清,然则看见尸体的一瞬间,我依然觉得,这场面未免太科幻了一点。

为避免语无伦次,还是从头讲起。

一

周五下午五点,我开车回家。9月,城市刚刚褪去燥热,晚风里有雨后街道湿漉漉的味道。路过大型连锁超市,我停下来买了一支1995年的长城赤霞珠干红和一束白百合。干红用来配牛排,百合用来装饰餐桌,两件事安安都特地打电话叮咛过,绝不可能忘记。

付款时收银员问我是否有会员卡。自然应该有,但翻遍钱包与全身口袋都找不到,大概出门时就忘记带出来。于是想起早上安安也曾就会员卡的事提醒我,却还是忘得一干二净。心情有点沮丧,为这点小事,日后免不了要遭到她持续不断的数落。

人类的可悲可笑之处就在于无法预知未来,如果此刻有一位剧透之神在身边,它大概会慷慨地安慰我,大可不必为那张成本不足一元的薄卡片操心,因为今晚九点钟我将准时看到自己的尸体横躺在客厅地板上。

路上很堵,到家时天色已晚。我怀抱红酒与百合花,不便掏钥匙开门,于是抬起手肘按下门铃。悦耳的电子铃声响过三下,有轻快的脚步声从门后传来。

开门的居然是苏菲,腰间还系着围裙。看见是我,她嘴角立即浮现出女演员般华丽的笑容,像身穿金色比基尼的莉娅公主一样惹

超维

人遐想。

"怎么这么晚啊,这都几点了?"她声音娇憨,伸手要接我怀里的花束。近处看,她今天的妆容格外精致。

对于她的热情,我没有立即回应,在别人家里公然做出主妇的模样,未免显得有些招摇。

安安紧跟着从厨房出来,同样系着围裙,头发随意绾起盘在脑后,用一只墨绿色蝴蝶结发卡别住,显得利落又不失女人味。她安静的声音穿过苏菲的身体,好像穿过空气一样飘到近处来。

"是啊,怎么这么晚?"

"堵车堵得要死。"我远远冲她笑,这时墙上的钟表刚刚敲响六下。钟是安安的妹妹送我们的结婚礼物,不知道她为什么想起来送钟,但模样确实精美,有玫瑰花与小天使一类的装饰,每到整点还能以婚礼进行曲报时,与新家的气氛相得益彰。

"也没多晚,刚刚六点而已。"我又笑。

将葡萄酒与百合递给苏菲,再脱下大衣交给安安,这样两人都有事忙,我也偷空坐下喘一口气。屋里弥漫着逼人香气,大概是牛尾汤,加洋葱番茄玉米一起煮。

"好香啊,晚上吃什么?"

"等会儿你就知道了。"安安淡淡笑道。

不知为何,有点心神不宁,仿佛不慎走入一间藏有异形或者终结者之类诡异存在的房间。膝盖发抖,背上冒汗。或许剧透之神已经提前在向我发出警告了也说不定。

## 二

六点半开饭。先端出熏鲑鱼色拉和番茄奶酪做的冷盘,然后上牛尾汤。尽管只是三个人在家吃饭,餐具之类依然摆放得很正式。为了增加气氛,甚至关掉灯,点上蜡烛,组合音响里放出如泣如诉的小提琴四重奏——名字我叫不上来,大概是安安前两天新买的CD。

葡萄酒倒入水晶杯,烛光下折射出血般嫣红的光。

"碰一个?"我率先举杯,两个女人也将面前杯子拿起。

"等一下,我先来!"苏菲快人快语,"咱们今天吃这顿饭呢,主要是为了庆祝志伟哥新书出版。所以我得先敬志伟哥一杯。志伟哥,祝你新书大卖,卖它个几百万本,从此成功混入畅销书作家行列!"

几百万本!哪有这样的好事,这年头科幻小说能卖三万本就算奇迹,这丫头是存心逗我开心。

"那就借你吉言。"我满脸假笑与她碰杯。水晶杯"叮"的一声轻响,仿佛往深井里投入一粒石子。

安安在一旁淡淡笑道:"说这么热闹,还不赶紧把你的书给人家送一本。"

"对对。"我点头,去一旁取来散发油墨气息的新书。封面装帧颇为精美,并无一般青少年科幻读物那种低幼化的配图,而是以素色花纹为底,上面印着"时间旅行者的情人"几个白色小字。照例未能免俗地配有腰封,用远比书名大若干倍的字号标出十几位行业泰斗的姓名与推荐语,若仔细分辨,其中一位与科幻有关的人士都没有。很显然,出版商的意图是将其包装为都市青年白领时尚读物,若操作得好，或许真能浑水摸鱼卖上十万本也未可知。

至于小说内容，则无甚新意，大致讲一名男子突然获得时间旅行的能力，于是穿梭于六个不同时代，与七名女子分别相爱厮守的故事。因为这些女子各自有其无与伦比的美丽之处，导致男子最终也无法做出抉择，只能将生命尽量平分给这些女人。男子死去之后，七名女子分别在不同时空里为他举行葬礼，追忆与他曾经度过的似水年华。这是全书中最为煽情之处，据说编辑部的小姑娘们看到这里，无不像被按下按钮一般潸然泪下。

我将书递给苏菲，她接过去掂一掂，仿佛在揣测蛋糕盒子里是否藏有钻戒，随即唇角轻扬，似笑非笑地说道：

"这本书我已经有了呀，志伟哥你忘了？"

诚然，我早在此之前送了一本给她。若要再准确些，便是昨天中午，我开车接她去吃饭时，在车里亲手交付与她，内页中甚至偷偷写有几句肉麻不堪的话，想必她回去后已经看到了。既然如此，何必在安安面前说出来，这丫头存心找事。

我只好假笑："拿着吧。书嘛，多一本不多。"

边说边翻开扉页签名，即使礼貌客套，此种过场程序也不可少。我用与畅销书作家相称的潇洒字体写下：

"苏菲女士惠存。两情若是久长时，又岂在朝朝暮暮。李志伟赠。"

一边写，一边感到有一只光溜溜的脚在餐桌下偷偷蹭我的腿，自然不会是安安的。我佯装不知，只管埋头签名。

写好递过去，苏菲接过去笑道："那就谢谢大作家啦！"

安安也在一旁笑："什么大作家，你就会捧他，捧得他不知道自己是谁了。"

餐桌下那只脚,依然贴在我腿上摩挲。

苏菲收了书,再次举杯道:"安安姐,我还要敬你和志伟哥。祝你们俩下个月顺利结成革命家庭,生个小作家出来。"

安安在烛光里侧脸看我一眼,唇间流露出蒙娜丽莎一般神秘莫测的微笑。我不由自主握住她的手,感觉到纤纤玉指上的铂金订婚戒。

三只水晶杯在空中相碰,又一粒石子,掉入黑洞般深不见底的井中。

安安道:"那我也祝苏菲早日找到一个如意郎君,最好下次能带过来,我们四个一起吃饭。"

苏菲叹气道:"唉,我哪有安安姐这么好福气呢,找到志伟哥这么个好男人,温柔体贴,一表人才,有房有车,还是个作家,说出去多有面子!"

安安道:"以你的条件,什么样的找不到。眼光别放那么高,挑来挑去的,男人没有十全十美的,有时候就是得将就点,能过日子就行,对吧?"

她边说边看我,我也只得顺着往下说道:"要求高点是好事。有机会让安安姐介绍几个青年才俊给你,都是当年她挑剩下的。"

马屁果然拍得及时,安安假意撇嘴,眉梢眼角却满是笑。苏菲也笑,桌下那只脚却狠狠跺下来,杀气力透脚背,连木地板也险些贯穿。

我不禁"嘶——"的一声。

"怎么了?"安安疑惑地看我。

"没事没事……"我咬牙强忍,"那什么,我去趟洗手间。"

超维

## 三

我迈着轻快的步伐逃离客厅,穿过走廊,走进厕所。房子刚刚装修好不到两个月,高档瓷砖与实木地板散发出白璧无瑕的崭新气息。我喜欢这气息,那些地狱一般的赶稿日里,是它们神圣的光辉在远方地平线上召唤我前进。再写两万字,便可买下一平方米厕所瓷砖……再写五万字,可以升级为带清洗与自动烘干功能的高档马桶……科幻作家也得吃喝拉撒,也得在地球上买房买车,我咬着牙写了十年,终于换来今天的一切。有时夜里做噩梦,梦见瓷砖与高级马桶突然间分崩离析,重新变回电脑屏幕上寒酸的小说,一行一行消失不见,于是大吼一声醒来,内裤都被冷汗湿透。所幸只是梦而已,绝对没有刺穿现实薄膜的可能性。

嘴里不由自主哼起星球大战主题曲,前进吧,天行者,银河系的历史又揭开新的一页!

我拉开裤链,对准高档马桶撒了泡尿,冲水,扭开洗脸台龙头,洗手,洗脸,顺便从镜子里仔细端详自己。三十岁,相貌只能说是平庸,因为常年熬夜抽烟写稿,所以脸色憔悴,牙齿发黄,最糟的是由于缺乏运动,已经有肚腩顶着腰带上面的衬衫微微鼓出来。尽管如此,与周围其他三十岁男人相比,状态还算不坏。穿上名牌衬衣,坐在咖啡馆一类蛮有文化气息的场所,再请专业摄影师拍照润色,配以"畅销书作家"的头衔登上杂志封面,依然可以吸引过往女高中生们的目光吧!

我一边幻想着,一边用手指蘸水抹平头发,嘴里依旧哼着星球大战主题曲。身后马桶一直传来抽水声,好像完全没有停下来的打算。我皱眉过去查看,买来还不到两个月的高档马桶,五万字换来的高档马桶,像爱伦·坡笔下的莫斯肯大旋涡般旋转不停,发出气势磅磕的声响，令人心情甚是不爽快。我将所有按钮依次按一遍，喷水、喷香水、热风烘干，莫名其妙的功能如音乐喷泉一般交错起伏，说也奇怪，折腾一番竟好了。

我哼着歌，满意离去。

## 四

离开厕所，穿过走廊，向客厅走去，突然感到周围异常安静。安静分很多种，有些平淡无害，有些则是充满怪物口臭一般带有压迫感的死寂。此刻我感觉到的便是后者。墙上的钟表突然响起，庄严肃穆的婚礼进行曲，宛如身穿白纱的天使在四周缓缓游荡。

乐声中我缓缓推开门，便看见地板上的尸体。

客厅灯光大亮，一片狼藉，仿佛刚刚有台风刮过，原本应该被精心安置在各处的物品以散漫随意的姿态滚落满地。尸体横躺在受灾现场正中央，脸侧向一边，扭曲的姿态令人想起名画《马拉之死》。胸口插着刀，若要再准确说明，是上周刚买回家的德国进口组合餐具中，最大号的一把牛排刀。整个刀锋足有二分之一长度都深深插入尸体的心脏部位，血不断涌出，将深蓝色衬衣染成近乎紫黑色，并且还在沿着实木地板的缝隙不断向四周蔓延。

因为开头处已经剧透，所以此处不必再卖关子。根据死者的脸与身上衣着，可以轻易辨认出，那人正是我自己。

我！自！己！

婚礼进行曲庄严肃穆的旋律恰在此时停止，紧接着响起"当当"

的报时声。我抬头望去,钟的指针指向九点。

整个状况完全超出正常人类的理解力范围,只能凭借生物本能行动。我不知道祖先们在漫长的进化过程中,给我的DNA链中存留了多少有用的逃生基因。大概仅够我在完全无意识的状态下,像尾巴被烧着的耗子一样逃回厕所吧!

灯光惨白,我将门反锁,随即浑身颤抖地滑坐在地,对着面前崭新光亮的高档马桶发呆。

## 五

据说当大灾难来临时,厕所是最好的庇护所,此处空间封闭,结构稳固,水源充足,并且有许多毛巾。毛巾的重要性,科幻迷几乎人尽皆知,不必在此浪费宝贵的时间解释。

我用毛巾蘸冷水擦脸,以恢复一点平静,然后鼓起勇气,对着镜子里的自己进行如下提问:

14的平方等于多少?

196。

宇宙飞船上天的速度是?

7.9千米/秒。

群星的尽头在哪里?

川陀。

宇宙、生命以及一切的终极秘密是?

42。(出自小说《银河系漫游指南》,42是一个比较无厘头的答案。)

谁是天行者卢克的爸爸?

黑暗武士达斯·维达。

谢尔顿·库珀博士的智商是?

187。

加州理工学院物理系,出生于美国得克萨斯州东部,11岁上大学,15岁去德国海德堡学院做客座教授,研究方向是弦理论,一个硕士学位两个博士学位……

足够了,没有问题,我的神志十分清醒,没有疯,没有失忆,也不是在做梦。为了万无一失,我又捏起手臂上的肉用力拧一下,十分之痛!

门外一点声音也听不到,仿佛整座房子暂时陷入时间的缝隙停滞不动。时间!这个关键词令我想起一个重要细节,看见尸体的一瞬间,客厅里的座钟正敲响九下,而我离开餐桌去厕所的时候,应该尚不到七点。

唯一合理的解释是:我穿越了。

因为穿越,所以能看到另外一个自己。也即是说,七点钟的我穿越到两个小时以后,看见九点钟的我,用科幻小说中的逻辑来思考便迎刃而解。问题是,九点钟的我胸口插着大号牛排刀死在客厅地板上,这样重口味的场景,恐怕任何穿越爱好者都吃不消。

我再次用毛巾蘸水擦脸,将新冒出的冷汗拭去。原地打转思忖良久,终于下定决心,将厕所门拉开一条缝向外张望。走廊光线暗淡,隐隐有熟悉的乐声从客厅飘来。

小提琴四重奏如泣如诉。

## 六

再次推门进入客厅,看见一切如故。烛光幽暗,地板整洁,任何像尸体的东西都看不到,也并无一点凌乱痕迹。苏菲与安安依旧坐在桌边,一起扭过脸来看我。或许心理作用使然,总感觉她们眼神闪烁,如同夏夜古井边的鬼火。

"怎么去那么久?"苏菲先开口。我抬头看墙上钟表,七点差十分。

"是啊,汤都要凉了。"安安抽动嘴角勉强笑道。

我胆战心惊落座,看来暂且是回到正常时间里了。喷香扑鼻的牛尾汤果然已经凉透,表面凝固起一层腻腻的油花。

安安起身,去厨房端来主菜。盖子掀开,是上好的澳洲带骨牛排,以颇专业的手法煎至五成熟,尚在滋滋地往外流淌汁液,在跳动的烛光下望去,像许多油光水滑的虫子争先恐后钻出来。我不由得一阵恶心。

苏菲俯身吸气,陶醉道:"这牛排真嫩!安安姐你怎么弄的啊?我每次都弄不好。"

安安笑道:"多试几次你就会了。"

两人边说边动手。切开红嫩的肉,剔去硬脆的骨,未凝固的血浆流淌出来,脂肪层迸裂,喷射出近乎残忍的香气。我坐在那里看她们吃,肉块被送进两张丰满红润的唇里,四排珍珠般的皓齿反复咀嚼,柔软的丁香小舌搅拌舔舐,最后被吞进雪白的喉咙。两人的吃相我都再熟悉不过,却从未像此时此刻看来这般陌生可怖,仿佛看到食肉霸王龙们蹲在白垩纪丛林中心情愉快地大快朵颐。

咯吱咯吱，咯吱咯吱，咀嚼与吞咽声在小提琴四重奏中四处蔓延。

"怎么不吃？"安安停下刀叉看我，"都是按你喜欢的味道做的。来，趁热吃。"

她抬手就把刀伸到我盘子里来，替我切肉剔骨。大号牛排刀，插在尸体心脏处的牛排刀！刀锋上的光芒宛如油滴，随着烛火跳动一颗一颗淌下来。血水四溅，像喷射的黄石公园火山。

"我……我自己来吧……"我勉强开口，喉咙却干涩沙哑。

牛排刀拿在手里沉重得很，我慢慢用力，操纵僵硬的手指紧握住刀柄，刀柄据说是由某种高级木头制成，枫木或者胡桃木？这会儿完全想不起来，总之花费不菲。这样昂贵的刀插进胸口是何感觉？是否如传说中的绝世宝剑，心脏已被剖出，还来不及感到痛？指尖微微用力，刀尖轻易没入五成熟的嫩牛排中，像摩西分开红海，尘归尘，土归土……突然间墙上钟声大作，我手一抖，牛排刀从指间滑落，"砰"的一声钝响。

婚礼进行曲残酷无情地炸开寂静，恍如全副武装的地球部队入侵潘多拉星，把白衣小天使们像扔燃烧弹一样抛满每一寸空间。

我满脸冷汗，背脊冰凉。鼓起勇气抬头看钟，七点整。

"怎么搞的你，心神不宁的。"安安对我皱眉，弯腰去捡刀。我堆起脸上肌肉对她假笑，为避免解释，匆忙从盘子里挖起一大块色拉往嘴里塞，却差点被腌橄榄呛了嗓子。

## 七

墙上的钟滴答滴答响,弹珠一般飞快流逝。

七点十分,吃牛排。

七点二十,依旧吃牛排。

七点三十,终于撤下牛排,端上新鲜的提拉米苏蛋糕。我趁此机会点燃一根烟猛抽。

七点四十,两个女人依旧吃蛋糕,我依旧抽烟。无论是牛排还是蛋糕,我都几乎没有吃下,尽管如此,却完全没有饥饿感。面前的烟灰缸里,烟蒂不知不觉堆积如山。

"啊呀呀,太好吃了!"苏菲将最后一块蛋糕送进嘴里,猫一般满足地伸出舌尖舔嘴唇,"唉,我还说减肥呢,一不小心又吃多了。"

安安笑道:"你这么瘦,还减什么肥啊。我才是呢,最近又没空去健身房,胖了好几斤。"

"你是要结婚的人嘛,多吃一点也是应该的,结婚可累人呢!"

"结不结婚,还不都是伺候他。"

我半晌才领悟到,安安所说的"他"是指我。因为心不在焉,指间香烟已不知不觉烧掉一半。安安伸手过来,夺下烟蒂摁灭。

"你也少抽一点吧!真是,这么大味儿。来帮我收拾。"

苏菲乖巧地摘下餐巾:"我帮你吧,让志伟哥歇着。"

两个女人起身,收拾桌上残羹冷炙,杯盘相碰叮咚作响,若是换一个环境,也未尝不能当作音乐欣赏。我再次抬头看表,七点五十。

距离九点还有一个小时零十分,大号牛排刀响声清脆。

"我……我再去趟洗手间。"

## 八

时间旅行究竟是怎样发生的，对此，所有科幻小说都措辞暧昧，语焉不详，像男生谈论自己初次遗精一样隐去所有技术性细节。即便有少数作者厚颜无耻地大谈特谈，也往往会被读者不耐烦地跳过，白白耗费精力与纸张不说，被技术宅挑硬伤的滋味更是不妙。因此我在写《时间旅行者的情人》这本书时，完全不提供任何拗口的科学名词与技术描写，男主角只凭借一系列特殊的动作便能穿越，只不过这些动作极为微妙，且需配合特定的思维活动同步进行，因此正确完成的成功率不高。这也正是他阴差阳错地穿越到六个不同时代、结识七位美女的主要原因。

也许我在瞎编乱造的过程中，无意间勘破了宇宙终极奥义？也许那些会发光、会旋转、会哇哇乱叫电闪雷鸣、会制造虫洞汇聚虚量子修改宇宙弦参数的高科技玩意儿才是真正的无稽之谈？也许时间旅行从来都像把灯泡放进嘴里再拿出来或者舔自己的胳膊肘一样简单，只是从来没有人做到过？

我试图一步一步重复之前做过的动作，拉开裤子拉链，立在高档马桶前，勉强挤出半泡尿，冲水，扭开龙头，洗手，洗脸，审视镜子里的自己。头发蓬乱，眼中有血丝，除此外与之前并无明显不同。

一边用手指蘸水抹平头发，嘴里一边哼星球大战主题曲。或许因为紧张，旋律变调得厉害，仿佛联合舰队在布满虫洞的空间里七扭八歪地艰难行进。若是配合此种音乐升起字幕，想必星战迷们非但不感动，反而会手持光剑将我斩成碎片吧！哼到一半，身后的抽水马桶安静下来，连滴水声都听不到。我凑过去，像对着许愿池祈祷一般虔诚地跪下查看，洁白的高级马桶里只剩一汪清水，波澜不惊，令人想起生命出现之前的原始海洋。

## 九

再次出门,穿过走廊,一步一步走进客厅。钟声响起,堕落天使们奏起婚礼进行曲。我抬头看钟,八点整。

叹一口气,说不清庆幸还是焦虑。距离九点还有一个小时。

客厅里空荡荡的,桌上餐具蜡烛都被收走,灯光暗着,小提琴四重奏已停止。从客厅后的厨房里,隐隐传来水声、收拾杯盘声与两个女人说话的声音。

浑身疲倦,像被终结者连续追杀三天三夜。我拖着脚步,慢腾腾地走去卧室。

## 十

卧室完全按照安安的品位装修布置,白色与深红为主,十分典雅华贵。黑暗中隐约能看见墙上的巨幅婚纱照,高悬在双人床上方,仿佛美国人插上月球的国旗,无时无刻不在宣告对这房间至高无上的领土权。照片上一对男女笑得极为灿烂,像用砂糖与天鹅绒反复打磨过,每个切面都自动反射光芒。

这样灿烂的笑容,是否就能与幸福画等号,我对此毫无概念,就像不知道提拉米苏蛋糕与搜狗拼音输入法之间应该如何换算一样。

懒得开灯,于是直接甩掉拖鞋侧躺在床上。卧室墙上没有钟表,因为安安睡眠很浅,连秒针走动声都不堪忍受。尽管如此,我依然感觉到嘀嗒嘀嗒的声响,从空气中每一粒分子的震颤中流过。子在川上曰，逝者如斯夫。逝去的不仅仅是时间抑或青春，还有生命，货真价实的生命，毫不抽象，毫不形而上，我本人的生命在滴答滴答流淌。

九点钟，火山将准时喷发，携带宝贵的生命离开这个世界。

嘴里发干，想抽烟，然而卧室里并没有烟。客厅或者我自己的书房里随便抽，卧室则一点烟味也不允许，这也是安安的规矩。正在胡思乱想，突然听到屋里有响动，我像被通了电流的科学怪人一样从床上惊跳起来。

屋里静悄悄，看上去毫无异状，然而方才分明是听到声音，错不了。我四下环顾，必然有某人或者某物藏在这屋子里。

先检查落地窗帘背后，然后是衣柜，门一扇一扇猛然拉开，每次都以为会有僵尸迎头扑过来，然而没有，只看见我的高档西装衬衣与安安的连衣裙规规矩矩地悬挂着，感受不到一丝生命迹象。

最终只剩下床。我浑身冷汗，慢慢跪下，地毯很柔软，因为也是高级货。床底下会藏着什么呢？无穷无尽的变态想象翩然而至。我伸手抓住床单一角，正要用力掀开，突然有一只冰冷的手从后面按住我的脖子。

心脏几乎停跳，我惨叫一声，差点瘫软在地。

"你干吗呢？"熟悉的声音从背后传来。

勉强回头，即便光线幽暗，依然凭轮廓认出是苏菲。

"你……你怎么……"我结结巴巴。

黑暗中，苏菲娇媚的笑声宛如魅惑人心的美人鱼。

"我来看看你啊！你是怎么了，一晚上都没精神？"

超维

怎么可能有精神？比起死亡本身，更可怕的是在死期临近前被提前吓死。

"难道……是婚前……纵欲过度？"

"什么乱七八糟的？！"

"真的没有？我搜搜看……"她边说边伸手拉开床头柜，从里面轻车熟路地摸出一盒杜蕾斯。

"这是什么？"她歪着头在我眼前摇晃。

我一股无名火冲上脸，劈手抢过，扔回抽屉里，压低声音怒斥道："胡闹什么！"

短暂安静片刻。

这丫头大约没料到我会发火，瞪着眼睛呆坐一会儿，反而笑起来。

"好，好呀，现在你就会对我发脾气了……"

她一边说，一边将手伸到背后，慢慢抽出什么。刹那间我魂飞天外，仿佛看见美丽性感的T-X将上半身扭转180度对我说话。悬念终于揭晓，女魔头终于现身，手里拿着刀，锋利沉重的，大号牛排刀。

脑海中飘过我们共度的无数美妙时光，像走马灯一般旋转，莫非这就是传说中的濒死体验？美丽的苏菲，娇憨的苏菲，小猫一般软软的身子，生气时凶神恶煞，转眼间又笑得花枝乱颤……一瞬间，我竟然有点庆幸握刀的不是安安。两个女人我都亏欠，硬要挑一个来杀我，似乎还是苏菲更胜任些。理由说不上来，大概就像写小说塑造人物一样，凭借某种直觉吧！

背脊顶着坚硬的床脚，无路可退。

苏菲突然挥手向我砍来，冷风扑面，我举手欲挡，却没有预想中的剧痛与冰凉触感。什么都没有。

从指缝中向外偷看，隐约看到发光物，却不是牛排刀，是苏菲的手机。屏幕上有照片，一男一女，头凑在一起笑得很甜，或者说腻歪也未尝不可，肩膀露在被子外面，显然都没有穿衣服。

"自己睁眼看清楚，啊！"苏菲提高嗓门，声线因愤怒而微微发抖，令人想起被直升机吹过的水面，"你这个婚能不能结成还不一定呢！"

照片上的女人是苏菲，男的自然是我，若仔细端详，从这个角度拍出来的脸形居然还蛮耐看。

问题是，此时她拿出照片，显然不是为了让我欣赏自己的脸。

"你……你想怎么样？"我结结巴巴地说道。

"我没想怎么样，是你想怎么样！"苏菲将手机往床上一摔，顺势抱膝坐下，俨然受气小媳妇模样，"你说喜欢我，离开我没法活，可又答应了安安跟她结婚。你说这么多年来她的梦想就是跟你结婚，做贤妻良母，你说毁了这个婚约就是毁了她这一辈子。好，你们两个，我谁也伤不起，我不破坏你们，我死心塌地当小三行了吧！可你也不用当着她的面欺负我吧，只有她怕受伤害吗？我就不会痛啊？"

说到激动处，她声音由尖厉转为哽咽，眼中泪光闪闪，我见犹怜。

"我……我怎么欺负你了……"

"你自己心里清楚！"

"我哪有欺负你……"我用力叹气，"唉，你们两个，要我的命啊……"

我伸手替她擦眼泪，她咬牙扭脸躲开，一副不共戴天的阶级仇

| 超维

敌模样,不过这种游戏玩得多了,我早有经验。大丈夫风流一世,靠的不过"潘、驴、邓、小、闲"五个字,眼下便是伏低做小的时候。我又不屈不挠伸手拉扯她,往复好几回合,终于她身子一软歪过来,一张梨花带雨的小脸倚在我胸口,连精致的眼妆也不曾哭花。我对准位置,不由分说低头吻下去。无数历史经验教导我们,男女之间平息争吵,这是最佳方案。

十一

记得《时间旅行者的情人》刚写好时,我打印出来拿给安安看。她看完后沉默良久,然后问:"你们男人心里,为什么都梦想身边能有不止一个女人呢?"

我百般辩解说这只是小说,纯属虚构,请勿对号入座。安安不依不饶,一定要听我说心里话。

心里话究竟是什么,实在答不上来。对人类绵延千万年的集体心理做深层剖析,或许并非我一个科幻作家能够做到。

"硬要打个比方,大概就跟你们女人买衣服一样吧!"我最终这样回答,"每次看见好衣服,都骤然生出非它不可的感觉,好像这辈子只买这一件衣服就足够了,一旦拥有别无所求,千真万确,赌咒发誓,连自己也相信是真的。只是买回家穿几次,又开始想要新衣服。旧的依然很好,依然可以隔三岔五拿出来穿,只是……只是这辈子总不能只穿一件好衣服呀,没有这样的道理。对吧,是这样的心情没错吧?"

类似的问题苏菲也问过，我也拿同样的话回答她。苏菲毕竟脾气暴躁，一巴掌甩在我脸上喝道："衣服不要了还能捐献灾区人民呢，老婆你捐出去试试看？！"

老婆自然是捐不得，我也没能耐穿越时空去跟七个女人谈恋爱。原本以为这辈子有两个女人就能知足常乐，事到如今，却连小命都有可能丢掉，真是天大冤枉。

## 十二

苏菲小猫一样的身体柔若无骨，皮肤在薄薄的蕾丝连衣裙下发烫，我用手心缓缓摩挲，即便要死，也该做个风流鬼才是。

正吻得酣畅，突然有什么东西在我脑海里响起，好似哥斯拉登陆纽约市前空气里传来的狂啸，或许是剧透之神又在对我发布警报了吧！我一把将苏菲推开。

"什么声音？"

"声音？"苏菲茫然四顾，"没有啊！"

"嘘！"我用一根手指按住她的嘴唇。

四下一片寂静，宛如被废弃的庞贝古城。

"真没有啊！"苏菲压低声音，"你今晚是怎么了，疑神疑鬼的。"

我翻身下床，蹑手蹑脚潜行到卧室门口，耳朵贴在门上听了听。听不到什么声音。

转动把手，突然将门拉开，外面空无一人。

超维 ——

苏菲在身后快快不乐地说:"没人吧?"

我终于松一口气,回头低声道:"没人你也别在这儿待着,小心一会儿安安过来看见。"

"切,多稀罕你这破房间似的。"

苏菲身子一拧跳下床,腰身摇摆,像蛇妖一样曼妙地滑走。走到门前又故意回头嫣然一笑,伸一根手指点点嘴巴。

我愣了好一阵才醒悟过来,连忙奔去安安的梳妆台前照镜子。果然,脸上沾了鲜亮的口红印。


## 十三

刚把脸擦干净,安安就走了进来,手里端一杯热咖啡,香气十分诱人。

咖啡?这么大晚上的谁要喝咖啡?

不等我开口,她先朝我脸上打量。

"诶,你怎么……"

"我……我怎么了?"我做贼心虚,不禁提高音量。

"苏菲呢?"她又环顾四周。

"苏菲?我没跟她在一起啊!"我理直气壮。

安安愈加仔细地看我,我挺直腰板一脸坦然。无意间低头一瞥,却瞥见右手背上残存的口红痕迹,浅浅一抹,有如飞碟落地时留下的烧熔痕迹,将一切行踪暴露无遗。

"你的手……"安安目光也随之移动。

我迅速把手藏到背后,"怎么了?"

"我看看。"

"干吗?"

越是心虚,越得理直气壮,况且事到如今别无他法,唯有拼死抵抗一条路。安安硬要看我的手,我硬是不让,两人像老鹰捉小鸡一样绕着转圈子。拉扯间,咖啡杯陡然一滑,散发苦香的滚烫液体全洒在手上。

确切地说,是右手。

再确切说,我的右手。

刺痛感沿着神经网络向全身蔓延,尽管远远无法与光速相比,但还是极具破坏力。我像煮熟的虾米一样,整个身子缩成一团,脑门上爆出粗大青筋。

"啊!"

"哎呀,没事儿吧?!"安安惊慌失措。

一整杯滚烫咖啡泼在手上,不是温热,是滚烫,亦不是一两滴,是一整杯。若是谁说没事,我立即将他扭送非正常人类研究所。

安安没头苍蝇一般在屋里乱转,一会儿拿毛巾蘸凉水来冷敷,一会儿找出纱布和药来包扎。我痛不欲生,怒不可遏,一瞬间对两个女人都恨之入骨。这就是我,一个科幻作家的幸福人生,早知如此何必当初!

"靠,轻点儿!"我痛得忍不住骂娘。骂娘这种事与教育程度无关,纯粹祖先遗留在基因中的本能作祟,原始人搬石头砸了自己脚,

| 超维

必然也是暴跳如雷地骂娘。

"忍一下,马上就好。"安安声音低得几近耳语。

她跪在地上,替我红肿发亮的右手裹上纱布,动作十分轻柔,缠了一圈又一圈。不知为何,这让我想起潘多拉替冥王哈迪斯包扎伤口的场面,不禁心中浮现几分伤感。

突然间,一滴眼泪掉下来,落在我缠着纱布的手心里。

我吃一惊,抬头看安安。她哭了。

"怎么了你?"我问。

安安低声啜泣,眼泪像断了线的珠子往下掉。

"你是不是觉得我特别烦?是不是觉得我特别没用?"她的声音极为细弱,仿佛还没孵出壳就要夭折的雏鸟,"其实你讨厌我,恨我,是不是?恨不得我立刻消失掉,是不是?"

"没……没有啊,你这是怎么了好好的?"突然间形势大逆转,变成我理亏。

"我怎么了?"安安凄然一笑,"我不知道自己是怎么了,只觉得我快疯了。每天,每天我都做噩梦,梦见我一个人在教堂里,穿着婚纱,捧着花,等着你,你总是不来,外面雨下个不停,天黑了,来参加婚礼的人也一个一个走了,我一个人坐在黑暗里,一边哭,一边喊你的名字,你在哪儿呢?我不知道你在哪儿……"

我总是不忍看女人哭。尽管安安经常在我面前哭,每次目睹还是心软,像半透明的夹心水果硬糖,外壳融化,里面全是黏的稠的绵软的。我伸手扶住她抽动的肩头,安安突然抬头,眼泪还在眼眶里打转,却露出怨毒的神色。这样的神色,我从来没在她脸上看到过,像美杜莎的蛇眼,令人浑身冰冷,化作石块。

她继续用细弱的声音说着,说着,像是梦呓。

"我找啊找,找啊找,最后终于把你找到了。你猜在哪儿,在一口棺材里面,黑黢黢的大棺材,你躺在里面,像睡着了一样,特别,特别安静,再也没有人能把你抢走了,谁都不行,你是我一个人的……"

她竟然一边说一边笑起来,那神色实在奇怪,像绿芥末配上绵软的草莓冰激凌一样充满诡异的违和感。我不禁惊恐地后退,却退不动。右手被死死握在她手里,这女人,她疯了!

我忍痛一甩,抽出手,身子却失去平衡倒在床上。手碰到羽绒枕头下面冰凉坚硬的什么东西。我将枕头掀到一边。

是刀。

大号牛排刀。

今晚九点时将会插入我胸口的大号牛排刀。

今晚九点时将会插入我胸口的大号牛排刀,原来一直藏在卧室枕头底下。

为什么?

我彻底石化,浑身僵硬冰冷动弹不得。安安眼神怨毒,伸手将刀握住。惊忙之间,我只来得及抓起一只羽绒枕头挡在胸前。

若论价格,大号牛排刀与单只羽绒枕头大概相差无几;至于实用性,如果大号牛排刀的攻击力为100,那么羽绒枕头的防御大约是5,加上我自身战斗力充其量也只有5而已,这样一想,觉得场面十分可笑又十分可悲。

"志伟……"安安带着哭腔喊我的名字。

"你……你不要过来啊!"我也带着哭腔哀求。

| 超维 ———

人类理智再次失效，只剩祖先遗传的逃生基因进入自动导航模式。我先将防御力为 5 的羽绒枕头用力扔出，砸中安安的头，自然是不能输出任何实质伤害，但似乎造成了有效的心理攻击。安安"哇"的一声大哭起来，我趁此机会跳下床夺门而逃。

## 十四

客厅里的钟指向八点五十分。

胸插大号牛排刀的尸体如同黑洞，在九点整静静等待，我则一整晚都在不可避免地向那里滑去，终将在十分钟后一脚踏入，可耻而又可悲地完成合体。

老子还没活够！老子还没写出一部真正伟大的科幻小说！老子不能死！

安安一边哭喊，一边手握大号牛排刀向我走来，她早已不是我温柔美丽的未婚妻，而是 T 病毒侵染的行尸走肉，僵尸，杀人魔！苏菲从厨房里跑出来，当然还有她，两个女人是一伙的。对此我也不必再客气，抓起手边能摸到的一切向她们扔去，大部分都未能砸中，哗啦啦掉落在昂贵的实木地板上碎裂。每扔出一样东西，我的脑海中都飞快闪过它们的价格与标签，水晶杯、骨瓷盘、烟灰缸、洛阳三彩，让它们都见鬼去！

女人的哭泣与呼喊在一声声碎裂中蜿蜒起伏，不知为何，这声音此刻听来分外过瘾，好像在打实战游戏。我且战且退，退出大厅，跑过走廊，一头钻进厕所，将门啪的一声关上。

大灾难来临时,厕所是最好的庇护所,此处空间封闭,结构稳固,水源充足,并且有许多毛巾。

我用力喘息,将氧气泵入肺中。门外哭喊声与脚步声渐渐逼近,时间,时间,滴答,滴答,滴答。宝贵的生命在流淌。

事到如今,逃生的路只剩一条。

我再一次重复那套动作,拉开裤链,对准高档马桶颤抖着撒尿,冲水,扭开龙头,洗手,洗脸,从镜子里端详自己,用手指蘸水抹头发,嘴里哼着走调的星球大战主题曲。身后马桶抽水声持续不停,仿佛打算坚持到世界末日宇宙尽头。我飞扑过去,依次按下所有按钮,热水,热风,香水味,我将脸埋在高档马桶中,桃李芬芳,如沐春风。

整个银河系的命运在马桶中旋转,冲刷,终于平静下来。

## 十五

透过厕所门缝向外窥视,外面的世界是凶是吉,难以预测。

光线似乎比之前明亮不少,气氛也宁静安详,有如世界大战前飞过天际的鸽群,纯洁无瑕,尚未来得及被任何邪恶势力玷污。我小心翼翼走出厕所,穿过走廊,推开客厅门。客厅明亮整洁,没有遍地狼藉,亦没有胸口插有大号牛排刀的尸体。

我连忙抬头看表,五点五十。

我成功穿越回五点五十的世界,天堂一般美妙的,周五下午五点五十的世界。

虽然不便过分张扬,但还是忍不住单膝跪地,摆出各种超级英雄

| 超维 ___.

造型，以庆祝自己逃过一劫。此时此刻我必然是被主角光环笼罩着，《2012》早就告诉我们，即便全人类都毁灭，科幻作家也能活到最后一刻。

后面厨房里传来水流声、煤气火焰声与切菜声。我蹑手蹑脚潜行过去，趴在门后偷窥。安安与苏菲正立在料理台前准备晚餐，仅看背影就能认出。案板上堆满各种新鲜食材，汤锅在炉子上小火慢炖，加入洋葱番茄玉米的牛尾汤咕嘟咕嘟。我陡然间感到饥饿，虽然两个小时前刚吃过晚饭，但吃下去的分量不多，此刻腹中空空如也。

"志伟哥怎么还不回来啊，这都几点了？"苏菲的声音透过蒸汽传来。

安安淡淡答道："大概有点堵车吧！瞧你，怎么比我还着急。"

这样想来，此刻另一个我应该正在回家路上，或许快到楼下了也说不定。

牛尾汤逼人的香气四处弥漫，肚子里咕噜咕噜直响。饥饿宛如太空中旅行的古董飞船，慢悠悠孤零零地穿过亿万光年，目之所及不见星辰，只有比虚空更虚空的无限黑暗。

厨房近在咫尺，各色食物有如黑洞，散发出致命的引力波，然而我却不敢贸然闯入。按照常理，此时我分明不该在这里，毕竟不是每个人都善于接受科幻小说中的逻辑。

我返回客厅，想找些零食充饥，费心寻觅却一无所获。安安对饼干薯片一类的零食恨之入骨，在她心中，唯有健康天然的才配被称作食物，才有权力登堂入室，占据厨房空间。客厅门口则恨不得贴出"零食与狗不得进入"的标牌才合理。

门铃声突然响起。按铃的不是别人，正是我自己。

苏菲的声音从厨房里传来："诶，是志伟哥回来了吧，我去开门。"

想要去其他房间躲避却已来不及。仓皇间我瞥见餐桌,粉红色印花桌布亦是安安同事送的礼物,十分宽大,一直垂到地面。我顾不得多想,掀起桌布躲进去,旁边随即掠过苏菲踢踢踏踏的脚步声。

门开了,隔得老远听见苏菲笑得娇嗔。

"怎么这么晚啊,这都几点了?"

紧接着,安安的脚步声也从厨房里出来。

"是啊,怎么这么晚?"

"嗨,堵车堵得要死。"一个熟悉又陌生的声音回答道。紧接着墙上的钟奏响婚礼进行曲,那个声音自我辩解般说一句:

"也没多晚,刚刚六点而已。"

不知为何,觉得这声音多少有点招人烦。


## 十六

叫不上来名字的小提琴四重奏如泣如诉,客厅光线黯淡,只有烛火幽幽闪烁。

我蜷成一团躲在餐桌下,像尚未发育完全的胎儿,硬被塞进狭小漆黑的母亲子宫中。实木地板冰凉坚硬,硌得尾巴骨生痛。尤其难熬的是各种食物香气从头顶飘来,我周围却只有三双套在拖鞋中的脚,散发出算不上恶臭、但也绝不能说好闻的气味。

对话声断续传来,像重看熟悉的肥皂剧,只是看不到画面,仅能凭声音猜测剧情。

| 超维

"碰一个?"

"等一下,我先来!咱们今天吃这顿饭呢,主要是为了庆祝志伟哥新书出版。所以我得先敬志伟哥一杯。志伟哥,祝你新书大卖,卖它个几百万本,从此成功混入畅销书作家队伍!"

"那就借你吉言。"

什么吉言,虚伪!

"说这么热闹,还不赶紧把你的书给人家送一本。"

"对对。"

"这本书我已经有了呀,志伟哥你忘了?"

"拿着吧!书嘛,多一本不多。"

餐桌上传来沙沙的写字声,餐桌下,一只光脚像银鱼般从拖鞋中滑出,一点一点向我的脸逼近。我只好屏住呼吸尽力闪避,勉强为它让出道路。那只脚终于成功抵达目的地,在穿西裤的腿上磨蹭。

"那就谢谢大作家啦!"

"什么大作家,你就会捧他,捧得他不知道自己是谁了。"

银鱼般形状完美的脚,依然得意地在另一条腿上游走。不知为何,突然很想拿刀将这脚利落地刺穿,或许与穿西裤的腿一起钉在地板上,看着血浆汩汩流出,才能令郁结的心情稍微平复。

"安安姐,我还要敬你和志伟哥。祝你们俩下个月顺利结成革命家庭,生个小作家出来。"

"那我也祝苏菲早日找到一个如意郎君,最好下次能带过来,我们四个一起吃饭。"

"唉,我哪有安安姐这么好福气呢,找到志伟哥这么个好男人,温柔体贴，一表人才，有房有车，还是个作家，说出去多有面子！"

祝你全家祖宗十八代都嫁给作家。

"以你的条件，什么样的找不到。眼光别放那么高，挑来挑去的，男人没有十全十美的，有时候就是得将就点，能过日子就行，对吧？"

"要求高点是好事。有机会让安安姐介绍几个青年才俊给你，都是当年她挑剩下的。"

银鱼般的光脚如同雷神之锤，狠狠向下跺在另一只脚上。虽然是另一只脚，我却也隐约感到痛，嘴里忍不住嘶的一声。

"嘶——"

"怎么了？"

"没事没事……那什么，我去趟洗手间。"


## 十七

穿西裤的腿起身离开，我趁此机会，赶紧将头伸往空出的位置下面，小心翼翼地透过桌布透气。在桌下蹲了快一个小时，此刻四肢麻木头脑昏沉，若是再不赶紧补充氧气，怕就要可耻地闷死在这里。

餐桌上陷入短暂沉默。只有刀叉碰撞声、咀嚼声与喝汤声。

片刻后突然听见安安的声音："菲儿，咱们认识多久了？"

苏菲说："从中学到现在，有十好几年了吧。"

安安问："你和志伟呢？"

苏菲说："也有三四年了吧。"

超维

安安问:"你觉得他这个人怎么样?"

苏菲说:"他……挺好的呀,我一直都说他挺好的。"

安安问:"好在哪儿?"

苏菲说:"我不都说过吗,有钱,有文化,对人好,长得帅……是个女的都想嫁。"沉默一瞬,她反问,"你觉得呢?"

安安笑道:"呵呵,是啊……想一想,这么好的男人,很快就要变成我老公了。"

苏菲说:"这还不好?"

安安说:"是,挺好……"

又是片刻沉默。我屏息凝神,竖起耳朵聆听,突然听见安安的一声啜泣。

餐桌上异常安静,那是大灾难过后,惨白微弱的朝阳照在城市废墟上的岑寂,此情此景令人无言以对,只好跟随整个世界一起沉默不语。

安安深吸一口气,终于说道:"行了,我都知道了。"

苏菲问:"知道什么?"

安安说:"你知道我知道什么。"

苏菲竟无语。

安安又叹气,一字一句地说:"菲儿,你们过去的事,我不管,以后的事我也不管,眼下我就想好好把这个婚结了,在家里做个好太太,这是我一辈子的梦想。我都快三十了菲儿,错过这一个,以后还有谁会要我,你说是不是?看在我们这么多年姐妹的分上,你成全我好不好,啊,就算我求你了……"

沉默如灰色穹庐，笼罩四野，漫长的灰暗的布满尘埃的核战爆发后的天空。安安细弱的啜泣在这片天空下绵延，仿佛拴着红气球的脆弱丝线。

许久才听见苏菲不无凄楚的声音。

"姐，你别哭了。"

安安努力抑制住啜泣，丝线断裂，红气球向着尘埃满布的天空中飘去。

"别哭了……"苏菲喃喃着，像说给自己听，"安安姐，你放心，我没想跟你争，从来没有。"

沉重的脚步声逐渐逼近，那货上完厕所归来。更确切点说，是刚刚穿越到九点看完自己的尸体仓皇归来。

屋里气氛有一瞬间尴尬，我想象三人面面相觑的模样，突然觉得大家都很可怜。

人类就是这样可笑又可悲的生物，视野被时空所限，如井底之蛙，却兀自狂妄自大。如果有一位全知全能的剧透之神守护在身边，随时拍着肩膀低声告知每一件事的前因后果来龙去脉，好像自宇宙中俯瞰，一眼便能看清整颗地球的形状，那样的世界或许会有所不同吧？至于到底如何不同，身为科幻作家的我却无从推断，想象力在此枯竭，好像搁浅的蓝鲸，在沙滩上被一点一点晒成肉干。

最终是苏菲先开口："怎么去那么久？"

安安接着说："是啊，汤都要凉了。"

不过片刻工夫，两个女人已经像科克船长与史波克般结成奇妙的同盟关系，这种神秘的作用力与反作用力，恐怕我一辈子也搞不明白。

| 超维 ——

主菜端上来,牛排香气绵延百里,我肚子愈加咕噜咕噜狂叫。

咯吱咯吱,咯吱咯吱,咀嚼与吞咽声在小提琴四重奏中蔓延。

"怎么不吃?都是按你喜欢的味道做的。来,趁热吃。"

"我……我自己来吧……"

墙上的钟突然敲响,与此同时,沉重的牛排刀笔直掉落,像杨氏单缝实验的粒子一般,精确地穿过我包着纱布的右手与身体之间的缝隙落地,"砰"的一声钝响。

我惊出一身冷汗。

"怎么搞的你,心神不宁的。"安安边说边弯下腰来捡刀。我屏住呼吸,慌忙将刀颤颤巍巍递到她脚下。幸好她并未多看,握住刀柄起身。

时钟刚好敲响了七下。

## 十八

墙上的钟滴答滴答,生锈的弹簧一般逡巡不前。

七点十分,餐桌上的三人吃牛排。

七点二十,依旧吃牛排。

七点三十,撤下牛排,端上提拉米苏蛋糕。餐桌上的志伟点燃一根烟抽,我闻见烟味,除了饥饿外更增添一分煎熬。

七点四十,依旧吃蛋糕,抽烟。

"你也少抽一点吧,真是,这么大味儿。来帮我收拾。"

"我帮你吧,让志伟哥歇着。"

杯盘相碰叮咚作响,如同电影片尾曲。或许因为饥饿与缺氧的缘故,我竟有点昏昏欲睡。

"我……我再去趟洗手间。"

餐桌上的三人依次离开客厅,我偷偷探出半个身子,闻见食物香气,如雨后松林里的蘑菇一般鲜美可人。饥饿感翻涌上来,我再也无法忍耐,趁着黑暗爬出桌布包围。双腿麻木无法站立,只能像小矮人一样可怜巴巴地蹲在桌边,伸出一只手在桌上摸索。

指尖碰到一个冰凉坚硬的东西。又是大号牛排刀,阴魂不散的大号牛排刀!

我握刀在手,对其怒目而视。非得找个办法妥善处理不可,若是没有这把刀,这一连串倒霉事也就不会发生。正在环顾四周思考对策时,突然听见脚步声从厨房走来,本想躲回桌下,又突然想起安安马上会来收拾餐桌。我慌不择路,拖着麻木的双腿向最近的卧室爬去。

钟表当当作响,敲响了八下。


## 十九

卧室漆黑一片,我没走几步,就狠狠踢到床脚上,身子失去平衡,一头栽倒在床上。

脚趾钻心痛,像被整支沃贡人的拆迁队伍强行碾过。我张大嘴无声地嘶喊,抓过羽绒枕头紧紧咬住。脑海中陡然浮现出一千张黑洞洞的嘴，一起反复高唱"为什么受伤的总是我"。

好不容易等疼痛稍微褪去，门外又突然有人走来，脚步声踢踢踏踏，如同终结者逼近。我几乎抓狂，扔下枕头一个鱼跃跳下床，刚想拉开衣柜门往里躲，脑中却再次响起剧透之神的警报，此处躲不得！原因无暇细想，只得凭借逃生基因的指引，身子卧倒在柔软的高档地毯上，顺势一滚，爬进床下躲藏。

脚步声进来，慢腾腾走到床边，我从缝隙中看到两只脚，该死的我自己的脚。

咯吱一声，有重物压在床上。

房间里一片寂静，我屏息凝神，不敢发出半点声响。

床上那货对我的存在一无所知，依旧安逸地躺着，时间一分一秒在空气中无声流逝。此时此刻，突然有一个关键词，像小行星撞击木星大红斑一样准确命中我的大脑：

刀。

大号牛排刀。

今晚九点时将会插入我胸口的大号牛排刀。

今晚九点时将会插入我胸口的大号牛排刀，被我无意中留在了枕头下面。

原来如此！

脑中轰然一片，涌起数千米长的巨大波涛。我不禁懊恼得猛砸自己脑壳，却忘了被烫伤的右手，剧痛中忍不住发出一声闷哼。

床上那货被声音惊动，噌的一声跳下，鲨鱼一般在屋里逡巡。先是拉开衣柜门搜索，没有发现，又向床边走来。

我尽力往角落里缩了缩。

一双脚停在床边,慢慢跪下,手抓住床单一角,正要用力掀开。

另一双脚悄无声息地走进来,站在那货背后。

螳螂捕蝉,黄雀在后。

寂静的房间里突然爆发出一声惨叫。

我竟幸灾乐祸地松了一口气,暂时安全了。

男人和女人的声音从头顶上方传来。

"你干吗呢?"

"你……你怎么……"

"我来看看你啊。你是怎么了,一晚上都没精神?难道……是婚前……纵欲过度?"

"什么乱七八糟的?!"我趴在床下默默盘算,该如何逃出这个鬼地方。

"……我死心塌地当小三行了吧!可你也不用当着她的面欺负我吧,只有她怕受伤害吗?我就不会痛啊?"

"我……我怎么欺负你了……"

"你自己心里清楚!"

"我哪有欺负你……唉,你们两个,要我的命啊……"

头顶上的床垫发出被挤压的声响,咯吱咯吱,仿佛巨型沙虫在洞穴里蠕动。我无声地叹一口气,开始手脚并用,慢慢从床底下往外爬。

床上的一对狗男女专心缠绵,对周围的一切毫无知觉。我趁此机会潜行到门边,慢慢转动把手。

门无声地打开,我刚松一口气,就看见安安一脸错愕地站在外面。

## 二十

好巧啊,原来你也在这里。

据说这是自人类发明语言以来,应用范围最广的一句打招呼用语,足以应付任何突发状况,无论是上厕所遇见老板,还是打开衣柜看见没穿衣服的同事。

我曾经写过这样一篇科幻小说,非常短,只有一句话:

"地球上最后一个人坐在屋子里,这时外面传来了敲门声,他拉开门对外面说:'好巧啊,原来你也在这里。'"

此时此刻,看见安安的脸,脑海里迸出的唯有这句台词。

逃生基因再次切换到自动模式,我上前一步,挡住安安的视线,她刚要开口说什么,我已奋不顾身扑上去紧紧抱住她,顺带反手将门关上。

门内依稀传来说话声。

"什么声音?"

"声音?没有啊。"

"嘘!"

我抱住安安的脑袋使劲往怀里塞,不让她听到这一切。

## 二十一

趁安安反应过来之前,我硬是将她从卧室门口拉到客厅,一把摁倒在沙发里。

"你……"安安惊诧万分。

"我……我太高兴了!"我表情夸张地挥动双手,"老婆,我终于出书了!你不高兴吗?!"

"不是吧,刚才还好好的……"安安伸手摸我额头,"你没事吧,看你一晚上都不对劲儿。"

我推开她的手,"没事没事,我就是……高兴……"

"你手怎么啦?"安安突然惊叫。

"啊?手?"我这才想起右手上的纱布,连忙将手藏到背后。

"手没事啊!"

"你手受伤啦?什么时候弄伤的?我看看,怎么也不说一声。"

"我手没事,真没事,你看错了!"

突然又有人走进客厅,是苏菲。

"诶!你?"苏菲大吃一惊,"你不是……"

她迷茫地看看我,又回头看卧室方向。

"我哦哦哦哦哦哦哦啊啊啊啊啊啊啊……"我像疯子一样冲上去拦住苏菲,"哦,对啦!我有个东西要给你看,你,你跟我过来一下,这边,快快快!"

我不顾一切,硬推着苏菲往外走,安安傻呆呆地坐在沙发里看着我。

"志伟你……"

我回头大喊:"你别过来!"

"啊?"

"那什么……"我搜肠刮肚,调动一切脑细胞扯谎。"你去那个厨房……那个……给我泡杯咖啡,对了泡杯咖啡,快!"

## 二十二

我推着苏菲迅速离开客厅,卧室里还有那货在,只得拐进书房,还好书房里没人。我关上门,猛喘一口气。

"怎么回事?"苏菲声音有点发颤,"你刚才不是才……"她又回头,想出门看个究竟,我连忙一把将她拉回来,为了不让她出声,只好故技重施,抱住她的脸又是一通狂吻。

门外一串轻柔的脚步声经过,应该是安安去卧室找那货了。

苏菲从我怀中挣脱出来。

"你搞什么啊?"

我按住她的嘴,"嘘!"

"你手怎么了?"苏菲看见我的手,也是一惊。

"手?手没事!真的没事!"

"没事你裹纱布干什么?"

"我……我裹个纱布怎么了?碍着你了吗?这是我家我怎么连裹个纱布的自由都没有了呢?"

"不对呀,刚才还好好的,就这一眨眼的工夫……"

"我都说了没事没事,你不要想这么多好不好!"

"手给我看看。"

"不给!"

"给我看看!"

"不给不给就不给!"

正相持不下,卧室方向突然传来一声杀猪般的惨叫。

"啊!"

我愣了一下,然后想起另一个关键词。

咖啡。

一整杯滚烫的热咖啡。

我如梦初醒,看着被烫伤的右手,纱布经过一整晚折腾,已经变得又脏又皱,好似木乃伊的裹尸布。

"什么声音?"苏菲满面惊诧。

"声音?没有声音啊!"我颤声说。

"我明明听到有声音!"

"真的没有!"

苏菲还想争辩,我万般无奈之下,只好又上前去企图抱住她。

苏菲再次将我推开,这次力气颇大,我被推得后退好几步。还想不屈不挠再次上前,啪的一声脆响,苏菲直接狠狠甩了我一个耳光。

"我知道了,你故意的是吧?"她一脸愤怒地瞪我,恨不得用目光温度直接将我升华为等离子态。

"谁,谁故意的,我怎么故意了……"我结结巴巴地说。

"靠,当我三岁小孩耍着玩儿呢?啊?至于么整这么一堆,你累不累啊?!"

"我没有啊……"

卧室再次传来带着哭腔的惨叫。

"志伟……"

"你……你不要过来啊!"

我想起被遗忘在枕头下的大号牛排刀。

哭声、惨叫声、砸东西的声音断断续续传来。整个世界如同一根脆弱的宇宙弦,被拉紧,拉紧,拉紧。终于啪的一声,彻底坍缩了。

"靠!"我忍不住喃喃自语。

## 二十三

"怎么了?到底怎么回事?!"苏菲也声音发抖,她清楚地听见我的声音从卧室传来。

我用力把苏菲按在椅子里,"你你你……你别动,你在这儿待着,我出去看看。"

我握住门把手轻轻转动,将门打开一条缝,呼的一阵乱响,另一个我像发疯的霸王龙一般从面前跌跌撞撞跑过。

我砰的一声把门关上。

"怎么了?"苏菲问。

"没事!"我颤声回答。

喘了一口气,我再次开门,看见安安手拿大号牛排刀,好像女鬼一样披头散发地慢慢走来,边走边呜呜地哭。

我又要关门,苏菲一把将我推到一边。

"安……安安姐……你这是怎么了这是……"她惊诧地向安安走去。

安安哭得上气不接下气,失魂落魄地向客厅里追过去,苏菲紧跟在她身后。客厅里翻天覆地,各种碎裂声砰砰啪啪响起,仿佛有霸王龙破门而入,要将这屋里的一切碾为齑粉。

疯了,整个世界彻底疯了。我抱着头躲在门背后,发出痛苦的呻吟。

闹腾片刻,声音稍微平息,只听见安安的啜泣声愈加凄厉。我慢慢从书房出来,朝客厅内偷看,只见安安瘫倒在一片狼藉中,苏菲在一旁搀扶着她,神情呆若木鸡。

"这……这到底是怎么回事……"

安安凄厉地啜泣着大喊:"这婚我结不成了!"

不知为什么,苏菲也哭了起来。

我趁她们不注意,闪身从客厅门口溜了过去。

## 二十四

厕所门在眼前砰的一声关上。

我蹑手蹑脚走到门口,耳朵贴上去倾听。各种声音宛如飞船启动程序一般依次响起。拉开拉链,撒尿,冲水,洗手洗脸,哼歌,冲水,冲水,冲水。

终于安静下来。

我鼓起勇气推开门,里面空无一人。

## 二十五

另一个李志伟消失了。

从这个时间点上穿越回去,回到三个小时之前。此时此刻,我

| 超维

又变成这时空里独一无二的李志伟。

不知为何,我长长地舒了一口气。

结束了。

噩梦一般的游戏,终于结束了。

我走回客厅,听见安安还在梦呓般喃喃自语。

"结不成了,这婚结不成了……"

"安安姐,有话好好说……你……你先把刀放下……"苏菲小声说。

安安怨恨地瞪着手中的刀,长抽一口气,大号牛排刀哐当落地,苏菲连忙把刀踢到一边。刀锋在满地狼藉中一路滑动,刚好停在我脚边。

我低头看着刀,像史前草原上未进化完成的猿猴看着一块黑色碑石,查拉图斯特拉庄严的旋律在耳边响起。世界为何而存在,我为何而存在,时间是什么,宇宙又是什么,如何开始,又如何终结。所有问题与答案统统搅作一团,像大爆炸最初的一瞬,没有上下左右前后,没有起因经过结果,没有答案,没有问题。

我有气无力地笑一笑,弯腰捡起刀,向安安与苏菲走去。

"喂,没事了……"我低声说。

两个女人抬起头,同样用猿猴般迷茫的眼神看我。

"其实……其实都是误会……"

话未说完,我不小心踩到一小块碎瓷片,向后一滑,大号牛排刀脱手而出,被高高抛向天空。

在查拉图斯特拉庄严神圣的乐声中，时间线被无限拉长。我如同慢镜头一般，缓缓地、轻轻地仰天倒下，倒在狼藉一片的高档实木地板上，银光闪闪的大号牛排刀在天空中翻转、上升，然后掉落，几万年时间流逝了，猿猴进化为人，发明武器，发动战争，杀死成千上万无辜的生命，而我即将成为其中一个。

普普通通的一个。

刀锋准确地插入胸口，划破皮肤，割开肌肉，穿过肋骨缝隙间的薄膜，刺中跳动的心脏，血浆四处喷溅，有如黄石公园火山爆发。一个科幻作家就这样被杀死了，死在2012世界毁灭之前。

"啊——"安安与苏菲尖厉的叫声划破长空。

我躺在那里，好像被钉在地板上的昆虫标本，四肢不甘心地抽搐几下，温暖的血浆在身下蔓延，淹没地板上各种碎片，恍如汹涌的洪水，将一片又一片破碎的大陆吞没。

黑暗，黑暗漫天席地向我卷来，仿佛被黑洞吞噬。黑暗边缘的星星逐渐黯淡，光芒向着紫外一端移动。最终我什么都看不见了，黑暗漫延开来，像遮住眼睛的一块布，把整个世界远远推开。

"志伟！志伟你怎么了志伟！说话啊！"

"快！打电话给医院！"

两个女人的脚步声匆匆远去，这时墙上的钟刚刚敲响了九下，婚礼进行曲宛如星云一般旋转，弥漫，缥缈无依。紧接着，我听见另一双轻快的脚步声渐渐靠近。

逐渐暗下去的视域里，一张熟悉又陌生的脸出现在客厅门口，正惊恐万分地向我望过来。

| 超维 ___.

后记以及一点说明：

这篇小说是根据先前创作的一部剧本改编而来。通常小说改剧本比较多，剧本改小说，尤其是作者本人先写剧本再写小说，则似乎比较少见。

为避免语无伦次，还是从头说起。

大约是2009年冬天，北师大科幻协会的会长邓少跟我谈起想拍低成本科幻电影的事。我记得那是在万圣节之夜，一次科幻主题的化妆晚会。我扮成吸血伯爵，而邓少则身穿绣有斯莱特林徽章的校服，周围各色怪力乱神川流不息：终结者、女超人、桃乐丝、守望者罗夏、史波克、阿拉蕾甚至宇宙墓碑……我被浓烈科幻宅气场所感染，满口答应给邓少写剧本。

经过几次商讨后，我们一致决定，要拍一部超低成本零特效的科幻悬疑室内情景剧，灵感大概来源于当时大热的《关于时间旅行的FAQ》。为了保证"超低成本"与"悬疑"这两点，一度想到许多方案，也推翻了许多方案。直到某一天夜里，我兴奋地将一句话的剧本大纲用短信发给邓少：

"从前有一个科幻作家穿越了，后来，他死咗（咗：方言）。"

这大概是我写过的最不靠谱的故事大纲。

2010年初，我终于完成了剧本。英文片名定为《Time Kill》，中文名则迟迟想不出，最终勉强定为《死局》。

年底，邓少克服重重困难将片子拍完剪毕。大约用了三天时间，三千元钱，三位演员，外加一位导演兼摄影兼灯光师，以及担任生活制片的导演弟弟。

听上去似乎效率不高,但毕竟比我们其他许多无疾而终纸上谈兵的伟大理想要靠谱一点点。毕竟,我们没有钱,却想拍科幻片,听上去无异于天方夜谭。

2011年6月,我在一家桌游店里看到邓少带来的成片,画面出乎意料地流畅,演员的表现也很精彩。尽管邓少一直为拍摄时条件简陋而自责,我却认为,这部片至少是蛮好看的。

至于将剧本再改成小说,则纯粹是我个人的心血来潮。若说有什么非如此不可的理由,大概是因为某天突然拍脑袋想到"杀死一个科幻作家"这个标题,觉得不写成小说简直暴殄天物,于是就写了。

此篇后记虽然并非植入广告,但依然希望大家支持身无分文却心怀梦想的科幻电影宅们。假以时日,或许他们真能拍出一两部优秀的"中国科幻电影"也未可知呢!

张冉　　野猫山
　　　　轰炸东京

▎超维 ────

## 引子

　　我知道这样一封信完全在你们的意料之外。当你们在一位终身碌碌无为的历史教师的遗物中发现如此一个泛黄的信封时，一定会以为那是我与某位友人之间咬文嚼字的通信，或是写给你们过世太早的母亲、没来得及寄出的情书，再不然，便是我留给你们淡而无味的只言片语，就像过去二十几年里我每日所说的那些安身立命的迂腐道理。然而这不是。这封信关于一段往事，一段我原本希望永远封存在记忆中的往事，可当接到确诊通知书的那一天，我突然感到非常恐惧，害怕生命太早消逝，这段往事将随着我一起化为飞灰。我下定决心，写下这封信，将它夹在《中国抗日战争全史》第一册的扉页。如果你们中有人同我一样对历史略感兴趣——哪怕只是因为整理我的遗物也好——打开我的书橱，这本书就在书橱第一层最显眼的位置等待你们翻阅。看完这封信之后，你们会获知一段无人知晓的历史，一段中日战争史中埋藏极深、意义重大的秘史。到那时，希望你们以自己的学识、智慧和人格作出判断，决定是否将这段历史公之于众。这个选择已经困扰我接近四十年，如今我终于可以卸下重担了，这是死亡能够给予我的最好安慰。

匆匆奉白，信长且乱，见谅。

## 一

到如今我还能清楚记得那一天的日期：1965年12月4日。因为几天前，《人民日报》转载了姚文元在《文汇报》上发表的名为《评新编历史剧〈海瑞罢官〉》的文章。这篇文章不仅在中文系引起激烈讨论，在我们历史系内部也引出了针锋相对的两种观点，辩论无时无刻不在发生，就连教研室走廊上都站满了大声争辩的教师，这种环境让人很难专心致志地批改作业。

那天刚上完下午第二节课，我回到教研室收拾东西准备回宿舍。刚走出主楼楼门，还没打开自行车锁，一名学生就小跑着出来叫住了我，说系主任在到处找我，看样子还挺着急。我对当时任历史系主任的老严还是比较头疼的，我们之间许多观点并不合拍，偏偏他还对我青眼有加，总喜欢叫我去他的办公室沏上热茶摆龙门阵。既然被学生叫住，我只能揣起钥匙，夹着公文包转回系里，敲开了二楼最东头主任办公室的门。这一次会面，本以为又是一次话不投机的清谈，谁知道最终竟颠覆了我的整个人生观，以至于在其后的几十年里我都无法走出这一天留下的阴影。

老严开了门，笑呵呵地让我进屋。我一看就觉得气氛不对，屋里有客人。办公室的肖大姐正提着暖壶给客人倒茶，白瓷杯里漾起碧绿的茶香，那是主任轻易不肯拿出来的上好龙井。两个陌生的同

| 超维

志一坐一站。站着的是个小年轻,穿着没有军衔的崭新军装,样子显得有点拘束,手碰一碰茶杯的柄又赶紧挪开,看上去不好意思端起来喝;坐着的是个三四十岁的干部,皮肤黝黑,穿着风纪扣扣得严严实实的灰色干部服,头发梳得一丝不苟,不知道是来自哪个机关。

"这位是赵……同志,身后站着的是小李。这位呢,是我们历史系中国近代史专业的讲师张老师,他对中日战争这段历史相当有研究,应该能配合你们的工作。"老严热情地介绍道。

我莫名其妙地走过去,伸出右手跟站起来的干部相握。

"张老师你好,我姓赵。"这人脸黑沉沉的一丝笑容都没有,介绍中也没有单位和身份头衔。

我们分别在沙发上坐下。肖大姐给我沏上龙井茶,端着暖壶出去了。我奇怪地望向老严,看到他正把一封盖着红图章的介绍信对折之后塞进信封,小心翼翼地压在办公桌的玻璃板底下。

"张老师,这次到师大来请求你们协助,不能说是政治任务,但确实与一宗关系到社会主义革命与社会主义建设的重大事件有关。我们急需一位熟知近代日军侵华战争史的人参与到工作当中。严主任介绍了你,是肯定你的能力与政治水平,有为祖国和人民付出的立场和觉悟。"姓赵的干部嘴里说着场面话,眼睛直勾勾地盯着我,看得我心里有点儿发毛。

"我只是个小讲师而已,说不上有什么能力,不过能帮得上忙的话还是很乐意的。"我顺着他的话答道,眼神又飘向老严,示意他赶紧把前因后果说清楚了。

老严从抽屉里拿出一听马口铁罐装的红双喜卷烟,取出烟来发给大家:"抽烟抽烟。这位赵同志是从昌平过来的,路上跑了整整一下午。小张啊，我已经给你开好假条了，你吃过晚饭就随着赵同志去昌平办事。两天、三天回来都不打紧。你的课我让别人先代着，工资照发，每天一元五角钱的伙食补助，你看呢？"

我满头雾水接过香烟，从兜里掏出火柴点着："我一人吃饱全家不饿，出差倒是没事儿，可究竟去做什么呢？难道是抗日遗迹的恢复性重建？要说出现场也轮不到我啊……"

站在旁边的小李同志脸红红地接过一根卷烟，就着老严手里的火柴点了，吸了一口，捂着嘴咳嗽两声。姓赵的干部轻轻把老严的手一推，自己从上衣兜里掏出一个铝箔纸包的烟盒，倒出一根带过滤嘴的香烟叼在嘴上："这件事的保密等级比较高，我们不能多说，你同意的话，请签署这份保密协议，到了那里之后就明白了。"他没急着点燃香烟，先从身旁的人造革挎包里掏出一摞纸来摊在茶几上，又摸出一支钢笔，摘下笔帽递给我。

我草草扫了一眼纸上密密麻麻的小字，没看太明白，就看见最上面的框框里写着"等级：绝密"，末尾公章盖的是"公安部预审局"。这个单位我从没听说过，不由得抬起头重新打量一下对面的干部。姓赵的似乎习惯别人盯着他的眼光，眼神木木的，一点反应都没有。

"这是好事，小张。"老严靠在办公桌上吐着烟圈，"好事。"

当时那种环境之下，不由得我不捉起笔，在保密协议最后签下自己的名字。那时想得也简单，不管是苦差还是美差，出趟门散散心总比待在系里听别人吵嘴强，再说不就是去昌平嘛，一天就打个来回了。

"谢谢你，张老师。"姓赵的干部收起协议和钢笔，再次站起来跟我握手。我也赶忙站起来拉住他的手，心里还想这个赵干部看

超维

起来冷冰冰的,做人还挺热情。谁知他转脸对严主任说,"那么我们现在就动身了,晚饭在那边解决吧,趁着天没黑,还有一截山路要爬。"

"吃完饭再走吧,食堂现成的热乎乎的饭。"老严都从抽屉里掏出饭票了,闻言可怜巴巴地瞅着对方。

赵干部一点不领情地回绝道:"下次吧,下次。张老师,也不用收拾什么行李,顺利的话明天就能送你回来,咱们这就出发,没问题吧?"

"没、没问题。"我那时候脑中就一个念头:要去的地方可千万别让换拖鞋,我的两只袜子后跟都破了大洞,千不怕万不怕,就怕脱鞋。

二

他们的车停在校门口,是一辆成色特别好的黑色伏尔加汽车。这种车子我们俗称"金鹿",是当时最气派的汽车之一。自从苏联专家全部撤回国之后,保养良好的伏尔加汽车越来越少见,街上跑的都是上海凤凰牌小轿车和仿造伏尔加的东方红牌小轿车,看起来拼拼凑凑不像样子。小李别看是个娃娃兵,开车开得相当不错。轿车从和平门外新华街出发,平平稳稳驶着,没用一会儿就出了北京城。

赵干部坐在前排,一路上都不说一句话。小李不时从镜子里瞅我一眼,仿佛有心说话又不敢说。我自己闷在后排,心里有点隐隐约约的不安,也有点后悔临行前不去趟厕所,不过面上还是显得很淡定，假装望着外面枝叶全无的枯树一棵棵地掠过。

车子开得稳当，暖气又开得足，没用多久，我就抱着公文包睡了过去，等再醒来的时候外面已经一片漆黑。我是被颠醒的。路况明显变差了，伏尔加轿车射出两道昏黄的光，照亮前方坑洼不平、弯弯曲曲的柏油路。我感觉车子似乎是在上坡，发动机嗡嗡地吼着，速度却快不起来。那天月光星光都不明朗，窗外树影婆娑，看不清走到了什么地方，车里除了发动机运转声和暖气的呼呼风声之外一点动静都没有。小李的侧脸映着仪表板的灯光，绿油油的有点吓人。

"快到了。"姓赵的干部突然开口说了句话，吓得我汗毛全竖了起来。"是吗，快到了就好。"我敷衍应道，心里不断盘算着这是走到了什么荒山野岭。

没想到赵干部说得真准。几分钟后，伏尔加轿车转过一个弯，面前豁然开朗。隐隐约约能看出这是一个口袋般的地形，除了车子驶进来的一条柏油路之外，其他三个方向都被崇山峻岭包裹着。三座山峰像把老虎钳将一片黑压压的建筑夹在中央。随着车子驶近，建筑物高耸的外墙和铁丝网变得清晰起来，四只探照灯来回扫射，围墙四角都有高高的岗楼——这分明是一座监狱！

当时的我并不知道这就是后来闻名天下的秦城监狱，只感觉有点毛骨悚然。监狱这种地方就算白天看也显得鬼气森森。小的时候我家住在北京德胜门外，距离功德林监狱不远，那座由寺庙改建的老监狱给我童年留下了不少恐怖的阴影："赵同志……我们到监狱做什么？"我声音发抖地问道，脑中快速反思着近期自己的作品、言论和行为。如果这是一次秘密逮捕的话，那么老严确实串通警察演了一场好戏。

"放心，张老师，这次需要你帮助的地方，就是在提审一位犯

| 超维

人的时候利用你的历史知识找出其供词中的疑点。但要注意,不要问任何问题。同时,犯人是受过高等教育、潜伏非常深的阶级敌人,千万不要被他的语言蛊惑。"赵干部并不回头,坐在前面沉声说道。

这话缓解了我内心的紧张,但同时也增加了我内心的疑惑:"审问犯人为什么需要一位历史教师在场?……哦,赵同志,是不是审问对象是一位战犯?"话说了半截,我突然一拍脑袋。德胜门外功德林监狱以前关押的就是国民党蒋介石集团的战犯,我自然而然产生了这样的联想。

"并不是。不过……有相近之处。"赵干部沉吟了一下,回答道。

这时车子驶到监狱大门前,小李晃了两下大灯,两扇漆黑的大铁门慢慢开启。伏尔加汽车一直开进监狱深处,在一排平房前停了下来。"到了,我们下去吧。"赵干部推开车门,喊了我一声。

我们都下了车。我四处张望一下,这里似乎是整个监狱的中心地带。放眼望去,能看到四栋三层高的楼房分布在四个角落,青砖坡顶的小楼房形状各不相同,建筑考究,看起来并不像监狱,倒像首长住的高级楼房。

这里没什么照明设施,赵干部拧亮一把手电,带着我深一脚浅一脚向其中一栋楼房走去,这栋楼外墙漆涂的编号是"204——丁"。楼门前两名荷枪实弹的卫兵"啪"地对赵干部立正行礼,小李立刻立正还礼,姓赵的却只摆摆手,示意他们打开楼门。

"这里关的都是什么人啊?"走进楼门,发现长长的过道铺着深色木头地板,每隔一段就有一盏电灯照亮,墙壁涂成蓝色,显得又干净又气派。我心头的疑惑更甚,不禁问道。

"嘘,不该问的别问。"小李好心地冲我做了个别说话的手势。

赵干部带我们登上楼梯,楼梯和扶手同样是光滑的木头制成的,我不认识木头的种类,但看起来绝非便宜货色,应该是柚木、胡桃木之类的名贵木种。每层的楼梯口都有卫兵守卫,他们无一例外地向赵干部立正行礼,姓赵的依然只是摆摆手,显得有点傲慢。第三层只有五个房间,我们沿着走廊走到尽头,打开一扇红色木门,走进一个有点空旷的屋子。这间屋子四壁同样漆成蓝色,窗户上盖着厚厚的深蓝色窗帘,一盏60瓦灯泡将屋里照得雪亮,屋子正中间孤零零摆着一把扶手椅,靠门放着两张写字台、几把折叠椅,写字台上有台灯、墨水瓶、笔记本、烟灰缸和茶杯。

不用多说,这是一间审讯室。

"坐。"赵干部拉开一把折叠椅,示意我坐在写字台后面,"隔壁房间有专人负责记录,你不必记下他说的每一句话,但别忘记你的任务,你要负责挑出他陈述中的漏洞,戳穿他道貌岸然的假面目!这里有纸和笔,还有什么需要的话尽管对我说。"

"我仍然不太明白,赵同志,不过我尽量配合,尽量配合。"我把公文包摆在大腿上,看看桌上的钢笔和信纸,信纸印着"公安部预审局"字样,红红的宋体字让我心里有点发慌。

赵干部点点头:"不用紧张,只是配合而已,审讯是由我们来完成的。"

没说几句话,房门打开了,小李和另外一名卫兵押着一名犯人走了进来。犯人身穿深灰色劳动布囚服,头上罩着个棉布口袋,似乎是为防止他认清监狱地形而做的预防措施。两人将犯人拉到屋子当中,摁倒在扶手椅上,"咔嚓咔嚓"用手铐将犯人与椅子铐在一起,接着掀去了遮脸的布袋。

"小李,你们出去吧。"赵干部揪下钢笔帽,眯起眼睛望着对面坐着的中年女人。

| 超维

## 三

我没想到犯人居然是一个女人,但很快意识到这是某种性别歧视——女性既然能顶半边天,为什么不能成为阶级敌人?我也学着赵干部的样子摘下钢笔帽,在信纸上试了试水,墨水还挺足。

灯光照着女犯人的脸,监狱里暖气很热,她的囚服里只穿着件厚毛衣,没有穿外套,脸上却也见了汗。她约四十岁左右年纪,头发理得短短的,身形消瘦,面色苍白,两颊有点凹陷,显得一双黑眼睛出奇的大。她给人的第一印象并不像一名囚犯,当然更不像十恶不赦的战犯。她身上有一股浓浓的书卷气,如果穿上得体的衣服,更接近大学校园里的女教师形象。

"124号。"赵干部清了清嗓子,拿钢笔尖戳着信纸,朗声说道,"124号犯人,这次提审是你的一个机会,我们请来了专家,以帮助你认清当前的形势,彻底交代一切罪行。现在悔过尚且不晚,难道你还要执迷不悟下去吗?"

女犯人慢慢抬起头,直视赵干部的眼睛,说:"夜间十点钟,我已经上床就寝了,你们就这样将我从床上拖下来进行审问,这难道不是某种罪行吗?"

赵干部脸上露出一个阴恻恻地笑,这是我第一次见他脸上流露出某种表情:"对于你这种反革命分子,宽容才是罪行。不要再花言巧语了,现在从头开始交代吧。"

"从头开始?"女犯人无奈地摆摆头,"这已经是多少次了?为何要一遍一遍听你们自己都不相信的话?"

"从头开始!"赵干部一拍桌子大声喝道,把我吓了一跳。

124号犯人舔舔嘴唇,开始小声说着什么。"大声点!"赵干部又一巴掌拍在桌子上,震得烟灰缸弹起老高。他马上扭头对我说:"对不起,对于某些人来说,不这样他们就不知道配合。"

"是的,看来是这样。"我只能顺着他回答道。

女犯人顺从地提高了音量,开始叙述一段往事。由于赵干部不断在任何他认为存在疑点的地方打断陈述,导致这段自述变得支离破碎,很不容易理出头绪,我尽量将她的话完整地转述出来。

"那年冬天,日本人的飞机来到了长沙城,四处投下炸弹,爸爸妈妈带着哥哥和我离开长沙,前往昆明避难。我爸爸……"

犯人刚说两句话,赵干部就将其打断:"闭嘴!不准说出你父母的名字!这件事发生的具体时间是什么时候?"

"……我记不清了。"女犯人皱起眉头。

"1937年11月底,日机第一次侵袭长沙小吴门和火车站等处,造成三百余人死伤,其后断断续续进行轰炸。长沙作为战略要冲,一直是日军的重要突击目标之一。要说冬天的话,应该是37年底、38年初的样子吧。"我想了想,说道。

赵干部瞪了犯人一眼,"继续!"

"我们乘坐长途汽车一路向西前进,为了躲避日本人的轰炸,汽车在白天休息,于夜间开动,断断续续走了几天,终于进入贵州省境内。那是一个贵州、湖南交界处的小县城。车子抛锚了,爸爸妈妈带着我们下车步行进城找地方投宿。沿街的所有旅馆都挤满了逃难的人,没有一个空的床铺,天下着雨,我们又冻又累,爸爸的背病发作了,几乎无法行走,而妈妈长久以来的肺病也让她更加虚弱。在几乎绝望的时候,我们突然听到有小提琴的乐声响起,在那样冷雨凄风的夜里,

**超维**

在那样潦倒破败的街巷,居然听到优雅活泼的小提琴世界名曲,这感觉非常美好,美好到不太真实。我现在犹然记得,那是威尔海姆改编自舒伯特的小提琴名曲《圣母颂》。"随着她的叙述,女犯人脸上渐渐露出怀念的神往表情,像是温暖悠扬的小提琴曲再次响起在耳边。

"梁犯!"赵干部突然大喝一声,他立刻发觉不小心叫出了犯人的姓氏,警觉地瞅了我一眼,改口道,"124号!减少描述,陈述事实!"

"是的。"女犯人低下头,"我们循声找到一家旅馆,叫开了门,原来拉小提琴的竟是一群空军航校的年轻学员。他们是杭州笕桥中央航空学校的学员,因日军攻陷杭州,航校被迫搬迁至昆明,学员们自行搭车赶往云南,半路在此投宿,竟因提琴声与我们巧遇。他们好心地腾出一间房间,让我们得以避开风雨,吃到热乎乎的食物,好好休息一夜。在这患难的时期,我的父母与这些年轻活泼的青年成了好朋友。第二天,他们就率先开拔,我母亲却发起高烧来,足足休息了几天之后才得以继续赶路。"

赵干部从鼻孔哼出一口气:"嗤,中央航校……国民党的航校!什么中央航校……"

我用心听着这段故事,一时间无法做出判断,也就没有出声。

## 四

"我们最终到达了昆明。父母亲在研究机关与联合大学谋到了职位,我们的生活逐渐安定下来。很快,我们同八位航校学员再次见面。这些人都来自浙江、江苏、福建地区,家乡大多已经沦陷,山高水远，独居异乡，训练枯燥无味，生活寂寞。'德国教官会拿鞭子抽人的。'他们说。他们每周休息时都会到我们家做客，三五成群地过来聚会，那是他们最欢愉的时光。那时我父母在昆明市郊龙头村借来一块地皮，请人修筑了三间土坯小屋，这座屋成了他们的'避难所'，谈笑间能暂时忘却思乡之苦与亡国之痛。

"我犹记得那座屋左近是邻村'瓦窑村'。这村以烧陶器闻名，一条水渠蜿蜒绵长，长堤上种着郁郁葱葱的桉树。周末的黄昏，我会在长堤上等待结束作训的大哥哥们结伴走来。他们穿着笔挺制服的样子令人着迷。不光在我眼里，在联合大学女学生的眼里，他们也是最时髦的一群青年。"

女犯人的故事似乎有点不着重点，但赵干部很耐心地听着，打断的次数也逐渐变少。这里没有需要我验证的地方。1938年的昆明基本上是安全的，直到10月份日军攻陷武汉，才开始利用武汉机场起飞飞机轰炸昆明市区。

"那时昆明航校的设备非常落后，只有几架东拼西凑的破烂道格拉斯教练机，学员因飞机失事而死亡的概率很高，几乎每周都有事故发生。到1938年底，八名青年终于以第七期学员的身份从航校毕业。他们的父母、家人都在沦陷区，于是邀请我爸爸和妈妈作为名誉家长出席毕业典礼。爸爸在典礼上自豪地致辞。我们一齐观看了教练机的飞行表演。那时，每个人都很快乐，他们兴奋于终于成为合格的空军军官，可以为抗日事业出力了；我们的快乐在于多了一群活泼健康的亲人。在那时的中国，还有什么比亲人团聚更快乐的事情呢？……但很快，日本人对昆明的空袭开始了，他们被编入飞行大队，开始驾着老旧的道格拉斯飞机和霍克飞机对抗日本人的新型战斗机。"女犯人说到这里，神情显得有点黯然。

| 超维 ———

"空袭的话……"赵干部听到这里做了个暂停的手势,转向我寻求解释。

"是的,1938年末昆明开始遭到日军空袭,中方……不,国民党反动派的战斗机又少又老旧,根本无法与日本鬼子对抗。"我立刻说出早准备好的回答。

女犯人点点头,继续说道:"没过多久,一封阵亡通知书就寄到了我的家中。那是一位姓陈的大哥。他是一个爱讲故事、爱开玩笑的广东人,总是喜欢讲与日本人在空中缠斗的离奇经历,没想到他真的在与日本战机的对战中坠地身亡。原来八位青年都将自己的通信地址留为我家的地址,把我的爸爸和妈妈当成了亲生爹娘。没等我们从悲痛中走出来,第二封阵亡通知书就到达了。那是一位姓叶的大哥,个子瘦长,不善言谈。他曾两次在教练机的坠机事故中生还,摔掉了南洋华侨与各界同胞集资购买的飞机,他的心情非常沉痛,发誓绝不再跳伞逃生。后来在一次警戒飞行中他的飞机发生严重故障,机长命令他跳伞,但他没有服从,还想挽救那架珍贵的战斗机,硬是同飞机一起坠地,机毁人亡。

"后来,1940年冬天,我们举家从昆明迁往四川宜宾李庄,但青年军官们的阵亡通知书还是一封接一封寄来。当年在旅馆中拉着动听小提琴的黄姓大哥同样牺牲在日本人的枪口下,他击落了一架敌机,在追击另一架敌机时被敌人击中,遗体与飞机一起摔得粉碎,以至于无法妥善收敛。终于,最后一封阵亡通知书出现在邮递员手中,爸爸与妈妈的悲痛无以复加,他们一遍遍翻看这些青年人的照片、日记和信件,为消逝在天空中的英魂暗自垂泪。

"八封阵亡通知书,八份遗物,八条青年抗日志士的生命……"女犯人垂下眼帘,声音变得微弱下去。

"别说这些！说重点！"赵干部吼道，"继续说！"

124号犯人语声幽幽："1941年，刚刚从航校第十期毕业的三舅，我妈妈的三弟，与八名青年一样牺牲在碧空。我妈妈悲痛欲绝，写下这首诗悼念三舅，也同时悼念那些亲爱的青年军官，诗句是这样的：

弟弟，我没有适合时代的语言，

来哀悼你的死。

它是时代向你的要求，

简单的，你给了。

这冷酷简单的壮烈是时代的诗，

这沉默的光荣是你。

……

你相信，你也做了，最后一切你交出。

我既完全明白，为何我还为着你哭？

只因你是个孩子却没有留什么给自己。

小时我盼着你的幸福，战时你的安全，

今天你没有儿女牵挂需要抚恤同安慰，

而万千国人像已忘掉，你死是为了谁！

我听着朴实而动人的诗句，一时间觉得有点恍惚。但那些为抗日而牺牲的青年，面目却似乎渐渐清晰……

这时赵干部突然"呼"地站了起来，带着一阵风大踏步走到犯人身前。"啪！"响亮的耳光声将我惊呆了。女犯人脑袋歪在一边，头发散乱地贴在额头，脸上慢慢浮现一个血红的掌印："让你说重点！听不懂我说的话是吗？"

超维

"是,能听懂……"女犯人嘴角溢出血沫,带着屈辱低声回答道。

赵干部大踏步走回写字台后坐了下来,犹自呼哧呼哧喘着气,黑脸上漾起愤怒的红晕。他突然扭头冲我说:"别被她的话所迷惑!她的身份不像你想象的那样简单——实际上,她与日本人有着密切的关系!"

"什么?"我禁不住上下打量那个被铐在椅子上的女人。

## 五

赵干部拉开写字台抽屉,从里面拿出一个牛皮纸档案袋,绕开封口线,抽出一张裱糊过的泛黄纸张,向犯人示意:"你看看这是什么?"

124号犯人睁大眼睛看了一会儿:"是阵亡通知书。"

"谁的?"赵干部厉声道。

"我、我看不清……"女犯人低声说。

"这就是你口中所说的陈大哥,第一个死掉的国民党飞行员的阵亡通知书!"赵干部吼了一声,将那张纸丢到我面前。我借着60瓦灯泡的亮度仔细看着。纸上打着油墨格子,格子里用工整的小楷写着:

姓名:陈桂民

所属部队:第七飞行大队第二十中队

职务:空军中尉

家族名号：广东阳江陈家（二丁堡）

死亡事由：编号甲零十五号飞机对日阻击作战不利坠落

时间：一九三九年六月五日正午

埋葬地点：圆通寺外临时安葬点二

相貌及特征：方脸，颈部有胎记，左侧犬齿

住址：略

"是……陈大哥的阵亡通知书……"女犯人顺从地说道。

"这样的通知书我还有很多。"赵干部拍拍那个牛皮纸档案袋，显得有些许得意，"那么这段事实基本上清楚了，张老师，你也听清楚了吧，这一个段落应该没有什么疑问。"

我犹豫道："是的，这段历史是真实的，但我不明白……"

"那就行，下面讲讲1964年8月份发生的事情吧。"赵干部没有给我发问的机会，摆摆手示意犯人继续。时间跨度一下子从41年跳到64年，我的脑子完全没转过弯来，心中的疑惑已经升高到了顶点。但现在可不是问问题的好时机。我从衣兜里摸出半根卷烟——系主任老严发给我的烟只抽了半根就被我掐灭收了起来，此刻正好派上用场——从烟灰缸里拿起火柴盒，征询地看了赵干部一眼。黑脸男人不置可否地掏出铝箔纸烟盒，拿过火柴盒给自己点了一根过滤嘴香烟。我一看，也坦然点上了香烟。我们两人吞云吐雾，不一会儿就弄得审讯室里烟气缭绕，连灯光都显得昏暗了。

女犯人皱了皱眉头，像是对烟气有点不满，但她还是开口了："1964年8月，我正在……"

| 超维

"不许说出工作场所和工作内容!"赵干部及时喝止了她的陈述。

"知道了。"女犯人考虑了一会儿,似乎在斟酌措辞,"1964年8月10号或者11号,我记得那天应该是个星期天,我正在家中一边听广播,一边缝补丈夫的长裤,突然接到……上级的通知,要我去一趟……工作单位。"

"8月9日,星期日。"赵干部纠正道。

"是的,8月9日星期日。我乘坐公共汽车到达了工作单位,在会客室中见到了那个日本人。他的名字可以说吗?"

"说吧。"赵干部吸了一口烟,把烟头掐灭在烟灰缸里,重新拿起钢笔。

"我见到了来自日本大通株式会社的社长五十州关男先生,和我国有关部门的陪同人员。他是跟随到北京参加友谊赛的日本乒乓球代表队一起来到中国的,他的公司是日本乒乓球队的主要赞助商,因此得到了特批。实际上在1962年廖承志同志与日本方面签署民间贸易备忘录的时候,五十州先生就曾申请赴华开展商业活动,不过当时没有得到允许,直至64年才来到中国。"犯人说道。

赵干部突然冲我一笑,这意义不明的笑容让我觉得有点毛骨悚然:"听好,张老师,她要说到关键的部分了。"

"五十州关男先生说对我们企业生产的某种产品很感兴趣,希望能详细了解一下情况。由于我对该产品比较了解——当然,并非直接负责——并且五十州先生指定由一位女性为他讲解,所以在参观工作单位之后第二天,我带着样品到达他位于北京饭店的套房进行商务洽谈。没想到,在那里他并没有谈商品进出口事宜,而是说起了抗日战争时期的往事。他说他认识我,对我非常熟悉,此生能够再见到我一面，简直是奇迹之中的奇迹。"女犯人平静地叙述道。

赵干部突然从档案袋里抽出一张黑白相片，高高举起来："是不是他？"

"是他。"犯人立刻承认道。

相片是一个头发斑白的亚洲人的半身照，大约五十岁左右年纪，动作拘谨，脸上带着日本人特有的谦逊笑容。"你瞧吧，张老师。"赵干部将相片丢在我面前，正好与二十五年前陈桂民的阵亡通知书摆在一处。我左右一瞧，立刻就发现了他的用意，通知书中对阵亡者的描述是"方脸，颈部有胎记，左侧犬齿"，而相片中的日本人虽然略有发福，但国字脸、犬牙和脖颈上的青色胎记清晰可辨。

"你是说……这个日本人，是已经阵亡二十五年的国民党飞行员？"我震惊道。

"啧，你瞧瞧。"赵干部摊开手，显得有点得意扬扬。

## 六

"……你是说，这名叫作陈桂民的空军飞行员并没有死于坠机事故，而是秘密潜逃至日本，当了一所大企业的经理，然后再回国来找这位……"我的话说了半截，发现不知该用哪个词来代指眼前的女人，叫"同志"显然不妥，叫"小姐"是万万不能，直呼"犯人"又显得不尊敬，不由一时语塞。

幸亏赵干部拾起了话茬："对！这也是我们的猜测。陈桂民死于 1939 年 6 月，当时是 24 岁，他活到今天的话应当是 50 岁，与照

| 超维

片上的日本人吻合。我找当时负责接待外宾的几位同志谈过话了，他说五十州关男无意中曾说过几句中国话——准确地说，是广东话。这个日本人很警觉地立即否认自己会说粤语，但再狡猾的狐狸也斗不过好猎人，他的一举一动都被记录了下来。研究广东话的同志分析录音带后指出，此人说的是粤语的一个分支：阳江话。"

我低头再次观察照片，事实上很难分辨这样一位老人的年纪，说五十岁可以，说六七十岁也没问题。"为何能断定是阳江话呢？仅凭只言片语，没准只是巧合呢？比如一位朋友告诉我，用上海话说'葡萄'这个词的时候，发音和日语中的'葡萄'（ぶどう）一模一样。"我想了想，开口问道。

赵干部严肃地扭头望着我："问得很好，我们不能草率地得出结论，那不是马克思主义、毛泽东思想指导下的唯物辩证主义工作方法。事实上，语言专家举了几个例子，比如有一天北京下起大雨，五十州关男无意中说出了'落水'这个词。普通话说'下雨'，广州话说'落雨'，唯有阳江话会说成'落水'，这是确凿无疑的证据。"

我们对话的过程中，女犯人一直低着头没有说话，也没有针对日本人的身份做出辩解。这时赵干部突然一拍桌子："事实还不够清楚吗？早在抗日战争时期你就与国民党反动派过从密切，这些人无耻地出卖了国家和民族，伪装飞机失事制造死亡的假象，投敌卖国取得了日本人的身份，如今利用你们不可告人的关系重新取得联系，想利用你的职务之便向外传递机密情报！我们已经完全掌握到你勾结外国的犯罪事实，不要再负隅顽抗了，交代全部犯罪内容，不要在错误的路线上越走越远，梁犯！"

赵干部一不留神又叫出了犯人的名字，但我旁听到现在都没搞明白她究竟是做什么工作的。姓赵的家伙是个大嗓门，声音嗡嗡地在空荡荡的审讯室里回荡,小李推开门看了一眼,确认我们都安然无恙后又将门带上。

"我没有犯罪。"女犯人终于开口了,声音相当平静,"我无数次重申过这一点,但你们只用无理取闹的方式一次次逼供,诱导我写下子虚乌有的证言。我没有卖国,我没有背叛祖国和人民,我没有泄露任何机密情报,我无愧于我的岗位,也无愧于党和国家的信任!如果你们只是想将一个无辜的女人长久地关在监牢中,那恭喜,你们的目的已经达到了;但若有万分之一的机会让你们严重匮乏的良心偶然发现,肯听我说出事实的真相,那么我已经做好再次陈述事实的准备——就像之前我多次说过的那样。"

赵干部"砰"地一拍桌子,但这次他将愤怒压抑住了,紧紧闭着嘴巴,额头的一条青筋忽隐忽现。"张老师,"他突然扭头盯着我,阴沉沉的眼光看得我很不舒服,"接下来就需要你来协助我了。"

"当然,当然。"我咽了口唾液,无意识地在纸上画了几条波浪线。

"每次审讯进行到这里,124号犯人都会用一套准备好的说辞来混淆事实。她嘴里的话非常离奇,就连最下作的小说家也编不出来,居然以为我们会相信!"赵干部用脚从桌子底下勾出痰盂,"咳——噗!"狠狠一口浓痰吐了进去,"我们使用了公安部最新研制的高精尖设备:微电子测谎仪对她进行了探测,也找来医院的精神科专家对她进行过评估,得出的结论是精神完全正常,也并没有说谎。等一下你就会觉得好笑了,张老师……她竟然真的相信那一套乱七八糟的玩意儿!"

我谨慎地点点头,说:"那么,要我做的是找出她话里的漏洞,证明她即将说出的事情全部是谎言,对吗?"

"那不是最终目的,不过你可以这样理解。"赵干部扭动身体

超维 ——

摆出一个舒适的坐姿,双手不安定地敲着桌子,冷冷开口道:"开始吧。"

女犯人抬头望着灯泡里明亮的钨丝,表情宁静地开始陈述。我拿着钢笔在信纸上写下一个"1964 年"。事实上,我也不知道为什么要这么做,或许只是想装作记录什么,以缓解屋里紧张而神秘的气氛吧。

## 七

124 号犯人说道:"1964 年 8 月 9 日,我在北京饭店的一间客房中与五十州关男先生会面。由于谈话的内容可能涉及国家机密,几位陪同人员在外屋等候。我们关上屋门,在套间的内室对坐交谈。我将产品资料摆放在咖啡桌上,但五十州先生用他的礼帽盖住了那几张铜版纸,弯下身子凑近我说:'你认不出我了吗,小得螺?'

"'得螺'是昆明方言中'陀螺'的意思。在昆明居住的那段日子,八位空军学校学员看我喜欢穿着花裙子转圈,就为我起了这个外号。二十多年来我早已忘记这个字眼,没想到竟由一位日本客商的口中说出来,当时我吓了一跳,失手碰洒了杯中的咖啡。'你果然忘记我了,小得螺。'五十州先生并没有惋惜他那被咖啡弄污的礼帽,而是很惆怅地望着我,眼神中有一种奇怪的失望之色,'也难怪,都过去这么多年了,我老了,你也早不是小女孩了。'

"他说的是带着南方口音的普通话。这种口音、阔别已久的外号和他颈上那飞鸟形状的青色胎记一下子唤醒了我的记忆,但我无论如何没办法相信眼前的日本商人竟是二十多年前牺牲的中国飞行员,我那早夭的异姓兄长。'五十州先生,您……您认识陈大哥吗?'当时我这样问道。

"'我就是陈大哥啊,小得螺!'他脸上浮现狂喜之色,我从没在一个人的脸上看到过那么喜悦的神采,在这一刻坐在咖啡桌对面的不再是个白发苍苍的日本客商,而是一个激动的、雀跃的、喜极而泣的中国青年。'我等这一刻等了好多年了,小得螺!这下得好好跟你聊聊!'他揉揉发红的眼睛,捉住我的手,笑着流着泪同我说话。

"我的心情非常复杂,但随着时间流逝,我心中的惊讶和怀疑逐渐消解,最终放下了警戒。我花了整整十分钟与他谈论昆明郊外的往事,对我记忆中已经模糊的微小细节他都能娓娓道来。有些事,是只有陈大哥本人才可能知道的。我终于确认,这位五十州关男先生,就是二十多年前死于空难的空军学校第七期学员陈桂民大哥。'陈大哥,你是怎么从飞机失事中幸存的?又为何换了日本名字?你一直生活在日本吗?为何不回国呢?'一旦消除怀疑,被埋藏多年的情感就迸发而出,我惊喜地反握住他的手,连珠问道。

"'飞机并没有失事。'陈大哥叹了口气,眼神望着照在地毯上的阳光,'那只是一个障眼法,小得螺。你们全家、我所有的同僚与朋友、甚至德国飞行教官都被蒙在鼓里。我与七名同僚加入了一次绝密的任务,这次任务是由委员长直接指派给我们的,就连飞行大队的指挥官都无权干涉我们的行动。'

"'你是说,其他七位大哥也都没有死?'我惊喜地叫道。

"陈大哥慢慢摇了摇头,端起冷掉的咖啡喝了一口,苦笑道:'事情说来话长,不能简单用生与死来概括,容我慢慢讲给你听。不过

| 超维

在讲故事之前,有一个人你一定要见一见,可不要过分激动,小得螺。'

"他说着话,站起来打开了卫生间的门。一个黑头发的男人走了出来,他大约三四十岁年纪,身材笔挺,眼神发亮,笑容和煦,既英俊又文雅。这次我直接认出了他,'黄大哥!'我不敢相信地捂住嘴巴。

"黄大哥就是在那个凄风冷雨的夜里拉起小提琴奏出《圣母颂》的提琴手,他的死亡通知书在我们举家迁至四川李庄之后才送来,是八位学员中第三个传来噩耗的——他竟也活着!我惊喜不已地跳起来,却立刻又感到莫名的恐惧:黄大哥与陈大哥年纪相当,如果活到今天,也应该是五十岁的人了,但为何他看起来会如此年轻?我的眼光在两个男人身上来回移动,不由自主攥紧了衣角。

"'别怕,小得螺。'陈大哥安抚我道,'我活着,他也活着,只是差了几岁年纪,其中缘故,我现在就说给你听。1939 年 5 月份,日本鬼子的飞机在昆明城上空飞来飞去,我们没有足够的飞机和燃油与他们对抗,只能像老鼠一样缩在洞里等空袭警报过去。突然,传令兵过来点我们八人前往司令部报道。当时我们不知道是什么事,但委员长的传召可是千载难逢的事情,除了在画片上,我们还没亲眼见过这位大人物哩!'"

正在这时,赵干部突然喝止了犯人的陈述:"停一下!张老师,这个委员长是说反动派头子蒋介石吗?"

我想了想,答道:"我想不是的,应该指的是中华民国航空委员会主任周至柔。当时还没有空军总司令这个职位,掌握空军作战指挥权的前敌总指挥毛邦初与负责全国空军事务的周至柔是空军的实际指挥者。两人分属不同派系,互相多有倾轧。周当时在昆明统帅空军大队,兼任中央航校校长。不过这些学员的叫法是错误的,航空委员会的委员长由蒋介石本人兼任,周至柔应该被称为'校长'或'主任'。我不知这算是个纰漏,还是当时一种通行的称呼方法。"

"啊哈!"赵干部亢奋地双手一拍桌面,像只盯住猎物的大蛤蟆似的趴在写字台上望着犯人,"瞧瞧,专家同志一下子就发现问题了!你还想继续说下去吗?那只会让你的马脚越露越多!"

124号犯人有点奇怪地望着我们:"我不知道正确与否,当时陈大哥就是这么说的。他接下来说:'传令兵不让我们和中队长汇报,直接领着我们到了空军司令部。委员长正在里面等着,他是个很严厉的人,但说出的话很和蔼。他发了几张油印纸给我们,上面写着一些坐标、高度,下面印着一张地图。那是距离昆明三十千米的一处山区,我们都看懂了地图,只是不明白要干什么。委员长接着作出一场激动人心的演讲,宣布我们八人将执行绝密任务,从今天起脱离第七飞行大队二十中队的编制,直接由特别委员会管理。我们八人将配备最新型的飞机,依次执行任务,任务时间不确定,但最近的一次,将在六月份。我们抽签决定了顺序,执行首次任务的将是我。我们都很紧张激动,委员长拉着我们的手,感谢我们为了中华的未来不惜牺牲生命沥血奋战,我们也都喊出响亮的口号,表明决心。'

"我非常奇怪,不由问:'究竟是什么任务?到山区里做什么?'

"他们两人对视一眼,陈大哥点点头,由黄大哥代为回答道:'小得螺,如今告诉你也没关系了,这次我们回国与你见面,不仅是想与故人重逢,也想让这件事流传出去,让世人知晓,毕竟我们已经独自承担太久了。那山里……藏着一个天大的秘密,为了这个秘密,委员长不惜冒着危险从重庆飞来。'"

听到这里,我突然"啊"的一声叫出口,笔尖噗地把信纸戳出一个洞来。我刚才的分析完全错误了,犯人转述的对话中提到的"从重庆飞来"的委员长应该就是国民党军事委员会委员长蒋介石本人!1937年底国民政府迁都重庆,1939年5月1日,蒋介石刚刚在重庆发表了著名的南昌督战令,限令五天之内攻克南昌城。从时间上来看,他在五月份偷偷飞往昆明是有可能的,但究竟什么机密任务能令国民党"委座"冒着战火亲临空军基地,亲自接见八名年轻的空军军官?昆明郊区的山区中到底藏着什么样的秘密?

"怎么了?"赵干部瞧了我一眼。

"没、没事。有点热……"我把额头的冷汗当作热汗,顺势脱掉了身上的夹袄。

## 八

敲门声响起,小李提着暖壶走进来,给我们一人沏了杯浓浓的酽茶。抿了一口茶水,才发觉自己早已口干舌燥,身体有些疲惫。赵干部的手表显示时间已经过去了一个半小时。

"给她也倒一杯水。"赵干部指一指犯人,小李找个搪瓷缸子倒了一缸滚烫的开水端过去,一把塞进女犯人手里。"……谢谢。"124号犯人很有礼貌地说道。小李从鼻孔里冷冷哼了一声。

门关上了。"继续。"赵干部又点了根烟,说。

"是的。黄大哥说:'委员长没有细说,很快便离开了,校长走进来继续说明情况……'"

听到"校长"两个字,赵干部向我投来疑惑的眼光,我装作没有察觉，用茶缸掩着脸默不作声。

"'校长说我们即将执行的任务，是世界军事史上前所未有的壮举，我们将用血肉之躯，创下中华民族雄壮不屈的光辉未来——我们将驾着飞机飞往日本，对东京的战略目标展开突袭。'"女犯人抿了一口开水，说道。

我脑中浮现出一段资料，立时伸手叫停："轰炸日本吗？这个我倒知道。国民党早在1936年就制订计划准备轰炸日本佐世保、横须贺基地及东京、大阪等城市，但随后在对日作战中折损了所有的大型轰炸机，计划被迫叫停。到1938年，外国援助的马丁139型轰炸机来到中国，1938年5月份，两架轰炸机从汉口起飞，轰炸了长崎、福冈等日本城市，但由于航程过长，炸弹舱都被改造成了油箱，中国轰炸机最终没能投下炸弹，只是撒下了几百万份传单。尽管如此，这也是整个抗日战争中中国唯一一次轰炸日本本土的壮举。那些传单上写着'尔国侵略中国，罪恶深重。尔再不逊，则百万传单将变为千吨炸弹，尔再戒之。'确实是令中国军民扬眉吐气的一幕！"

赵干部没有插话。女犯人点了点头，又摇了摇头，说："他们说的轰炸东京也是这种战略的一部分，但并非由东海飞去，而是从昆明的山区直接飞到东京上空。他们说，科学人员发现了一个神奇的裂口，从那个裂口进入，就可以在东京出现。而他们的目标也并非军事基地，而是日本天皇皇宫。"

这惊世骇俗的言语让我呆住了，久久不能出声。赵干部带着一副"早知如此"的神情瞟我一眼，"瞧瞧，我第一次听到这些屁话的时候也是这副模样。现在是什么时代了？是二十世纪中叶了，是科学的时代了！你说的这些根本就不符合科学理论！一派胡言！"

"我没有说谎。"犯人执着地强调着，"当时的军队内部确实

| 超维 ———•

掌握了这一信息,如果你查阅当时的机密档案的话,一定可以……"

"我查了,查了!"赵干部突然拉开抽屉,取出另一个档案袋"啪"地拍在桌上。他打开牛皮纸袋,抽出一个泛黄的旧式信封,信封里是几页边缘残缺的信纸,看格式像是国民党时期机关往来的公函。"这就是你所说的证据!我从档案馆中调出的有关资料,同样是一派胡言!这是国民党反动派在穷途末路的时候发疯写下的!张老师,你来评判一下。"他将信纸推了过来,同时视线不自觉地回避那几张薄纸,像是上面写着什么挑战他人生观价值观的东西。

我镇定一下心情,展平信纸慢慢读起来。改用简化字已经有些年头,虽然历史系教师免不了要在故纸堆中流连,可看惯了简体字,再看繁体字多少有点不习惯。这封公函的发信机关是国民政府军事委员会调查统计局第二处,也就是后世俗称的军统局的前身,是当时中华民国的主要情报机关。收信方是中华民国航空委员会(昆明航校)周至柔(少将)。我的手指拂过显眼的"绝密"二字,心跳不由得加快起来。信中写道:

军座钧鉴:

　　前奉电密召(此处残缺)证此事,果为蓝色甲十五型防空气球,编号零零零一三四,实物力持保留,未能办到,唯留小照,同函发至。局座谓此事诡谲异常,谨将管见所及,一一陈之,烦诸事谨慎,具报备查为要。局座不日将(此处残缺)饬奉令协助,详加观察,以观后效。

　　此致

军事委员会调查统计局第二处　毛<br>中华民国二十六年九月四日

从落款来看,写信人是国民党谍报系统的重要人物毛人凤。他信中所称"局座"应当是军统局长戴笠。毛人凤写信的口气相当恭谨,虽然当时周至柔只是区区少将,但蒋介石设定空军军衔高出陆军两级,因此周至柔实际上拥有陆军二级上将军衔,用"军座"一词也不算过分。

信中提到了一个蓝色防空气球的事情,除此之外没什么特别。我小心翼翼折好信纸交还赵干部:"公函本身没什么问题,可是没头没尾的,相当不明白。"

这时女犯人开口道:"蓝色气球是一切的开始。他们对我说,有一天,日军在日本东京中心护城河附近捡到一个坠落的蓝色军用气球,不知是从何处飞来的,日本国内没有使用类似型号的记录。军统局的特务注意到这一情况,将信息传至国内。空军系统大吃一惊,因为那枚气球正是英国援助中国的十五枚防空气球之一。这种挂着金属丝的大型气球是一种防御俯冲轰炸机的对空武器,一天前刚刚在昆明基地进行试飞,试飞时刮起大风,一枚气球扯断金属线飘向山区,消失在崇山峻岭间,没想到竟在遥远的日本东京出现了。

"随后空军要求军统局传回气球的详细情报——就像你们看到的那样——东京气球的编号与昆明丢失的气球是一致的。一枚气球,在二十四小时内飞越接近四千千米的距离,无论从哪个角度来看都是不可能的事情。但证据确确实实摆在眼前,这让空军主官伤透了脑筋。最终他们决定在类似的天气条件下再次放飞气球,并派遣战斗机加以跟踪。这次同样刮起大风,随风飘荡的气球一直向东北方飞去,飘出四十多千米后,坠落在一座名为'野猫山'的山谷中。战斗机飞行员亲眼看见气球在坠落的中途突然消失,就像空气中有一张无形的嘴巴将其吞噬进去。他不明白看到什么事情,在地图上

| 超维 ——

标记了这个地点之后立刻返航。

"这次气球在距离东京城中心较远的荒川区出现,有几个当地人目击了蓝色气球突然出现在无云的晴空并坠落在地的景象。气球从国内消失、在日本出现的时间间隔只有短短七分钟。情报得到确认。毫无疑问,昆明东北郊外的野猫山上空有一个连接中国与日本的神秘隧道。只要穿过这里,遥远的时间与空间距离就不复存在,日本东京其实近在咫尺。"

女犯人说到这里,端起茶杯润了润嘴唇。屋里突然静了下来。我后背觉得一阵又一阵阴冷。60瓦灯泡的光芒,也在这匪夷所思的往事中显得鬼气森森。

## 九

赵干部抿着嘴巴,端起茶缸喝了一口茶,茶水流经喉结的"咕咚"声在寂静的室内显得非常响亮。

我艰难地开口,语声艰涩得像粗糙粉笔划过黑板:"你是说,气球掉进昆明野猫山上方的那个洞口,七分钟之后就在东京荒川区出现?"

女犯人点点头,说:"是的,就像我之前多次重申的那样,这并非我的臆造,而是中国抗日战争中一段极少人知的秘史。实际上从科学的角度来说,这种现象是有可能的。如果你们学习过高等物理学,那么一定知道相对论描述过这种连接两个时空的狭窄隧道,它被称作'爱因斯坦——罗森桥'。尽管未曾在任何实验中证实其存在性,但野猫山——东京桥在1939年确实曾经存在,我毫不怀疑这一点。

她所说的话我听不太懂，赵干部看来也缺乏相关知识，可不同于我的尴尬，他反而理直气壮地伸手指着女囚犯骂道："124号！老实交代你的特务问题！不要避重就轻！你要认清现在的局势！"

"知道了。"女犯人抿了抿嘴，继续说道，"第三只防空气球被昆明飞行大队释放出去。这一次气球上附带了秘文消息，还有一枚计时准确、上足了发条的怀表。气球同样在野猫山上空消失，两个多小时后，在东京千代田区被日本军警发现。这一次军统的特务没能接近气球残骸，只传回了几张远距离拍摄的照片，照片上显示了正确的秘文信息和怀表的读数，怀表还在走动，只是慢了两个小时零十一分钟。试验成功了，尽管无法解释这两段丢失的时间（七分钟和两小时零十一分钟），但通过这个隐秘的通道向东京输送物品是切实可行的。气球第一次与第三次出现的地点都在千代田区，作为日本东京的政治核心，这里遍布着天皇皇居、日本国会、最高裁判所、中央省厅等目标，无疑是最好的打击对象。

"国民党高层对此事非常重视，就像张老师说的那样——是张老师对吗？好的，谢谢你——他们很早以前就在规划突袭日本东京，可限于轰炸机的匮乏与航程的局限，投入全部精力也只能发动不痛不痒的传单攻势。野猫山——东京桥的发现给了他们新的希望。1939年，华夏大地在日军铁蹄下呻吟的存亡时刻，对东京的一次轰炸定能大幅度提升民族自信心，对战局造成不可估量的正面影响。

"这个计划并没有正式命名，野猫山——东京桥的存在是极度保密的，知情人只有寥寥几位国民党高层与昆明飞行大队的几位飞行员，当时的局势不容缜密部署。空军方面选定了第七飞行大队第二十中队的八名优秀年轻军官参与计划。他们，也就是我的八位大哥，凭着一腔热血，勇敢地揽下了这充满未知危险、九死一生的轰炸任务。

| 超维

他们的目标很简单：驾驶经过改装的霍克3型战斗机轰炸日本昭和天皇皇居。霍克3型飞机是昆明空军基地当时最先进的机型，虽然载弹量远比不上轰炸机，但拆除副油箱、挂满凝固汽油弹之后，这些仅保留了数十千米续航能力的飞机也能成为非常可怕的对地武器。突然出现在千代田区空域的战斗机不可能遭到敌机拦截，这些勇敢的飞行员根本不曾考虑脱离或返航，唯一要做的，就是对照地图找到皇居的方位，向这个战争罪犯的宅邸狠狠投下中国上亿军民的怒火。

"目标的选择是经过详细论证的。国民党高层认为中国作为被侵略的一方，必须以极端手段展示自己的力量。"

炸毁天皇皇居，刺杀日本首脑！谁能想到充满屈辱的抗日战争史中曾经出现过这样疯狂的计划？女犯人说出的话让我心潮澎湃，浑身上下不由自主泛起战栗。我端起茶杯大口喝水，以此掩饰自己的失态，赵干部吸着卷烟，似乎有点出神。

中国近代史、特别是抗日战争史是我的研究方向，多少次我在宿舍清冷的烛光下掩卷而泣，为祖国备受侵略而悲伤；又有多少次我怒而长歌，恨不能投笔从戎，为国捐躯！女犯人讲述的往事对我来说无疑是颠覆性的。我不由屏住呼吸，等待她继续讲述，但同时我也很清楚，这个计划显然未能奏效——天皇皇居至今屹立不倒，就算在1945年的东京大轰炸中也安然无恙。

"他们八人都留下遗书，深知自己将一去不回，却毫无畏惧，坦然踏上征途。陈大哥是第一个出发的。1964年的北京饭店里，头发花白的陈大哥这样说道：'那天日落的时候，日本人的飞机丢光了炸弹，终于返航了。我喝下一碗壮行酒，摔碎酒碗，与同僚和长官挥手告别，登上了我的霍克3型飞机。这架飞机的性能很好，虽然陪伴我只有短短三个月，但我已经熟知她它的脾气，它也用最好的状态迎接着我。航线早已经背熟，我从机场起飞后一直向东北方低飞，时刻注意日本飞机的动向。没一会儿，便到了野猫山上空。太阳西下，能见度很差，我比照航线图，发觉前面就是那个什么桥的入口了，可眼睛看不到什么异状，山间起了一些雾。我想稍微升高一些，穿过那团雾气之后再掉头回来寻找入口。可是……'

"说到这当口，陈大哥停顿了一下，黄大哥站在他身旁，拍了拍他的肩膀：'没事的，都过去了，桂民。'看起来两个人差了许多年纪，可依旧用着旧日的称呼，这种感觉非常奇怪。

"陈大哥脸上有点迷茫的神色，接着说：'我穿过雾气，飞机有一些震动，但仪表参数完全正常。我感觉飞了有一分钟的样子，一飞出那团雾，我立刻觉得四周明亮了不少，风的味道改变了。你知道，风是有味道的，小得螺，昆明的风与东京的风，完全就不是一个味道。我低头一看，下面是很多小屋子、沟渠和稻田，许多种田的人停下手里的活儿，抬起头望着我，还发出欢呼的声音。我立刻就知道，我到了日本了，中国人听到飞机声躲都来不及，哪里还敢站着看？我立刻观察参照物，拿出东京附近的地图来比对，却怎么也找不到自己的位置，花了好久才在另一张地图上发现，我出来的地方根本不在东京，而在千叶县的山区。那里距离东京千代田有上百千米的距离哩！'

"'谁能想到会有这么大的偏差？我立刻加速向东京飞去。不知为什么，巡逻的日本飞机开始出现。为了躲避日本战机我飞得很低，但这样就格外耗费燃油。本来油量就不足，在距离东京二十千米的地方，燃油完全耗光了，我被迫在一处山坳里迫降下来。我的本意是与战机一同毁灭，以血殉国，可燃烧弹爆炸的气浪将我抛了出去，晕在地上。听到爆炸声赶来的村人把我当作日本人救了回去。醒了之后，他们喂我吃、给我穿，说着我听不懂的话，我只能假装

| 超维

脑部受伤失去语言能力,暂且在那个小村里住了下来。出发前,为了避免计划败露,我们的飞机除去了一切番号和钢印,我身上穿的也是普通的便装,没有携带什么身份证明。他们没有怀疑我的身份,日子一久,我学会了日语,就以战争移民的身份苟活在东京近郊的小山村。'说到这段日子,陈大哥显得非常惭愧,'我知道我胆小、该死,可那不光因为我惜命,而是另有缘由。'他咽了口口水,脸上出现恐惧的表情,'——我发现,我出现的那天,已经是1942年!'"

"什么?"我不禁惊呼出声。

赵干部立刻叫停道:"等一下。张老师,她说的话中有什么漏洞没有?"

我抹去鼻尖的汗水,稳定一下情绪,说道:"不不,我只是感到惊奇……偏离一百千米的空间,消失两年多的时间,这些我不懂。她提到东京上空有战斗机在巡逻,那可能是因为1942年4月18日美国杜立德将军驾驶B25轰炸机对日本进行长途奔袭轰炸、日军方面提高警惕性的关系。这次突如其来的轰炸让日军领悟到日本本土并不是绝对安全的,但大部分的日本平民还没有意识到战局正开始改变方向。她的描述基本上是合理的。"

赵干部抬起眉毛瞟了我一眼,咳嗽一声,说:"继续交代吧!"


十


"陈大哥说:'我只是在雾气中飞了片刻,怎么时间就过了两年多?我吓坏了,不知道发生了什么。同时我也想到,其他人预定在我之后飞入野猫山入口,他们会在什么时候出来?我天天在等待他们的消息,可是日子一天一天过去,没有任何迹象出现。直到1945年的一天。那时我正在一间食堂做工,已经有了一个日本名字,做着不起眼的工作,不敢再想以前的事情。我每天在噩梦里惊醒,听到有人在骂我汉奸、卖国贼,可我必须活下去,因为发生在我身上的事情太不寻常了。我必须在这个异乡等待同僚们出现,问问他们到底是怎么回事。'

"'那天美国的飞机布满天空,东京变成了一片火海,我所在的郊区小镇并没有遭到破坏,但所有人都哭着逃走,因为火势已经越来越大,眼看就要烧过来了。我呆呆地站着,看天边的火变成了一个龙卷,呼呼地把东京烧成平地。'"

我点头肯定道:"那是1945年3月10日,美军的B29轰炸机向东京投下两千吨燃烧弹,造成举世闻名的东京大火。但当时麦克阿瑟将军认为日本已经是强弩之末,为了避免天皇驾崩激起日本人的武士道精神,轰炸机专门避开了日本天皇皇居。"

女犯人轻呼一声:"啊,你说得对。陈大哥也是这样说的:'美国的飞机没有轰炸天皇皇居,因为广播里一直在播放天皇安然无恙的消息。我开始随着人流向外逃跑,可这时,我看到了一架老式双翼飞机孤零零地飞向起火的方向,那种机型既不属于日本,也不属于美国,而分明是当年我们的霍克3飞机!我立刻知道,那是从野猫山飞来的下一位飞行员,没想到在我之后三年方才出现。我大声喊叫,挥舞衣服,可天上的人哪能看到地上的人呢?飞机在风里摇摇晃晃,迎着漫天的火光径直飞向东京城中心的方向,最终被火的龙卷吞没,再也看不到了。'

"陈大哥说着,从怀中摸出一个小药盒,吞了一粒药下去。黄

| 超维

大哥接着说道:'驾驶那架飞机的,就是我们八人之中言语最少、性子最直的叶鹏飞,他在桂民出发的一个月之后驾机出击,却在1945年才到达日本。他没能完成任务,是因为火灾旋风而失速坠毁,牺牲在那场大火中。'

"听到这里,我实在按捺不住心中的好奇与恐惧:'啊,那不是他起飞之后已足足过去五年多?黄大哥,你是第三个出发的对吗?你是什么时候到日本的?'

"黄大哥苦笑道:'是的,我于1940年初第三个驾机起飞,穿过迷雾的短短一下子,却花了我十一年时间。我出现在东京的时候已经是1951年。驾驶着飞机在城市上空飞行,我觉得眼前的一切都与想象中不同:地图失去了作用,东京的样子完全改变了,空气清明,街巷安静,但整个城市笼罩着破败而低沉的气氛。我在一栋建筑上看到了'审判战争犯'的横幅。当时我突然明白,原来战争已经结束了!我在一个无人的农场迫降下来,凭借我当年自学的日语询问当地居民,才知道战争早已结束了六年之久,如今的日本只是个千疮百孔、百废待兴的战败国。我的存在突然变得毫无意义,一个驾机飞来宣泄仇恨的军人,在和平年代又该如何存身呢?'

"'多年以来,一看到关于老式飞机迫降的消息,我就赶紧过去看看,没想到真的见到了故人。'陈大哥插话道,'我一眼就认出了黄栋权,可栋权却认不出我。这也难怪,他还是二十岁风华正茂的青年,而我却成了近四十岁的中年人,因为生活艰辛,连头发也开始变白了。花了老大的工夫,才与故友相认。我说服他随着我在日本暂且存身,我们成了年纪悬殊的同龄兄弟。'

"黄大哥道:'我们处理掉了战斗机,在东京安顿下来。我多少次想要寻死,而桂民教导我说,我们是被国家、被世界、被时间遗忘的人，中国也已经是新的中国。在这个星球上没有人还会记得我们的存在，但只要有一位飞行员还没有来到日本，我们就有活下去的理由。必须忍辱负重、继续等待！'

"这时两位大哥齐齐叹了一口气：'到1959年，果然又有一架霍克3型飞机出现，但这次通道的出口在山区，飞机刚驶出就迎面撞上山峰，摔得粉碎。等军警到达时，飞机已经被燃烧弹彻底烧成灰烬。就这样，我们失去了一位阔别已久的兄弟——而对他来说，是出师未捷的刹那而已吧！'

"他们的眼圈红了，我的眼圈也红了：'陈大哥，黄大哥，谁能知道你们经历了这样的事情呢？你们这次回国，为的就是把这件事告诉我吗？'我拉住他们的手问道。

"'是，也不是，小得螺。'他们说道，'我们现在以日本人的身份活着，但骨子里，我们还是流着炎黄之血的中国人啊！日本毕竟不是家乡，现在红色旗帜飘扬在北京，我们朝思暮想着回到这块土地。但我们不能。不知何时，我们八人中的下一位就会驾着双翼战机出现在东京的蓝天里。如果他如我般懦弱，或者如黄栋权般敏感，会放弃袭击日本天皇皇居的使命，那么自然最好，但下一位执行任务的是我们之中最刚烈的飞行员李从权。他必定会按照命令，向天皇皇居投下来自二十年前的、却崭新无比的燃烧弹！尽管我们对日本怀着深刻的仇恨，但在和平年代，这样做不啻重新发动一场战争，那样，我们将成为历史的罪人！我们必须找到办法，随时准备告知下一位飞行员现在的国际局势，阻止他做出错事。但同时，如果中国与日本的战争再次开始的话，即使是一架二十年前的老式飞机，也能成为插向日本心脏的一柄利剑！'

"他们的眼中像多年前一样发着光。'小得螺，'他们又说，'我们将这件事告诉你,是怕如果我们遇到什么意外,这件事就会永远被历史忘记。所以答应我们,当有一天,一封来自日本的讣告寄到你面前的时候,你要抛下一切立刻飞往那个国家,继续我们未完成的使命!'

"'为什么是我,陈大哥,黄大哥?'我震惊地问道。

"'因为你是我们唯一信任的人,唯一能够托付的人——唯一爱过的人。'他们回答。"

女犯人垂下眼帘,缓缓平复略有急促的呼吸。我看不清她的眼中是否有泪光闪动,可我的茶水确实在泛起涟漪。她说的话在我心中引起了巨大的共鸣,不知为什么,我毫无保留地相信了她说的话,即使那听起来荒诞无比:"赵同志。"我沉吟一下,低下头开口道,"……我没发现什么漏洞,对不起。"

## 十一

赵干部的额头有些汗水,他从衣兜里掏出一方手帕擦拭了一下,将手帕叠好收起,掐灭烟头,说:"这就是你要交代的吗?124号。"

"是的,说完这些话之后,我们抱头痛哭一场,陈大哥与黄大哥就离开了中国,此后我再没见过他们——当然,在监狱里见到外人的机会也不多。"女犯人抬起头,带点讽刺地说。

"你仍然否定你的一切卖国行为吗?你知道负隅顽抗、拒不交代问题的下场吗?还是宁肯用这种神话般的故事来掩盖里通外国、出卖我国关键技术情报的事实吗?"赵干部冷冷地说。

"我是一名共产党员。"犯人说完这一句，就不再说话。

赵干部嘿嘿冷笑，"那你更应该明白人民民主专政的定义。一切反抗社会主义革命和敌视、破坏社会主义建设的社会势力和社会集团，都是人民的敌人，敌我之间的矛盾，是对抗性的矛盾。什么是对抗性的矛盾？那是只有采取外部冲突形式才能解决的矛盾。你既然不愿回到人民的行列里来，那么我们对专政对象也绝不留情！"

"其实你也相信我说的故事了，只是不愿去接受你相信的这个事实。"女犯人突然开口道，"不然你不会去档案馆调出那份国民党公函，也不会找一位大学历史系教师来验证我叙述的真实性。现在终于打算使用暴力了吗？那只能代表你输了，只能用暴力来掩饰内心的虚弱了。你动摇了，你输了……赵有财。"

赵干部猛地站了起来，眼神闪烁不定，黑脸上布满汗珠。我不知这时该做些什么好，刚拉开折叠椅站起，赵干部就大吼一声："你出去！张老师，谢谢！小李会送你回去！别忘记你签署的保密协议！"

"是的，我这就走，赵有财同志。"不知为何，我也情不自禁地使用了刚刚得知的全名。这个名字像箭头一样锋利，将"干部"这一词筑起的威严墙壁轰然穿透。

"出去！"姓赵的男人解开了风纪扣，露出通红的粗壮脖颈，凶恶地咆哮着。

小李冲了进来，我夹起公文包走向门外。响亮的耳光声响起，女犯人倒在地上，脸上多出一只穿着军用胶鞋的脚。

楼道里灯光明亮，这座监狱温暖如春。我加快脚步，跨出装潢考究的204——丁字号小楼，在冰冷的空气中做了一个长长的深呼吸，让灌入肺部的冷空气平复我的情绪，然后缓缓抬起头，仰望静谧无

229

比的山区夜空。

　　故事开始得那样缠绵，又结束得那样突然。我所看到的满天星光里，会不会下一秒就有二十年前的英灵出现？

## 十二

　　我等了很久，几乎冻僵。小李终于出现，开着那辆黑色伏尔加轿车将我送回大学。一路上他一句话都没有说，看起来跟初见面时那个腼腆的小伙儿一点都不一样。

　　第二天，严主任很惊奇地发现我出现在教研室内，但他知道有保密协议在，什么话都没有问。

　　那座监狱、姓赵的干部和有姓无名的女犯人，再也没有出现在我的生命中。她还有许多话没有说，这个故事也并不完整。我还想听到更多关于八位飞行员的事情，野猫山——东京隧道现在还存在吗？国民党空军飞行大队将一位又一位青年军官送入隧道，却迟迟不见他们在东京出现，不曾感到费解吗？陈桂民出现后是否受到了军统的注意？是1942年以后这些飞蛾扑火般的老式飞机已经失去了价值，还是国民党高层选择将这段疯狂的历史遗忘？陈桂民与黄栋权后来是否在日本怀揣使命坚强地生活下去？如果124号犯人不曾出狱，一旦这两位飞行员故去，又由谁来担起这份奇诡的重担？

　　此后我的人生与这段故事再无干涉。十年动荡的日子结束之后，我娶妻生子，慢慢变老。

　　一些问题得到了解答。1970年，在报纸的边角出现这样一则消息：日本东京一架用于表演的老式双翼飞机不幸坠毁，几间民房被毁，所幸无人伤亡。

翌年，广播里传来一位因卖国罪行而被判刑的梁姓高级工程师得到平反、开释出狱的消息。

1984年，在历史系大办公室的黑白电视上我看到一条新闻：日本大通株式会社的巨型充气飞艇由于事故迫降在一栋大楼楼顶，事故原因不明，社长五十州关男亲自向民众道歉。

到2002年，网上有一则流言引起了我的注意：日本东京航展召开盛大的飞行表演，十三架旧式双翼飞机编队通过城市上空，让全城市民得以大饱眼福——十三，这真是个好数字。要我猜，第十三架飞机应该要比其他飞机新一点才对吧？

十三

后来我计算了一下，飞行员出现在日本的时间分别是1942年、1945年、1951年、1959年、1970年、1984年、2002年，如果以1940年为基准点的话，他们耗费在野猫山——东京桥上的时间分别是2年、5年、11年、19年、30年、44年、62年。我不是数学家，不过这个数列是有规律的，如果没算错的话，下一架飞机，也是最后一架飞机，由当年最闪耀的王牌飞行员林耀上校驾驶的第八架霍克3型战斗机将在2025年出现在日本东京。

当你们看到这封信的时候，我大概已经去世了，希望我在突然离世的时候，袜子上不要有破洞，那是我这辈子最害怕的事情之一。

| 超维

不知为什么，破洞总是自然而然地出现在脚后跟部位。这么长的一封信，不知你们是否有耐心从头看到尾。看完了之后，你们或许又会骂我，因为这是个没头没尾的半吊子故事。

可就像信的开头我说过的那样，这段历史不应该与我一起被装进骨灰盒。希望你们以自己的学识、智慧和人格做出判断，决定是否将这段历史公之于众。但无论如何，请别在2025年之前做出决定，这是属于八位年轻军官的战斗，对他们来说，战斗还未曾结束，他们还将全力履行数十年前的报国使命，犹如一把达摩克利斯之剑，悬在日本上空……

不要对他们妄加判断。无论结局怎样，从驾机驶入通道的那一刻起，他们就成了抗日战争史上最勇敢的英雄。即使是陈桂民、后来的日本商人五十州关男，他不也在以自己的方式继续奋斗着吗？难道你们没有发现，他名字就来源于李贺《南园十三首》那动人心魄的诗句吗？

写完这一封长信，我的心中终于得到解脱。八位飞行员的故事是我此生三个最大的包袱之一。放下沉重包袱的感觉非常美好，带着较轻的包袱走入坟墓，也变得没那么困难了。如果你们能在外人吊唁前换好我的袜子，那么我就仅余一个包袱——但那没什么，在那疯狂的时代湮灭于隐秘监狱中的人，绝不止124号一人吧？她只是生错了时代。对，她应当活在那个烽烟缭乱、但人心赤诚的时代。

如此如此。

就此住笔。

阿缺 ● 江河流殇
　　　跨越时空的爱恋

# 超维

## 一

江川足下：

……匆匆返家，得信于池畔，心稍宽。

足下信中详绘奇境，种种神幻，翔天潜海皆可为之，恐不啻神宫仙境。吾与足下知交三载，信往逾百，知足下素来辞恳意切，向不轻薄，是以虽不信，犹不疑。倘亲眼见之，自当知晓。

然两地睽违，恐此愿终不得偿，每念至此，心憾不可抑。

舒原敬票　四月初一

江川走进幽辞馆时，老头正在看书。青褐色的书桌旁，一壶茶正被文火慢煮，壶肚里传来咕噜轻响，袅袅水汽自壶嘴升起，让馆内弥漫着隐约的香气。江川合上背后的门，喧闹嘈杂立刻被滤去。

"每次进来，就像进了另一个世界。"江川走到书桌前，"有时候想起来，老头你真会享受。"

老头抬起脑袋，笑了笑："你又来了，这次还是要我给你译成古文吧？"

"嗯，不然我也没其他的事。我可静不下心，能把一本书看完，尤其是纸质书。"江川把信拿出来，放到书桌中间，然后坐到一张楠木圈椅上，惬意地把背靠上去，"你在看什么书？"

"一本词集。"老头把书合上，让江川看见封面，"《姑溪词》，南宋李之仪写的。"

"南宋……"江川仔细思索了一下，"那是一千多年前的朝代了，这么长的时间，还能流传下来，真不容易。"

老头摘下老花镜，揉揉眼睛，然后又戴上，拿起江川的信："是啊，文字是很神奇的东西，不管过多久，都能顺着时间的河流漂下去，流传到想看它的人手里。"

江川一愣，手臂上肌肉跳动，他伸手揉了揉。老头只顾着看信，没有抬头。

"你这次写得有点多，要全部翻译吗？"老头说。

"嗯，这难不倒你吧？"

老头没有说话，拿出一支乌青色的钢笔，蘸了墨水，铺开宣纸。接下来的四十分钟里，整个书馆一片寂静，只有笔尖划过纸面的沙沙声，像风掠过树叶。

江川等得无聊，拿起《姑溪词》。这本书有年头了，虽然经过保养翻修，但岁月的侵蚀还是让书页一如迟暮的容颜。江川很喜欢翻页的感觉，粗糙的页边摩挲着指尖，似是不舍。只是上面的文字让他犯了难，生僻字多，读起来很是吃力。他快速翻动，词集本不厚，很快就翻了一大半。

"词要一句句品读，读了还要想，这样才能品出其中的滋味。"老头译完了，把宣纸递给江川，"很多古代词人，为了写词，经常

## 超维

茶饭不思,花上好几天才写出一句。"

江川挠挠头,不好意思地放下书,拿过宣纸。像以前很多次一样,他很满意老头的翻译。

老头把茶壶取下,倒了两杯。茶香更加浓郁了,江川不由吸了吸鼻子。

喝完茶,江川把信折好,然后把手指凑近书桌前的感应区,输了几个数字。

"你给多了,几乎多了一倍。"老头拉住江川的手,想把数字又输回去,"你来过这么多次,而且每次都是译信这样风雅的事情,我不应收你钱的。"

江川抽回手,拍了拍老头的手腕:"再风雅,也要吃饭。我每次来,你这里都几乎没有生意。现在看书的人不多,看古书的人尤其的少。你总要有收入。"

"我的书值不少钱,要是肯卖,这样的古书还是有人愿意收藏的。"老头愣了一下,争辩说。

江川知道老头说的是实情,但他只是笑笑,收好信,走出幽辞馆。

刚出馆门,一股闷躁之气扑面而来,江川脸上的每个毛孔都闭上了。

他紧绷着脸,招了一辆无人飞的,然后闭上眼睛。飞的在高楼间穿梭,阳光穿过阴霾的云层,透过车窗,照在江川脸上。阳光的温度与机械散的热不同,带着柔软。他的脸慢慢在阳光抚摸下放松开来。

空中的飞的很多,交管系统一刻不停地安排最优化线路,饶是如此,他还是花了很久才到市电视台。飞的直接把他送到了位于高楼层的演播厅。

"你怎么才来，节目都快开录了！"刚进演播厅，一个硕大的脑袋便伸了过来，对着江川劈头喝道，"快去化妆！"

江川皱了皱眉，眼前的胖子姓李，人称肥头李，是节目制片人。江川对他的能力很不屑，但肥头李后台硬，是节目组里最不能得罪的人。

化妆没用多久，毕竟底子好，怎么化都是主持人的样子。肥头李又转头调度现场，观众被拉过来挤过去，彩灯的光柱四处乱晃，人影纷乱，乐队则被逼着调试音质，越忙越错。整个现场乱得如同煮沸的汤汁。

江川站在角落，扬起嘴角，无声地笑了起来。他的视线落在了休息区一个女选手身上，准确地说，是落在她的衣服上。那是一件雅致的民国旗袍，绣着墨绿色云彩，硬领无袖，露出细白的脖子和手臂。旗袍的衩开至小腿，玉一般的肌肤掩映在轻柔布料下，若隐若现，像被流云遮住的皓月。江川最后才去看女选手的脸，不算美得惊心动魄，但五官清雅，楚楚动人。

江川就这样看着，失了好一会儿神。

最后，导演实在看不过去了，让一个女场记把肥头李拉走。导演亲自指挥，不到十分钟，各方面都已准备妥当。随着音乐的响起，节目正式开录。

这是一档选秀节目，两百年来，观众一直对观看这样的节目极为热衷。江川便是以此为生。

舞台上的江川是另一个人，谈吐得体，机锋频出，带着选手依次走完节目环节。这样的流程他经历过无数次，早已熟悉，虽然笑容满面，但心底平静得如同死水。这种心境直到那个叫吴梦妍的女

## 超维

选手上台时才有所改变。看着她缓缓走近,如一片云,他再度失神。

因为主持人的走神,这条不得不重新拍。吴梦妍看了江川一眼,低头下台,然后把款款上台的场景再录一遍。这种低级失误让江川脸红,但他诧异的是,肥头李居然没有趁机嘲讽。他用眼角余光扫视,发现原来肥头李正盯着吴梦妍看,无暇找自己麻烦。

接下来的节目顺利录制。江川发挥了自己的职业素养,提出的问题圆滑而尖刻,不着痕迹地满足了观众的窥视欲望。只是,吴梦妍显然毫无经验,总是红着脸,紧张地低头,不知怎么回答。这种窘迫其实是观众最愿意看到的,然而江川默默叹了口气,没有继续深挖,并且在很多地方帮她巧妙地带了过去。

或许是运气不错,或许是她那身复古的旗袍让人喜爱,节目录到最后,现场观众给了吴梦妍一个不错的分数,使她得以晋级。

录完后,所有人都长舒了口气,愉悦地准备收工。江川摘下耳麦,独自走向卫生间。他性子冷,工作这么久,却与这里的人都不熟悉,从不参与他们的娱乐。

在卫生间门口,他意外地碰见了吴梦妍。可能是刚卸完妆,她脸上红扑扑的,还带着水珠。她也看见了江川,愣了一下,低头擦肩而过,发尾留下一抹香味。

江川转头,看着她的背影,旗袍勾勒出来的身姿如一袭流水。

吴梦妍在走道的转角处被一个人拦下了。江川下意识地向卫生间里移了移,眯眼看去,他看到一个硕大的身影横在走道尽头,不用看脸也知道是肥头李。肥头李把吴梦妍拦住,往她手里塞了一样东西,并悄声说了些什么,然后带着莫名的笑意离开了。

江川看得很清楚,塞在吴梦妍手里的,是一张纸条。

## 二

江川足下：

……宴后，父大怒，责以藤条。自战事频起，世道艰辛，父勉力持家，终日惶忧，欲以豪族之姻保族内稳固。然良人未遇，吾心不甘，责打之下未有一言。母终不忍，哀声劝谏，父乃束手而去。

舒原敬禀　九月十六

"出事了。"

江川早上一醒来，就看到了通讯频道上的这三个字。全息屏幕还显示了发信人的姓名——刘凯。江川头皮一阵发麻，连忙回拨过去。

很快，一个头发杂乱的人像显现出来，神情憔悴而惶急，"快，到我的实验室来！"他的头像后还有别的人影，似在走动，夹杂着重物移动的声音。江川刚要询问，"吱"的一声，刘凯的头像已经消失了。

他只得披上一件衣服，匆匆赶往刘凯的实验室。

天气阴沉，厚厚的云层积压在低空，似乎伸手就能摸到这些灰色的水汽。江川按着额头，一直看着车窗外，视野里都是灰蒙蒙的。

好不容易赶到，刚下飞的，江川的眼皮就猛地一跳——几个警察围住了实验室！

"你就是他找来的人？"一个警察迎出来，扫描江川的手指，确认了身份，疑惑地说，"我以为他至少会给律师打个电话的。咦，这个名字，江川……好熟悉，好像在哪里听过……"

江川冲警察笑笑，"我是他大学同学，毕业后一直联系，关系不错，所以有事他都找我。那，他到底怎么了？"

超维 ——

"附近的居民举报他,"警察努力回忆着"江川"这两个字,随口答道,"好几家居民的宠物失踪了,有人说亲眼见到一只良种狗进了他的实验室——见鬼,我怎么就想不起来了——然后就再也没有出来过。狗的主人找他,他不理会,就干脆报警了。"

"那你们在实验室里找到什么没有?"

"除了那些奇奇怪怪的机器,"警察抓抓头,"连根狗毛都没有……"

江川点点头。警察没有证据,不会很麻烦。他说了声"谢谢",走进实验室。

刘凯正坐在实验室里,紧张地环顾四周,不时冲着某个搬东西的警察大声喊道:"嘿,那台粒子分析仪不要动,线圈一旦弄混,整个仪器就坏了——该死,说你呢,别乱按,我花了三个月收集的数据,按错了就得全部重来……还有你,对对,就是你……"几个警察都对他怒目而视。

江川走过去,把头凑近到刘凯耳边,低声道:"给我闭嘴!"

刘凯立刻合上嘴巴,在接下来的调查取证中,他始终没有说一句话。

由于找不到证据,警察只得悻悻收工,给个警告了事。江川一直点头道歉,连声说是个误会,目送警察走远。

警务飞车排着青烟,缓缓上升,到半空时又停下来。车窗降下,一个头伸出来,对江川大声道:"我终于想起在哪儿听过你的名字了——嘿,你主持的那个选秀节目真无聊!"

"慢慢吃,"江川扣了扣桌面,小声提醒,"这里是餐厅,不会少了你的饭菜。"

刘凯依然埋头吃喝："我连着做了三天实验只吃了几个面包，当时不饿，现在一闲下来，肚子就像绞肉机在绞一样。"他一边咀嚼一边说，声音含混，江川花了好大一会儿才听清。

"你太拼命了。"他缓缓舒一口气，端起红酒杯，"那，有什么进展吗？"

"还没有，超光速的研究太复杂了，即使采用曲率振动，也难以实验。毕竟我的实验室只有我一个人。"说到这个，他脸上的神情低落下来，吃东西的速度也变慢了，"白鼠都被用完了，我懒得出去买，恰好几只宠物狗跑进来，我就用它们做了实验，全失败了……"

"以后不要再这样了，这次是运气好，要是警察再细心一点，知道我们研究的是什么，就有大麻烦了。"江川扣了扣桌子，语气透着失望。

"那你得再给我些钱，去买新的实验动物和仪器。"

"嗯，回头我给——"江川突然顿住，眼睛盯着餐厅大门方向，那里，走进来一个熟悉的人影。

是那个叫吴梦妍的女选手。她仍旧穿着民国款式的旗袍，只不过换了种花色。江川心里一动。顺着她的视线望过去，果然，在餐厅的西北角落里，他看到了一身西装的肥头李。

"你在看什么？"刘凯放了一块肉在嘴里，声音再次模糊。

江川没有回答，他端着酒杯，若有所思。早就听说过肥头李经常约漂亮的女选手，用制片人的身份许诺晋级名次，然后一夜风流。那么，昨天肥头李塞给吴梦妍的纸条，恐怕就是今晚约会的地址了。

这种潜规则在电视行业里早已不是新闻。事实上，节目的很多

| 超维

冠军都是靠权钱色交易取得的。江川只是主持人,利益链里无关紧要的一环,他清楚自己的身份,从不过问。但现在,看着吴梦妍走过去,他的心像是落下了一片羽毛般,空荡荡的。

"没什么,只是一个熟人。"江川转过脸,以免肥头李看到自己。

吃了一会儿,西北角突然传来一阵响动。整个餐厅的人都向那边看去。江川忍不住回头,看到吴梦妍和肥头李都站了起来,后者抓着前者的手腕。"放开!"吴梦妍的音调不高,但很沉,隔着大半个餐厅,江川都能清楚地听到。

在所有人注视下,肥头李的脸色很难看,他凑到吴梦妍脸前说:"既然愿意来,还竖什么牌坊?"

"你放手。"吴梦妍的脸憋得通红,但说出的每个字都沉得像铁。

这时侍者走过去问:"出了什么问题吗?"

肥头李意味深长地笑笑,嘴里轻哼一声,慢慢松开了手。吴梦妍转身推开侍者便走,她低着头,脸上潮红未消,迅速出了餐厅。

肥头李挥手让侍者走开,愤愤地又坐下来。

江川抿了一口酒,让醇香在口中融化。


第二轮选秀时,吴梦妍表演的才艺是唱歌。她抱着吉他,在灯光昏暗的舞台上,自弹自唱,声音轻柔绵软,旋律如絮,飘满了整个舞台。一曲终了,观众回报了持久的掌声和欢呼。

但这一轮,她被淘汰了。

她似乎也料到了这个结局。晚上的节目录完后,她背上吉他,独自出了电视台。她没有招飞的,而是乘电梯到了最底层,走到大街上。此时已晚,大多数人都选择坐飞的,空中被拉出一道道光弧。

街上行人寥寥，只有老式路灯默默发出黄光。

江川站在高楼边，透过深色玻璃，看见吴梦妍的背影如一片小帆，慢慢隐去。


## 三

江川足下：

……三子二女，母独爱我。今母弥留，吾泣泪于母前。

足下亦养于父生于母，吾之哀切，必能体察。若足下身陷此境，当如何处之，告我知否？

舒原敬禀　五月初九

"都这么晚了，你还过来？"老头正准备关门，一转身，看到了身后的江川。

"来都来了，就让我喝一杯茶吧。"江川微笑着走进去，"反正我一个人住，什么时候回去都不要紧。"

老头叹了口气，放弃关门，进屋烧开了茶炉。不一会儿，"咕咕"声就响起来了，清香弥漫。"说回来，你好像总是一个人。"老头站在茶香中，摆好茶具，"怎么不去找个女朋友呢？以你的条件，要找个好女孩子，应该不难的。"

江川闭上眼睛，使劲吸了口茶炉冒出的香气，然后缓缓吐出来："好女孩很多，可是……"他迟疑了一下，终是说了出来，"我有喜欢的人了。"

"是那个写信的女孩?"

江川浑身一抖,睁开眼睛,老头的面孔在氤氲的茶汽后看不真切。

"我已经老了,孤家寡人,能陪我的只有这些更老的书。"老头转过脑袋,看向周围书架上的古籍,眼神温柔得不像一个花甲老人,"但我年轻过。我知道两个人,是不能靠书信在一起的。"

江川点头:"我明白你的意思,可要找到她确实很难,只是……我忘不了她。"

"如果不能遇见,就放了吧!总是一个人,也很辛苦的。"老头轻轻叹口气,"你总说我洒脱享受,但自从老婆子去世后,我就没有真正高兴过。我不想你也这样。"

江川默然。这时茶煮开了,壶盖被顶得连连跳起,白汽袅袅而上。老头不再说话,将茶注入杯里,闭目细品。

出了幽辞馆,江川伫立在天桥头,茫然若失。他面前的夜空被飞行器划过无数道光的流影。建筑隐在光影后,看上去只是模糊的影子。他抽出折好的宣纸,夜色里看不清字迹,但他知道上面写了什么。那是他写给舒原的。宣纸在夜风中轻轻抖动。

他想起了老头说的话,不禁苦笑。刘凯离实验成功还遥遥无期,或许,根本不会成功。那他可能一辈子都见不到舒原了。

站在夜风吹拂的天桥头,他想了很久。

第二天上班之前,江川找到了节目统筹,说想看一下参赛选手的详细资料,便于现场发挥。统筹点点头,去资料室复印了一份。江川拿着资料单,手指划过,很快,他的指尖停在了"吴梦妍"这一栏上,记下了她的电话。

犹豫了几个月后，江川拨通了这个号码。又过了半年，吴梦妍搬到了江川家里。

对于生活中多了一个人，江川开始时有些不习惯。但吴梦妍是个好女孩，体贴温婉，包容着江川多年独身积累下来的怪习惯——比如书房角落里放着一个奇怪的铁箱子，除了江川自己，任何人都不能碰；比如他总是默默写信，然后去让一个老人译成文言文。

从这些情况看来，吴梦妍隐约猜到江川有个笔友，她问过，得到的答案却只是沉默。

"是你以前的女朋友吧？"她没有过多计较，只说，"你们可以保持联系。但是……你现在的女朋友是我啊！"

"我知道。"江川点点头，忍不住问了那个一直压在心底的问题，"那次为什么去赴肥头李的约？他不是好人。"

"我知道。可是我很需要那笔奖金，我也明白那张纸条代表着什么。但当我真正坐在肥头李面前时，才知道自己做不到……"

"为什么需要钱？"江川追问。

"爸爸的肝坏了，医生说可以换一个人工仿生肝脏，可我付不起医药费。"

"我可以给你，我有很多，这些年我自己就支撑着一个实……"江川停下来，没有把后面的话说出口。顿了顿，他说，"我可以帮你的。"

"已经……用不上了。"吴梦妍抬起头，眼里噙满泪水，"比赛后的第二个月，爸爸就……"

"对不起。"江川把她拥入怀中，亲吻她垂泪的眼睫。

打这以后，江川慢慢改正了自己的怪习惯，尽量少躲在书房里，也不再总是写信。但这样刻意的压抑，一时间让他无所适从，他经

| 超维

常下意识地摸摸胸口，感觉不到宣纸的存在，一阵惊慌之后才意识到是自己没有写。上班时也总是心不在焉，在摄影机前说着说着，突然莫名地停了下来，所有人都诧异地看着他……

很多个夜里，他习惯性地起床，拿起床头的笔，想走到书房里。但一看到身边熟睡的女孩，他便站住了。窗外透过微弱的光，他看见吴梦妍的鼻子一抖一抖，嘴角含笑，似乎进入了美好的梦境。他在黑暗中轻轻叹口气，放下笔，又慢慢躺下。

一个月过去了，他没有再写信，也没有把自己关在书房里。但煎熬丝毫未减，他恍惚的次数越来越多，工作频繁出错。

这一天，在又一次走神后，肥头李气势汹汹地冲上台，指着他的鼻子大骂："你怎么回事？老是犯这些低级错误，你知不知道每一次重录要花多少钱！不想干了，就给老子滚！"

自从江川与吴梦妍恋爱之后，肥头李越发看不惯江川，总是找借口刁难，让他难堪。而江川的失误给了他很多机会。看着肥头李满脸横肉抖动的样子，江川愣了一下，脑中突然想起那个警察临走前冲他喊的话。

他以为自己忘了那句话，可这一刻，那每一个字都在他耳边炸响，如雷似涛。

江川低下头，小声说："对不起，再也不会了……"

这下轮到肥头李发愣了。他从没见江川这样温顺过，呼吸一顿，忘了接下来要骂的话。几秒过后，他哼了一声："知道就好！再做不对，立马收东西走人。"他狠狠盯了江川一眼，凑过去，压沉了声音，"以后干好自己的活，不要跟我抢食，不然没你好果子吃！"

说完，他得意地转身。整个演播厅突然响起了一阵低呼。一只脚从后面踹去，巨大的冲击力让肥头李向前一个趔趄，在空中停滞了两秒钟过后，他的鼻子率先接触到了地板！

## 四

江川足下：

　　……家中钱财散如流水而聚若飘絮，今尽遣仆役，庭府之寂清堪比孤坟。吾居家不出，而足下书信不至，唯读书以消时光。一日，读端叔之词，见江妇之句，感触颇深，至于泣下。

　　念足下之别，吾生当无涯。

舒原敬禀　一月初三

失去工作以后，江川心情更加糟糕。为了缓解这种恍惚和焦虑，吴梦妍报了一个旅游团。江川本不愿去，但禁不住她期切的眼神，便点头答应了。

旅行团包了一条老式邮船，沿长江而下，让游者们见一见这条生命之河周边的风土人情。江川从没有在船上待过这么长时间，晚上睡不着，便披着衣服，和吴梦妍一起站在船头眺望长江夜景。江边的发展已然颇具规模，两岸灯火辉煌，只有河面黑寂如墓。这条河流已经没落，除了观光船，再没有船只航行其上。

吴梦妍不关心夜景，但站在江川身边就让她心满意足。她挽着江川的手，发丝在夜风中浮动，有几缕在江川脸庞拂过。

邮船从上海起航，要在七天内开到重庆。到了第五天，船只已经到了荆州境内，船下水势变大，滚滚水流泛着白沫。导游站在船

## 超维

头,大声讲解:"长江到了荆州,地势变化,水流也急促了很多。大家看这水,滚滚向下。千百年来,长江水一直向下流去,犹如时间,从不断绝。江面上承载的一切都顺水漂流,再也不能回头,就像我们一样……"

游客们望着船下的水流,纷纷点头,感慨不已。只有江川转身望着身后,江雾缥缈,吞噬了他的视线。"不对!"他突然大声喊了起来,"水不可能总是向下流去的!"

所有人的目光都汇聚到他身上,吴梦妍拉了一下他的袖子。但他像是压抑许久之后的爆发,没有理会,上前一步,对着导游说:"如果水永远往下流,那么,即使是长江,也要干涸的!水向下流动,是因为重力,但是,肯定会有别的办法能够逆反方向。河上的东西也不会永远只是随水漂流,就像这条船,开动发电机,就可以反过来航行!"

"先生,你……"导游愣住了。

江川打断他,江风刮过来,吹得他头发凌乱。他满面通红,继续说:"总有一天,河水将要倒流,上游变成下游,左岸变成右岸。我们逆流而上,可以再回头……"

他激动得浑身颤抖,唾沫四溅,对别人的侧目毫不在意。吴梦妍从没见过这样的江川,她不明白是什么让他变得如此激动,这一刻,她突然觉得自己从未了解过这个男人。

那之后,江川提前结束了旅游,在下一次停靠时便匆匆下了船,回到家里。他的心情愈发烦闷,吴梦妍好几次试图安慰他,但都没有作用。所幸,没过多久,江川的情绪终于有了改变。

那是在一个雨夜,乌云汇聚,雷声在高楼间咆哮。他们正准备休息,突然门被"咚咚咚"地敲响。吴梦妍皱了皱眉,起身去开门。

"我成功了,我把——"门刚打开,一个声音就兴奋地响起来。吴梦妍被吓了一跳,看见门外是个干瘦的陌生男子,没有打伞,浑身都在淌水。男子看见她,也吃了一惊,把后面的话又咽了回去,然后,他结巴地问:"这里,是江川的家吗?"

这时江川也下来了,看见门外的男人:"刘凯,你怎么……进来再说。"

刘凯绕过吴梦妍,湿淋淋地走进屋来,再度兴奋地说:"我的实验成功了!"他正要再说,却看见江川使了下眼色,便又住嘴了。

"去我书房吧!"

吴梦妍看着两个人走上楼,张张嘴,却最终什么都没说。屋外雨声淅淅沥沥,延绵不绝。一股不祥的感觉突然笼罩了她的身体,她抱住肩膀,抖了一下。

这一整夜,江川都没再回到房间里。


吴梦妍不记得刘凯是什么时候走的了。她只知道,从那一个雨夜开始,江川便开始了早出晚归的生活。每天清早就匆匆出门,晚上则带着一身疲惫回家,要么倒头就睡,要么又把自己关在书房里,直到夜深。

她问他,得到的却只是疲倦的摇头。

其实,她知道江川每天去的地方是个小实验室,和刘凯一起。她耐心地等待,希望江川什么时候能坐在她面前,好好跟她讲出实情。然而,这种等待在日复一日的孤单中变得越来越沉重。

终于有一天,她目送江川的身影匆匆隐进晨雾中后,来到了书房。她径直来到那个奇怪的箱子前,直觉告诉她,所有关于江川的秘密

| 超维

都在这里面,她无声无息地按出了密码——她和他在一起了这么久,知道他所有类型的密码都是相同的数字。

果然,箱子发出"格格"的齿轮转动声,箱盖弹开,露出里面精细诡谲的构造。箱底是一层银白色的蜂窝状孔层,孔中有蓝色尖锥,幽幽反光;箱壁两侧是纯黑的电路板,线路密集而有序,她敲了敲,响声沉闷,这说明里面还有更复杂的结构。她想不明白这奇怪的箱子有什么用,最后,她的视线落在箱盖上。

箱盖中间有个条状凸起,她轻轻一推,"咔",凸起下滑,露出了里面的暗格。格子不大,里面装的全是白纸,整齐地叠着。她的右眼皮跳了一下,顿时想起江川以前每日写信的习惯来。

接下来的十分钟里,吴梦妍一直站在箱子前,她眉头紧皱,眼睛盯着那堆信件。上午的阳光透过窗子照进来,灰尘在光线中缓缓游动,一些光射进箱子里,像被吞进去了一样。

终于,某些情感占了上风。她拉上窗子,打开灯。所有的信件都被放在书桌上。她按顺序拆开,一封封阅读。上面都是些古文,她读起来有些吃力,于是打开了电脑,进入搜索界面,遇到不认识的字便查阅。整整一个上午,她都坐在书桌前。

读完后,她面无表情,拉开窗帘,阳光扑面而来,将她整个身体都笼罩住。她却只觉得身上寒冷。

当晚江川回来后,如往常般潦草地吃了些东西,然后进了书房。一分钟后,他走出房间,来到吴梦妍面前,"你翻我的箱子了?"

吴梦妍怔怔地抬起头,张张嘴,却说不出话来。于是她只能点点头。她突然想起,没有把电脑里的查询记录删除。但这已经不重要了。

"对不起。"江川说,"但是,我做不到放弃。"说完,他再次转身向书房走去。

"你……你甚至都不愿意解释一下吗?"吴梦妍的声音有些干涩。

"你都看过了,我解释也没有用,是我对不起你。"

"那么,你一直爱的都是……一个民国女孩?"她艰难地问出口。

江川陡然站住,缓缓转过身来:"是的。我知道这不可理喻,但,是这样的。"

"你爱上了一个从未见过的人,一个甚至跟你生活在不同时代的人?"吴梦妍一反往日的温顺,声音渐渐大了起来,"告诉我,这究竟是怎么回事,我算什么?"

江川苦笑,往事纷至沓来。事实上,如果可以,他也想正常地生活,可已然迟了,这一切在他读到那封信时就已注定。那时他大学还没毕业,一家研究中心研制出了时空通信技术。他们写了一封信,投影到过去,很快,这封信得到了回应。那是一个十五岁的小姑娘,她看不懂信上的简体字,充满好奇地询问这封信来自哪里。而这个小姑娘回信的时间,是1928年,两百多年前。

一时间,整个社会沸腾了。但冷静下来之后,人们开始了恐慌——一旦时空平衡被打破,整个因果链将重新排列,甚至断裂,熟悉的世界随时可能被篡改。人们举行了大规模游行,政府也迅速回应,强行关闭那家研究中心,并立法案将任何试图打破时空平衡的研究视为违法。事情渐渐平息下来,生活依旧继续,这似乎只是时间长河中一圈小小的涟漪。

但有两个人被这圈涟漪改变了。一个是刘凯,他原本主修空间理论,对时空相当痴迷,时空通信的出现为他打开了一道门,使他的痴迷更加浓厚了。另一个则是江川,他感兴趣的,是那封从两百年前寄

| 超维 ——

过来的信。报纸上刊登了这封信，只有百余字，有些语句读起来还很绕口，但他仍能从信中看出小姑娘的活泼与好奇。研究被禁止后，没有人再去理会这个等待回信的女孩。江川经常做梦，梦见一个穿素白色衣裙的女孩站在河边，深情期待。这个梦境反复闯进他的睡眠里，让他每每午夜梦回，再难入睡。于是，他决定自己给女孩回一封信。

江川和刘凯约好，继续研究时空通信。江川继承了父母留下的大笔财产，自己还去电视台担任主持人，丰厚的遗产加上不菲的薪水，使得这项违法研究得以维持下去。

"于是我成了刘凯的实验资助人。他是个天才，自己一个人钻研，很快就复制出了时空对话的技术。我书房的箱子就是接收器，能把舒原写的信投影过来，打印在纸张上。"江川慢慢地说，"于是毕业后不久，我就能给舒原回信了。然后，我们经常通信，她生在民国，女孩子多半都没有受到很好的教育，但她喜欢写文言文，我就去书馆里找人把我的话译成古文再寄给她。我刚开始只是觉得新奇，但，后来……"

"后来你爱上了这个女孩。"吴梦妍苦涩地扬起嘴角，把他后面的话说了出来。

江川顿了顿，眼睑垂下来，"我也没想到，但写信越来越多，我就慢慢陷进去了。舒原是个好女孩，虽然我没有见过她，但从她的信中，我感到了她的……"他停下来，眼神从回忆的迷离中清醒，"是的，我爱这个生活在过去的女孩。"

"那我呢？你追求我，只是为了掩人耳目或者缓解寂寞吗？"

"不是的！"江川摇头，"我自己也觉得这样很糟，我不能靠写信过完一生。所以，我打算放弃，想找个人好好生活。"

吴梦妍眼中蒙上了一层雾，她拼命忍住："说什么好好生活，你现在每天出去,回来倒头就睡,算是好好生活吗?"

"因为刘凯的实验有进展了。"江川犹豫了一下,咬咬牙,"我们的研究目的,不仅仅是进行时空对话,他——他想让时间逆流,回到过去!而这也是我的想法,我想去民国,见一见舒原。"

吴梦妍睁着眼睛,泪水流下而恍然不觉。她盯着江川看了很久,喃喃地说:"这不可能,时间旅行从来没有成功过……"

"但刘凯确实做到了。他把小白鼠成功送回了过去,我想很快,就可以进行人体试验了。这些天我都在帮他,我亲眼看到的。"

"这不可能……"吴梦妍后退一步,他们的距离似乎被这一步无限拉大,隔着泪雾,她突然看不清江川的脸。最后,她轻轻地问,"那个民国的女孩子,她,她也爱上了你吗?"

"我不知道。"


## 五

江川足下:

  自七月始,每夜听闻炮火轰鸣,隐觉不祥,不意所料成真。昨战事尤烈,屋房震颤,未几,守军战败,贼寇入城,至此直沽尽数陷于敌手。

  ……

  吾未敢出户,但闻窗外妇孺哭泣之声,可知贼寇烧杀劫掠等若寻常。津门之地,已沦为鬼蜮。吾终日藏匿,不知何时可见天日。

舒原敬禀 八月初三

## 超维

吴梦妍离开了。

江川没有挽留，只是帮她收拾好行李。她的东西不多，江川沉默地看着她的身影渐渐消逝在晨雾中。他们没有道别。

这之后，江川几乎住进了实验室。他虽不算专科出身，但这些年来一直在读有关时间旅行的论述，在许多细节上都可以帮助到刘凯。刘凯的实验原理基于斯蒂芬·威廉·霍金在一百多年前提出的理论——时间就像一条河流，在不同地段有不同的流速，某些特殊环境下，时间将会流得很慢。而刘凯做的事情，不仅仅是让时间变慢，还有找到可以逆流的河段。

"这在大自然中也是存在的，在一定环境下，江河可以逆流。同理，时间也能溯洄。"在那个雨夜，刘凯脸上的兴奋被雷电照亮，"我之前一直把精力花在突破光速上，相对论证明了它的可行性，我们能把信通过这种方式传回去，但生物不行，需要的能量太大。我用了几年时间，一无所获，直到昨天，我把玻璃罩撞破了，一只白鼠从破洞里钻了出来，我突然想到了，或许可以试试虫洞！"

他的转向是正确的。无处不在的量子空洞比超光速要容易得到，他用高能粒子将之轰开，把一只白鼠送了进去。白鼠进入了时间逆向流段，几分钟之后，它出现在了三个世纪之前的伦敦街头。当刘凯看到显示屏上烟锁雾笼的伦敦时，惊喜得浑身颤抖，迫不及待地找到了江川。

但接下来又出现了新的难题——实验的成败完全是随机的。同类的白鼠，一只缺了右前肢，一只挂了脚牌，结果却只有前者能被传送，后者消失在了混乱的时间洪流中。相同的结果也出现在非生物实验上，一根木头能被传送，瓷砖却不行。

其中有个用衬衫做的试验，能把衬衫传回五十年前，但不能传回五百年前。他们认为这是因为五百年前没有衬衫，然后得出结论：时间旅行不能把一件物品传回到产生年代以前。但第二天，江川试了试，发现可以把这件衬衫传到五千年前。他们得出的结论瞬间被推翻。

他们这些天几乎都在做对照实验，试图找出成败的规律。然而整整四个月，除了越来越杂乱的记录，他们没有任何进展。

终于，看着球鞋的实验失败，江川颓然地叹了口气，瘫坐在一堆实验材料上："我们肯定有什么地方弄错了，不能这样继续下去，得静下心来想一想。"

"不，是实验次数太少，才两千多次而已。"刘凯头也不回，不断调整仪器，"所有科研的成功，依靠的都是大量实验，没有捷径。"

江川叹口气，疲惫如潮卷来，整整两个月都没睡好觉了。他躺在材料上睡着了。醒来后，刘凯依旧忙碌在复杂的仪器中间。他劝了几句，没有得到回应，再度叹气，起身走出了实验室。他渴望能实验成功，但这需要冷静的头脑，休息一下是很有必要的。

回到家里，他打开书房的箱子，里面积压了不少信件。他把仪器跟舒原的生活时间同步了，也就是说，舒原已有两个月没有收到他的信。他一封封拆开，刚开始舒原好奇地问他怎么没有回信，后来语气变得哀婉了，再后来，她不再询问，只是叙说自己的事。

彼时舒原所在的年代是1938年，烽烟四起，舒家散财保命，家道已然中落。在信中，舒原描绘了直沽之地的惨状。这让江川眉头紧锁。十年来，从信件中，他几乎是看着舒原由一个大户千金没落成民间女子的。而她身处的天津，当时是日军占领地，想必处境更为艰难。

▎超维 ▬▬●

　　休息了几天后,他带上写好的信,准备去找老头。可是等他到了,才发现幽辞馆已经不见,取而代之的是一家歌舞厅,即使是上午,里面仍灯红酒绿,嘈杂不堪。江川在门前站了许久,走进歌舞厅。吧台前的负责人告诉他,因为生意不好,老头没有资金维持幽辞馆,所以卖了门面。

　　"不可能,"江川难以相信,"他有那么多古书,随便拍卖一本都是一大笔钱!"

　　负责人摇头:"我也这么想,可是他把所有的书都捐给图书馆,自己一个人回老家去了。没人知道他老家在哪里,只听说是在很远的地方。"

　　江川恍然,的确,老头宁愿把书捐了,也不会为了钱而转让给那些附庸风雅的收藏家。他怅然地点头,转身欲走,负责人突然叫住了他:"等等,你很面熟,你是那个——以前那个主持人吗?"

　　江川停下,转头不解地看着他。

　　"是你!等一下。"负责人在吧台底下拿出两本书,递给江川,"他留着两本书没捐,让我转交给你。他说你一定会来的,让我告诉你,"他想了一下,"原话是这样——'抱歉,以后不能帮你译信了。不过,民国其实是可以用白话文的,你自己能写。'应该没有记错,你知道这句话是什么意思吗?"

　　江川微微一颤——他早该想到,老头帮他译了这么多年的信,靠猜都能知道他和舒原的事情。他没有回答,默默接过那两本书,书名分别是《姑溪词》和《津门遗恨》,前者他见过,是一本宋词集,后者却从未听说。

　　在回去的飞的里,江川仔细翻看这两本书。老头特意留给他,肯定是想说些什么。他先看的是《津门遗恨》，出版于一百多年前，记录了侵华日军在天津的暴行。好在这本书是用简体白话文写的，他一页页翻下去。书中列举了大量史实，揭露战争背景下日军的惨无人道，肆无忌惮地坑杀、奸淫、抢掠天津人民。

江川越看眉头锁得越紧，书里强烈的反战情绪感染了他。书不厚，很快翻到末尾一章，这章讲述的是日军强拉中国妇女去当慰安妇，不少人宁死不屈，其中十七个有气节的女子同时投井自杀，没让日军得逞。这十七个女子的名字都被列了出来。

江川扫了一眼便翻过去，额头上的青筋突然跳了一下，好像遗漏了什么。他怔然半晌，手指颤抖着把书页又翻回去，逐一扫视那十七个名字——

舒原！

空中飞的突然转向，飞快地向实验室驶去。一路上，江川攥紧拳头，指节被握得泛白。

到了实验室，他开门进去，刘凯还在红红绿绿的指示灯间埋头研究。"我要做人体实验！"他急促地说。

刘凯转过身，花了好一会儿工夫才明白他的意思，摇头道，"不行。现在还不清楚实验成败的规律，不能用人体做实验。而且，也没有志愿者。"

"有，"江川直视着刘凯的眼睛，"我来当志愿者。"

"你疯了？"刘凯一愣，"这些年来我什么都听你的，但这件事不行，太危险了。失败的实验中，物体要么被冲到时间河流之外，要么被时间的张力撕碎，只有很少一部分能原地不动……"刘凯指着那台硕大的机器大声说，唾沫横飞。

"舒原就要死了！"江川扳住刘凯的肩膀，"快送我过去！"

刘凯猛然愣住，过了半晌才结巴地说："不……不是的，她早就死了，在两个世纪前就死了。你不用现在回去……"

"不要再废话了，我再说最后一遍——送我过去！"

刘凯正要再说，实验室外面突然警铃声大作。江川浑身一凛，向窗外看去，只见十几辆飞行器盘旋在屋子四周，许多警察跳下来，持枪拿棍，迅速包围过来。

"快！打开机器！"江川瞬间反应过来，连忙把实验室的门反锁，回头一看，见刘凯还在犹豫，"警察发现了，快点，不然就真的来不及了！"

刘凯被突然的变故惊得呆了，站在原地。江川咬咬牙，索性自己跑到仪器前，一连打开了好几个开关，指示灯顿时如星辰般闪烁起来。电流"吱吱"的窜动声在狭小的空间里响着。几个电子突触的尖端吞吐出电芒，逐渐合围，形成了一个两米方圆的光圈。

这便是时间长河中的逆流河段。

一切过往，都能重现；所有追悔，均可挽回。只要进去，便能溯游而上。过去即是未来，回忆不再可靠。

但从来没有人来试过。

"快把门打开！"门外响起警察的声音，"你们涉嫌非法研究，严重威胁人类安全。但现在住手还来得及，把门打开！"

江川充耳不闻，只盯着光圈看，眼中似要冒出火来。进去之后，也许能回到民国，更可能的是死亡。但他必须进去，哪怕只有一丝成功的希望。

光圈内是一片黑暗，似乎连光线都被吞噬。

刘凯回过神来，试图去拉住江川，"别进去！等我找出规律……"

江川没有理会刘凯，只是盯着显示屏上的虫洞生成倒数计时。屋外的警察耐心耗尽，开始掏出激光枪，用射线烧熔门阀。大约过了十几秒，警察们踹开门一拥而入。

这时，江川已经走到光圈前，他的背影被光勾勒出了金边。警察不知怎么回事，但直觉不妙，连忙大声喊："不要再向前走了，赶紧停下！"

江川转过身来，背对光圈，脸上露出苦涩的笑。"好的，"他说，"我不向前走了。"

警察们长舒口气，但这口气还没舒完，只见江川后退一步，整个人退入光圈中的黑暗。光圈猛然收缩，电光在他身上流淌窜动，他的头发一根根立起。

"我来了，舒原。"他用微不可闻的声音说。

在所有警察诧异的目光中，江川的身体闪动了几下，消失在光圈之中。

光太烈，江川不禁闭上眼睛，耳边响起无数声响，似乎世界上所有的动静都在这一刻汇聚到了他身旁。他感到脚没处着力，轻飘飘的，像踩在一朵云上；他浑身的血管突突地跳了起来，像是有人以血管做弦，弹奏一支令人费解的乐曲。有那么一瞬间，他痛苦得快要吐出来了。

| 超维 ——

　　这里没有时间概念。他不知过了多久，等到可以睁开眼睛时，他看到了身处之地——红红绿绿的指示灯闪耀不休，四周全是穿制服的警察，无比的嘈杂在他听来却是一片寂静。

　　他突然浑身无力，颓然坐倒在地。

　　实验失败了。

　　虽然万幸他没有迷失在时间乱流中，但他仍然没能回到两个世纪前。他和舒原，依然隔着两百多年岁月所形成的鸿沟。

　　片刻之后，警察反应过来。他们全部扑上去，把江川按倒在地。

　　刘凯一直在旁边紧张地看着，他清楚地看到江川从光圈中复现时，身上的外套不见了。一道惊电在他脑中闪过，可是太快了，他没来得及看清。他向江川扑过去，两个警察把他拦腰抱住，他不顾一切地大声喊，"把你身上丢失的东西告诉我！"

　　江川的头被摁在地上，他感觉了一下全身，努力扭头回答："袜子、钢笔没了；激光表和衬衫还在！"

　　刘凯浑身一震，眼前闪过无数画面：信件、木棍、袜子、笔轮番闪现，接着是带脚牌的白鼠、瓷砖、激光表……最后，他想起了霍金曾提过的另一个理论——"时间保护臆想"。

　　"原来是这样……"刘凯喃喃地说。

　　这一刻，他恍然大悟，在那四个月的所有实验中，成功被传送到过去的，都是无关紧要的东西，比如白鼠和木棍。而所有失败的，则是能改变因果链的物品。他想起了那件衬衫的实验。衬衫能被传回五十年前和五千年前，是因为这不会对历史产生影响，而五百年前则不然。

　　因果链，这是玄妙而抽象的链条。它悬在时间之河上空，一环接一环。时间有多久，它就有多长。所有能破坏它的东西，都会被时间的张力撕裂。就像普通白鼠可以被传送，而一旦带了合金脚牌，便迷失在了时间乱流中。

时间旅行是可行的，但"时间"会阻止任何改变。江川能把信寄给舒原，是因为"时间"认定舒原做不出改变历史的事情，她只会在每个夜里写下回信。这也解释了外祖父悖论，一个人能被传到你外祖父的年代，但不能杀死外祖父，否则，"时间"就不会让你过去。就像江川，他回去是为了救舒原，在蝴蝶效应的作用下，以后的历史必然会改变。

刘凯怔怔地抬起头，四周人影纷乱，警察大呼小叫地按住江川，却没人理会他。然而他感觉有一双看不见的眼睛在盯着他。是啊，"时间"的这种判断力，神秘而霸道，似乎是冥冥中守护因果链的神明，阻止任何人靠近。

原来，自己一生的努力，都是在跟神作对。

他愣愣地想着。

警察刚刚把江川铐好，却猛地听到一声凄惨至极的尖叫，全被吓了一跳。这叫声来自刘凯，他大哭大笑，两手撕扯着自己的衣服。又扑上来两个警察把他按住。

制服两人后，警察把他们关进飞行器。江川丢了魂一样，脑袋靠在车窗上，无尽的大地在视野里展开，几缕风从遥远的地方吹来，刮过高楼间，发出桀桀地怪声。

这声音，如同虚空中神灵的轻笑。

## 六

江川足下：

　　于足下相交十载，从及笄至于花信年华，知交之久若此，却终未得一面之缘。念及此间种种，慨机缘之巧弄，世人如棋任之摆布。

　　…………

　　吾一生享尽荣华亦遭尽苦难，已然无憾，唯足下不能放。身虽遥际，心已托付，或恐足下不知，今腆面告之。此生未相见，唯愿来世续前缘。

舒原绝笔　五月廿七

　　江川出狱那天，是吴梦妍来接他的。

　　彼时秋天已至，吴梦妍紧了紧衣领，发丝在瑟瑟秋风中流转。江川走过去，沉默地跟她上了飞的。

　　在车上，吴梦妍问："刘凯呢，怎么只有你一个人出来？"

　　"他被转进精神病院了，"江川疲惫地闭上眼睛，"他疯了，那天被抓时就疯了。"

　　"对不起……"吴梦妍低头踟蹰良久，似下定决心般抬头开口道，"其实，举报你们做非法研究的人是我。"她脸上满是愧疚，"我本意并不想让你们被抓，只是打算……若你们的研究做不成了，你或许会回到我身边。"

　　出乎意料地，江川没有发脾气，只是轻轻点了一下头，然后无声地靠在椅背上。他似乎睡着了，但很久之后，他又轻轻开口："是我的错，耽误了你，也害了刘凯。"

　　回到家，江川发现房间里面一尘不染。"我经常来打扫，就是想等你回来时能看到干净的屋子。"吴梦妍说。

"谢谢你了。"

"我去厨房给你做饭,你先休息,随时可以叫我。"吴梦妍叹息一声。

江川来到书房,发现接收箱不见了。他没有太惊讶,警察肯定会来搜查他的家,把箱子带走是意料中事。但让他心里一颤的是,那些信还在,一封封被叠好了,放在书桌上。他逐一打开,那些熟悉的字迹在他眼中晃动,纷乱的记忆浮现出来。他鼻子有些酸,揉了揉才继续看信。

看完后,他把信装进一个袋子,放到书柜的顶层,关上柜门的前一瞬间,他的腿晃了晃,似乎没有站稳。尔后他锁上柜门,把钥匙丢到了附近的河里。河面被钥匙击出一圈圈细纹,但细纹很快又消散了。

忙完这些后,他回到书房,一时想不到还有什么事可以做。他的视线落到书架上,泛黄的书脊吸引了他的注意,是那本《姑溪词》。警察后来处理证物时,把这本古书还给了吴梦妍,然后被她放进了书架。

他把书拿下,坐到皮椅上,翻开书页。

现在他可以静下心来看完它了。这个下午,没有任何人和事来打扰他。在静谧的时光里,他缓缓品读着那位南宋词人留下来的词句。

看到书后半段的那首《卜算子》时,他突然停下,怔怔地看着书页。压抑许久的泪水终于流下来了,划过脸颊,滴到了泛黄页面上。泪水在纸上洇开,只能依稀看清上面的字迹——

我住长江头,君住长江尾。日日思君不见君,共饮长江水。

版权专有　侵权必究

**图书在版编目（CIP）数据**

时空尽头/ 王晋康等著.—北京：北京理工大学出版社，2017.6（2021.8重印）
（虫·科幻中国）
ISBN 978-7-5682-3961-5

Ⅰ.①时… Ⅱ.①王… Ⅲ.①科学幻想小说-中国-当代 Ⅳ.①I247.5

中国版本图书馆CIP数据核字(2017)第081696号

| | |
|---|---|
| 出版发行 / | 北京理工大学出版社有限责任公司 |
| 社　　址 / | 北京市海淀区中关村南大街5号 |
| 邮　　编 / | 100081 |
| 电　　话 / | （010）68914775（总编室） |
| | （010）82562903（教材售后服务热线） |
| | （010）68948351（其他图书服务热线） |
| 网　　址 / | http://www.bitpress.com.cn |
| 经　　销 / | 全国各地新华书店 |
| 印　　刷 / | 北京欣睿虹彩印刷有限公司 |
| 开　　本 / | 880毫米×1230毫米　1 / 32 |
| 印　　张 / | 8.5 |
| 字　　数 / | 175千字 |
| 版　　次 / | 2017年6月第1版　2021年8月第6次印刷 |
| 定　　价 / | 39.80元 |

责任编辑 / 田家珍
文案编辑 / 田家珍
责任校对 / 孟祥敬
责任印制 / 李志强

图书出现印装质量问题，请拨打售后服务热线，本社负责调换